税收文学

编委会

主　编：黎伦和　马连庆

编　委：刘　锋　杨　鹏　李本贵
　　　　肖　军　张四海　夏孝林
　　　　王静波

编辑部主任：崔文苑　刘　菲　宋宪玲
　　　　　　何　乐

编　辑：吴佳迅　亢文蕙　任志茜

主办单位：国家税务总局税收宣传中心
　　　　　中国税务出版社

图书在版编目（CIP）数据

税收文学.长篇小说专卷.春风引／《税收文学》
编委会编.--北京：中国税务出版社，2025.4.
ISBN 978-7-5678-1624-4
Ⅰ.I217.1
中国国家版本馆 CIP 数据核字第 2025QR4587 号

书　名：税收文学（长篇小说专卷·春风引）
作　者：《税收文学》编委会　编
责任编辑：任志茜
责任校对：姚浩晴
技术设计：林立志
出版发行：中国税务出版社
　　　　　北京市丰台区广安路9号国投财富广场
　　　　　1号楼11层（邮编：100055）
网　址：https://www.taxation.cn/swwx/ckc/
投稿邮箱：shuishouwenxue@taxation.cn
发行电话：（010）83362083/85/86
传　真：（010）83362047/49
设计排版：新艺传媒
印　刷：北京天宇星印刷厂
规　格：787毫米×1092毫米　1/16
印　张：8.75
字　数：176000字
版　次：2025年4月第1版
　　　　2025年4月第1次印刷
书　号：ISBN 978-7-5678-1624-4
定　价：25.00元

目录

长篇小说专卷·春风引（总第20辑）

长篇小说

春风引 ·· 谢枚琼／3
第一章 ·· 4
第二章 ·· 12
第三章 ·· 19
第四章 ·· 27
第五章 ·· 33
第六章 ·· 40
第七章 ·· 45
第八章 ·· 51
第九章 ·· 58
第十章 ·· 65
第十一章 ·· 73
第十二章 ·· 80
第十三章 ·· 88
第十四章 ·· 93
第十五章 ·· 101
第十六章 ·· 109
第十七章 ·· 117
第十八章 ·· 124

目录
长篇小说专卷·春风引（总第20辑）

文学评论

讲好税务故事　塑造税务人物 …………………… 徐　可／133

税意千百重 ……………………………………… 顾建平／135

创作漫谭

春风：时代的记录 ………………………………… 谢枚琼／137

春风引

谢枚琼

第一章

一

八点一刻，方向前来到龙承县政府办公楼前。在门口，他掏出手机来扫码，绿码，安保验过，又经过红外线测温后才得以进入大厅。他听到身后有人在朝安保嘟嘟囔囔道："真是不嫌麻烦呐。"吐槽的人扫了两次码都没成功，显得不耐烦了。旁边有人打趣说："宁可麻烦点儿，也别放进去一个'可疑分子'。"方向前是来参加半年度县域经济指标完成情况调研暨督导会议的。会议通知八点半开始，众人提前十分钟入会场。因为这是县委书记陆子诚亲自确定召开的，大家都不敢有丝毫马虎。

方向前昨天下午接到电话通知时，下意识地，首先想到安排分管财务的副总李增祥出席。这是他的习惯，能不参加的会议尽量安排下属去顶替。作为公司"一把手"，他不想在无谓的事情上耗费更多精力。公司的经营发展才是他最为关注的焦点。可是，他突然想起来，李增祥两天前去H市采购神风1号技改设备，不巧碰上了当地新冠疫情加剧，正滞留于H市。他稍一迟疑，电话那头似乎洞穿了他的心思。县委办秘书小李的语气明显加重了："方总，你可是书记'钦点'的哦。"方向前明白这话的意思。本来一肚子的牢骚到了嘴边，只得生生咽了回去。

方向前来到二楼会议室，看到已经来了不少人，大家都戴着口罩。

第一章

四十人的会议室里，空座位寥寥无几。他赶紧找到自己的位子，心里暗哂一句，到底是"一把手"召集的哩。许是因为带有调研性质，会议桌摆成了一个"回"字形。领导的位置上摆放着资料，但不见人影。方向前看看手表，还有六分钟。座位之间一律隔了一个空位，他左右打量，坐在右边的是鹏展新能源的老总龙驰，他熟悉，想找龙总聊几句，看大家都一副正襟危坐的样子，便打消了念头。一抬头，看到对面上首坐着的似乎熟稔，口罩上方架了一副宽边眼镜，单看露出的脸孔，他一时想不起，再一细看桌牌上的名字，哦，原来是艾敬民，龙承县税务局局长。事关经济的会议，税务局局长肯定不会缺席。方向前正盘算着，去和艾敬民好好聊聊，三天前的那件事，让他一想起来就觉得心下有些讪讪。刚直起身来，却看到县委书记陆子诚和常务副县长钟振声一前一后地走进会议室。方向前瞄了一眼手表，指针恰到好处地卡到八点三十分。他赶紧坐好。

会议准时开始。钟振声首先通报了上半年全县主要经济指标完成情况，说："刚才我可是把龙承全县今年上半年的家底全盘端上桌了。这一桌饭菜，我是难以下咽的，如鲠在喉呐。我相信大家会和我有同样的感受。"他把目光侧向虎着一张脸的陆子诚，接着道："这也是书记指示今天要召开这个会议的一个原因。这样非常的时期，县委的确是不主张动辄开会的。非必要不开会。"钟振声通报的主要经济指标几乎全线下滑：全县公共财政收入比上年同期下降16.68%，地区生产总值下降5.4%，规模以上工业增加值下降2.6%，固定资产投资增速下降15.4%，地区生产总值（GDP）排位则跌到了潭州市第二方阵。钟振声把桌子敲得"咚咚咚"作响，声调猛然提高了八度，说："去年全县的经济指标，在潭州市的综合排名是第二，现在到了什么位置呢？"顿了顿，他语含自嘲："还是老二！不过是倒数第二。"身为主抓经济工作的常务副县长，钟振声的焦虑在他疲惫的脸上明摆着。会场气氛在指骨与桌面的撞击声里，悄无声息地凝重起来，空气似乎呈凝固之态。看着陆子诚和钟振声的架势，大家心里明白，今天这个会议只怕不是那么好开的。

会议室外那棵香樟树上的蝉鸣，偏偏顽固地钻透厚厚的窗玻璃，凑热闹般在耳边聒噪。

按照惯例，几个经济部门负责人提前做好了汇报的准备，但今天却没有了这个议程。方向前注意到，他认识的几个局长、主任几乎不约而同选择了撅眉耷眼的姿势。

钟振声讲完了。他用数字说话，每一个数据从他嘴里蹦出来，仿佛都变成了硬邦邦的石子，落在地板上，砸得人耳朵里嗡嗡作响。轮到陆子诚讲话了。"大人物"的出场，意味着这次议程进入了最后的环节。

大家本来早已做好了迎接"暴风骤雨"的心理准备，陆子诚一开口，却让人颇为意外。

陆子诚说："我知道大家这一阵都辛苦了。"

方向前一听，抬头一望，看到陆子诚原本铁青的脸，竟然罕见地变得柔和。要知道，平常的陆子诚，给人的印象从来都是不怒自威。

陆子诚道："特殊时期嘛，大家都不容易。振声同志的常务不好搞，他刚才只怕是把手指头都敲得骨裂了吧。"话音甫落，下面荡起一片轻轻的哂声。毕竟大家还不敢放肆大笑。

"这个桌子今天本该是县长张若飞同志来敲的，但他要参加省里关于抗疫的视频会。一个紧急会议。讲真的，我也不容易，当然，要是容易的话，你们谁都可以来当这个书记。只怕也轮不到我坐在这里了。"方向前心想，这话才是典型的陆子诚风格。

陆子诚只讲了不到十分钟。听过陆子诚作报告的人都不觉得烦，而且他的报告好记，干脆利落，一个会议开完，只需要在本子上记几个关键词就OK了。今天自然也不例外。他在那一句习惯性的开场白"长话短说"后，讲了一段言简意赅的话，概括起来无非是三个字：保、稳、干。讲话完了，陆子诚出乎意料地补充了几句："大家必须明白，疫情绝不是我们工作欠账的借口。科学工作加上科学防范，这是我们在特殊时期要学会的方法艺术。抢抓经济目标进度，政府、企业各负其责，各守其位，各施其力，但唱的是同一台戏，都必须振奋精神，齐心协力抢时间、拼进度，保持'能早一天是一天，能快一秒是一秒'的干劲和激情。"他提出了"科学工作+科学防范"的思路，让大家回去好好琢磨。

陆子诚讲完，方向前以为这个会议到此为止了，公司还有一大堆"麻纱事"等着他回去处理。会场出现了一阵临散时的小小骚动，性子急的人已经开始准备退场。可是，就在陆子诚起身的时候，钟振声摆手示意大家"稍安勿躁"，他说书记还要去参加视频会议，接下来有一个重要议程，要由税务局局长艾敬民向大家宣讲党中央、国务院疫情期间最新出台的减税降费政策。

方向前一想，这个还真值得好好听听，于是把收进包里的笔和本子重新摆到桌上。

已经走到门口的陆子诚这时又转头冲大家说："这个减税降费政策大家都要认真领会、仔细研究，好事就要把它给办好。回头县委理论学习中心组学习时，请艾局长再来讲一课。我也要好好补课。"

二

艾敬民的减税降费政策专题宣讲，讲得透彻明白，显然他做足了功课。从政策出台背景，到实施步骤，从扶持重点，到与本县关联紧密的规定，即使外行听来，也不觉得生涩难懂。约莫四十分钟，他结束了讲解。

散会了，大家一时议论纷纷，企业家尤其兴奋，毕竟这关乎他们切身利益。看着方向前一脸微笑，财政局局长金冲幽幽地说："好，当然好，只是县里财政面临的压力可不少哟。"方向前笑笑，没有答话，他紧趋几步，来到艾敬民身旁，开口道："艾局，真不好意思，我要向你道歉！"

艾敬民听得一愣，看方向前一脸诚恳，明摆着不像是玩笑。艾敬民握着方向前的手，打哈哈说："方总客气啦，道歉从何谈起呢？你别不是弄错了对象吧？"

方向前挺真诚地说："还真没弄错。我不该朝你的干部乱发火。"艾敬民嘴里"哦"了一声，自然不清楚其中原委。

事情还得从三天前说起。

江洲神风制造股份有限公司。方向前正在主持召开技术攻关项目决战阶段会议。

神风制造专注于钢铁、建材、商砼等行业已足有二十年，这是缘于区域优势。龙承矿产资源丰富，规模化建材厂及铅锌矿、镍锰矿早在二十世纪八十年代即已崛起，辐射至潭州市、涟洮市等地，钢铁、水泥、化工产业红火一时。但也带来不少社会问题，尤为突出的是产生各种矿渣,不仅造成环境污染,而且形成极大的资源浪费。有一年,龙承郊区一村民家长期饮用重金属污染的井水,导致一人中毒死亡,一人致残。这起恶性事件引起了大面积恐慌,村民围堵厂门、阻挠生产、集体上访等群体性事件隔三差五就会发生,让地方政府头痛得很。其时方向前从事的行业只不过是机械模具制作,他从矿渣这个棘手的社会问题中隐隐感觉到应有所作为,自此便留神去了解相关知识,没想到这番敏锐让他捕捉到无限商机。二十年前,踌躇满志的方向前在村部一个废弃的养殖场里,创办了神风加工厂。从生产简单的粉碎机开始,慢慢地由小到大、由粗到精,发展出品种和功能丰富多样的机械设备系列。昔日"龙承县神风加工厂"壮大为"江洲神风制造股份有限公司",十年前已经从村养殖场整体搬迁到龙承县高新技术产业开发区。

两年前,公司作出进行技改与扩建的决定,同时在充分市场调研的基础上,研制拥有自主知识产权的风云DD3代矿渣粉磨机系列。投入试产的首批产品,市场反响不错,只是技术层面还存在需要改进的几个小问题。目前预订风云DD3代系列产品的商家已有十一家,预示着今年神风制造产值将达到历史新高峰,突破10亿元大关。神风制造的产品已经覆盖国内二十多个省市,方向前站在销售网络地图前,不由心生"指点江山,激扬文字"的豪迈之情。

而市场的风云变幻,打了他一个措手不及。

技改扩建工程全面启动不久,一波气势汹汹的疫情冲击,直接影响到公司生产经营,一则销售状况全线下跌,二则货款回笼异常缓慢,三则正常生产秩序被打乱。工程进度严重滞缓不说,让方向前尤其头痛的是资金短缺问题开始凸显。他火急火燎地跑银行,争取扩大贷款规模,可效果甚微。李增祥建议找政府帮忙,方向前不是没想过,但这念头一冒出来,便立即被自己摁下去了。方向前坚持办企业要"离政策近一点"的原则,而不是动辄找政府。他的理解是,办企业才是企业家的本分,他说要"离政府远一点",即不要把两者的职责混为一谈,他看不惯有的企业把自己与政府捆绑在一块的那套行径。企业得有自己的社会担当。因此,他在神风制造一直倡导"要做受人尊敬的企业家,要办受社会尊敬的企业"这一理念。他在全县纳税百强表彰会上,说过一句让县长张若飞频频颔首的话:"企业纳税越多,政府就会越重视!"

技术问题自有专业人员解决。多年来神风制造苦心培育了自己的技术攻关团队,组建了研发中心。近几年进入研发中心的就有博士四人,硕士九人,可以说,方向前对这个团队信心十足,这也是他精心打造且引以为豪的一张"名片"。而涉及生产经营资金链的大事,方向前唯有自己硬着头皮顶上。

三

方向前在脑子里一遍一遍过滤他所累积下来的人脉资源。他实在见多了商海沉浮的幕幕活剧,其中不乏曾经风光无两的折戟沉沙者,曾经意气风发的一蹶不振者,当然亦有咸鱼翻身者,愈挫愈勇者。让他感慨极深的是郑泰来和他亲手创办的长兴公司。郑泰来在长兴的发展过程中,抓住几波市场行情,很快壮大,傲视同侪。他开疆拓土,把皮革加工起家的长兴经营得风生水起,快速扩张,生意扩大到铸造、地产、商贸和服务等行业,俨然成为龙承当地一艘产业"航母"。可由于战线拉得过长,资金链断裂,一夜之间"长兴大厦"轰然倒塌,"航母"霎时沉没。几乎连同方向前在内的所有人都不敢相信,如此庞然大物怎么说垮就垮,说没就没了呢?方向前由此总结出一条经验:企业家任何时候都要保持危机感,企业随时都要有自救能力。否则,生死攸关之际,只怕谁也无法将你从沼泽中拉出来。有句民谣说得在理,"靠天天会老,靠地地会塌,靠山山会倒,靠人人会跑,只有自己最可靠"。

没想到,现在"神风"这驾马车似乎也面临陷入泥潭的境地了。尽管,还没到长兴那样的地步。方向前内心充斥着焦虑和隐隐的不安。他知道其实自己还有自救办法,但他的确不甘心停下已经迈出的步子。他坚信,突如其来的疫情阴霾总有烟消云散的时刻。

鹏展,这个名字突然从方向前脑海里跳出来。早在五月,鹏展新能源科技有限公司的老总龙驰专程登门拜访,找他谈合作意向,向他提出双方联手研发一种利用钢渣和镍渣合成的新型材料,可应用于机械设备制造。龙驰的想法是由鹏展出资,由神风出技术。当时,神风正在上马风云DD3代研发项目,方向前自感精力不逮,没有爽快应承,当然也未一口拒绝。龙驰的提议因此搁置。如今,方向前琢磨鹏展的资金状况当属良好,打算去和龙驰谈谈,如有可能或可以一举两得,解决公司目前急需的1500万元资金问题。

想到这里,方向前给龙驰拨了电话,确定他正在公司后,立马叫上司机,一路烟尘直奔鹏展而去。

鹏展在水府特色园区内,差不多一个小时车程。水府特色园区是龙承县除高新技术产业开发区外另一个重要的经济园区,以发展生态和"高精尖"产业为主导。这两个园区,一个是国家级开发区,一个是省级示范区,像一双翅膀,助力龙承县经济腾飞,又像两个轮子,推动龙承县快速前进。

方向前倍觉疲惫,一上车就合上眼睛假寐。随着车子奔跑,渐渐地,瞌睡虫作祟,车里轻扬起他微微的鼾声。司机小陈便体贴地降下速度。每天陪伴方向前出行,他深知做老板其实不易。

陡然一阵手机铃声响起。方向前惊醒,嘟囔一句:"吵死咧,连个打屁觉都睡不成。"

乍看是个陌生的号码,他干脆一把掐断。可不到半分钟,手机又响了,还是那个号码。方向前有些恼火,任它响。那铃声甚是固执,一股不接誓不罢休的劲头。

方向前按捺不住接通了,传过来一个陌生的声音。开口却是客客气气的口吻:"您好,请问您是方总吗?"

"你是谁?"方向前没好气地诘问。

"我是税务局小高,有个事要请您支持,神风公司的退税问题需要办理。"

一听"退税"两个字,方向前鼻子重重地"哼"了一声:"世界上有这等好事?"二话不说,就把手机挂断了。

那边却不依不饶地又打进来,"爱拼才会赢"的旋律再次顽固地撞击方向前的耳鼓。原先听起来那么振奋的曲子,现在分外刺耳。方向前接通,不由分说,冲着手机一通吼叫,更准确地说,简直就是咆哮,好像人家就站在面前,他飞溅的唾沫恨不能把人彻底淹没:"你吃错药了吧?把老子当傻X啊,你骗人的伎俩太低劣了!"小陈师傅知道方向前何以对电信诈骗深恶痛绝。前几天,方向前的老母亲被诈骗5万元,幸亏方向前的妹妹发现得早，不然损失更大。让人哭笑不得的是，警察上门来告知真相，老太太犹是坚信不疑，还在坚持她没有上当，甚至冲着警察说，"怎么在你们眼里都成了坏蛋呢，世上还是有好人的咧"。

他这一通吼到底起了作用。一直抵达水府，那烦人的电话再也没有打进来。

龙驰看到方向前一脸不爽，便开起玩笑："兄台这是上门兴师问罪呢，还是黄世仁催账来了？"他夸张地挠挠头皮，又道："我记得好像没有欠贵公司一个铜板呀。"一席话说得方向前一脸讪然。他解释着，"都是骗子的骚扰电话惹的"。龙驰便说："那些骗子无孔不入，而且死皮赖脸，真是人贱一辈子，猪贱一刀子，活着浪费空气，死了浪费土地，在家浪费人民币，合当活剐了，搞到方总头上，那还了得啊，不是脑壳进水就是脑子短路哩。"龙驰插科打诨向来出名，他一本正经的一套说辞，让方向前心情舒展不少。

落座于董事长办公室，俩人闲扯了几句，龙驰心知方向前肯定有事而来，其实已经猜了个八九不离十，但隐忍着先不去破题。有些事情往往得这样。上回他主动找上门去谈合作，结果方向前打起太极推手，拖至今日都没个明确回音，今天方向前专程而至，除那事外，他想不出还会有其他什么事。

他一个劲儿地招呼客人喝茶。茶是水府本地产的明前茶，茶树在黄土地里生长，茶汤清亮，清香扑鼻。让人称道的是耐泡，三泡下来，那茶叶还保持原有形态，不像有的所谓名茶，一泡之后，便成稀稀烂烂之状。这本地茶甚至还没有一个响亮的名号，人称"水府黄土茶"，土得掉渣的名字，像乡下那些唤作石伢子、菊妹子之类的小名。可不争的事实却是，这种茶名声在外，龙承真正爱喝茶者几乎没有不好这一口的。龙驰品着黄土茶，不止一次动过心思，想要好好开发包装，做点"茶文章"。

方向前想重拾两家合作的话题，其实还打了额外的"小九九"。他一边若无其事地品茗，一边却在暗暗思谋怎么开口为妥。

四

这时，敲门声轻响。

"请进。"龙驰话音甫落，鹏展财务部部长梁婧芳推门而入，见到有客人在，欲言又止。

龙驰便道："无妨无妨，方总，神风的。"

梁婧芳忙朝方向前礼节性地点头笑笑，转而对龙驰说："你让我落实的事情，刚刚问了，税务局已经核实，没问题，正在走程序，只是有点慢，要审核的环节多，不过最迟三天就可以到账。"

龙驰"哦"了一声："那就好，那就好，能退回来就好，好饭不怕晚，管他三天也罢，四天也行。"

待梁婧芳出得门去，方向前好奇地说："龙总，牛啊，生意都做到税务局去了，有什么好门路别藏着掖着，让老兄也沾沾光吧。唉，现在业务真是难做，货款难得回，头痛。"他轻啜一口茶，把身子朝前凑了凑，又道："还真别说哩，税务局的钱靠得住，不怕欠。"

龙驰嘴里打着哈哈："方总真是敢想敢干，税务局能有什么生意做呢？人家可是只进不出的。"

"就是讲哩，来的路上，我被骗子给气晕了，那家伙才是真正敢想敢干，打着税务局的牌子说要给我退税。有那样的好事吗？"

龙驰一听，忙说："可财务刚才给我讲的，还真有那么回事，税务局要退税给我哩。"

方向前有点蒙了。税务局退税？真有这样的事？

他连忙追问："到底怎么回事？你给我说说。"

经龙驰讲述，方向前总算弄明白了。疫情暴发一年多来，为帮助纳税人走出困境，国家出台了一揽子扶持政策，减税降费是其中一台"重头戏"。让政策尽快落地，让纳税人应享尽享政策红利，正成为各级税务机关当前的重点工作。鹏展这次申请的税收优惠达1150多万元。

方向前暗暗吃了一惊，他半信半疑盯着龙驰，眼睛里写满狐疑。

龙驰笑道："真有上千万。不瞒兄台，这几个月来日子过得很不爽，鹏展一点儿也不展。你看我愁容不展，白头发覆盖率直线上升，袋子比脸都干净。"

不管龙驰是有意或无意表露，也不管他是暗示或婉拒，方向前暂且按下来意不表。现在引起他浓厚兴趣的话题就是"退税"。他想，难不成，先前电话他的真是税务局的？可是为啥直接找到他这个董事长头上，平常他几乎很少和税务打交道，也觉得没必要，和税务局艾局长不过一起参加过几次县委、县政府组织的会议，算是认识，亦仅是点头之交。

他脑子里兀自搅动着。税务局小高怎么不找公司财务会计呢，或者还可以找李增祥啊。很快，他释疑了，财务部门经理周华这几天因为"阳"了正居家隔离，分管副总李增祥恰恰滞留H市，不排除也是他们让税务局直接找他的。这样看来，只怕真的是自己主观武断，冒失了。

方向前一副心事重重的样子。龙驰主动打破沉闷，微笑道："方总今日肯定不只找我闲聊来了吧？你平素里也难得清闲，好不容易大驾光临我们这偏僻小镇，我真想好好陪你去水府随处转转哩，只不过，"他话锋一转，"来得还真有些不是时候啦，现在水府湿地公园如临大敌，核心景点都要预约，每天还限制了人数。"

方向前抬头看了一眼龙驰，心里已经打定主意，坦率地说："不麻烦了，这次来嘛，本来'无事不登三宝殿'，想继续聊聊我们都感兴趣的事，但刚才听龙总倒了一通苦水，我心有戚戚焉。如今这样态势，谁的日子不是过得紧巴巴呢？正像老弟说的，来得不是时候，只能等以后咱哥俩再坐下来慢慢聊详细谈。"说罢，他从沙发上直起身子。龙驰一见，心里愕然，怎么，这就要走了？方向前笑道："见到老朋友，品尝了水府黄土茶，还从龙总这里听到宝贵信息，也算不虚此行咧。叨扰叨扰。"边说边朝他拱手。

不待龙驰接腔，他又道："说起来这水府黄土茶真值得一品，清香独有，味道醇厚。假以时日，讲不定我也想来推一推。"

龙驰哈哈一笑："看来你我同感，我早就想做做这篇'茶文章'。"

"那正好呀，敢情咱们英雄所见略同嘛。那我们兄弟下次有了携手去茶世界闯荡一番的契机了。"方向前说着，脚步已向门外迈去。

五

返回路上，方向前脑子里那个"骚扰电话"一跳一跳，他犹豫要不要回拨过去。先前把人家骂了个狗血淋头，这会儿又主动起来，他一来放不下面子，二来还是拿不准。他来回摩挲着手机，手心热热的。

迟疑不决之际，手机"爱拼才会赢"的

第 一 章

旋律响了，方向前一个激灵，眼光一扫，不由心中一喜。这下他相信事有凑巧之说了。正是那个他巴巴盼望的号码，十一个阿拉伯数字排列组合，此刻就在手机屏上一清二楚地显示，像十一颗明亮的星子，闪烁夺目的光辉，让他眼睛放光，又似十一只朝他伸出的小手，一下子攥住他的心。

他迅即点击，贴到耳边。

"您好，请问您是方总吗？"手机里面还是那礼貌有加的声音，柔和得好像按同一标准设置的。

"正是正是。"方向前忙不迭地回答。

"方总您好，我是税务二分局小高，之前给您电话的小高。"

"知道，知道。"方向前感觉握着手机的右手掌心发热，汗黏黏的。他把手机换到左手，轻声地说，"哦，不好意思啊，请问你有什么事？"

"方总，涉及公司退税的事，有点儿急。我联系不上财务部周经理，他手机总是无法接通，才去找了李总。本来要和他说，可他在外地，让我直接找您，讲得更明白。事情有点儿急，没办法才打扰您了。"一字一句地听小高讲来龙去脉，方向前猛然间想起，昨天李增祥给他打过电话，当时他正在接待客户，不方便接听直接拒绝了，想着忙完后再回拨，结果又给忘了个一干二净。

他感到车内好热，下意识地抻了抻衣领，手指头点了点空调旋钮，示意小陈把温度调更低一些。

"方总，您在听吗？"方向前沉默不语，让小高误会了。

"在听在听，听得好好的。"方向前顺手从纸盒里抽出纸巾，轻轻擦了擦额头。

小高便接着说："方总什么时候能赶回公司呢？具体退税业务，我想当面和您说更明白些，有些文书还需要您确认背书。既然周经理不在公司，最好要由办税员承办落实。"

方向前连连答应，约定半个钟头后在神风公司见面。

小陈心领神会，悄悄地踩了一脚油门。方向前的心霎时随着奔跑的车轮飞驰起来。

经过小高辅导核算，神风公司最终确定退税额为2164万元，其中主要是增值税的留抵退税。方向前寸步不离，在财务部看着办妥了所有相关手续。出纳董晓奇怪了，董事长平时很少来这里，偶尔来找经理交代工作，简单说上几句，连坐都不坐。

将近下班，方向前挽留小高吃了晚餐再走。小高连连摆手。方向前一脸诚恳道："知道你们的规定，那就在公司食堂吃个工作餐也行嘛。"小高解释："还要赶回分局，晚上得加班，几百户退税资料等着审，单位已经准备好晚餐了。"分局向来加班加点的可不止他一个，特殊时期哩。他冲方向前笑了笑，露出一口洁白的牙。

方向前呆呆地望着小高远去的背影，伫立半晌。

…………

艾敬民这才弄清方向前道歉的缘由，他一扬手，说道："不知者不怪嘛，方总客气啦，事情办好就行。"

方向前直视着艾敬民坦率地说："还真别说，我活了四十多年，这是让我感到最为尴尬的事呐。"

第二章

六

　　文妍感到从没有过的压力。她担任潭州市税务局货物和劳务税科科长两年来，第一次面临这样的压力。她不仅疲于应对减税降费纷繁的日常工作，更担心优惠政策不能落地，不能转化为实打实的成效。她本有对全市系统进行一次摸底的念头，结果未能落实。听说江洲省局减税降费专项第五督导组要来潭州，龙承县局是第一站，文妍灵机一动，何不顺势而为呢？可以借此机会完成专题调研计划。她便毛遂自荐要求陪同。文妍向省局督导组组长于清河试着提出了"搭顺风车"的想法。望着她征询的目光，于清河欣然同意，一起去龙承也好，"一趟水"的事。他说："这样的'顺风车'欢迎来搭，目的一致，都为把事做好，又不是'搭车收费'，何乐而不为呢？"

　　一行六人下得车来，白花花的阳光刺得人睁不开眼。来到龙承县局三楼会议室，于清河一打量，县局干部早已齐刷刷地、一个个坐得端端正正，空出来一排虚位以待。艾敬民赶紧起身招呼寒暄，他和于清河是财院同学，说起话来也就随便些。于清河鼻梁上有几粒雀斑，平常同学之间打趣，叫他"于大麻子"，今天这样的场合，艾敬民自然不敢造次，但调侃几句无伤大雅：

第二章

"怎么样，龙承人民对于大组长一行莅临，还够得上热情四射吧？"

于清河揩了一把额头上细密的汗珠，龇牙苦笑："龙承真是热情似火。我刚下车就算领教了。"

艾敬民笑答："那是必须的，迎接'钦差大臣'大驾光临嘛。"他指着空调说："还好，今年热天没限电哩，往年可是用电都不正常。"

于清河"哦"了一声，道："反过来看只怕企业生产形势不太乐观吧。"

艾敬民点了点头："真如你讲的，就是这么回事。"

大家坐定，言归正传。于清河把省局第五督导组到龙承督导的来意及工作安排一股脑儿挑明了，他特别强调，这次督导是明察，不用藏着掖着，主要想掌握减税降费落实的情况，以发现问题为主，为省局下一步工作决策提供准确依据。他轻叩桌面，说："暴露问题不怕，关键要找出症结，才好对症下药，以利改进。"简单见面后，于清河将六人分成三个小组，分头扎进县局的下设机构和分管企业。文妍带来了本科室的邓燕，随督导组相机而动。

艾敬民本来精心准备好一份材料，但组长于清河直接将汇报这道环节省略，说先下去摸情况，下面的工作实际就是最好的汇报，也是最具说服力的材料。艾敬民稍感意外，但对于清河督导还是蛮自信。自系列减税降费政策实施后，多年基层"一把手"的经历，使他敏锐地认识到政策在政治、经济和社会三个维度所具有的现实意义，因此，年初工作布局特别突出了这项目标，提出要牢固树立"落实减税降费是硬任务"的理念，把减税降费作为"一号任务"和重大政治责任坚决扛在肩上，落到实处。他经常强调"两个到位"，即"该收的收到位，该减的减到位"。艾敬民到分局、所等基层征收单位调研时，必定会把减税降费的实施情况作为头号工作去调查了解。从调研掌握的情况和市局定期通报来看，龙承县减税降费工作进度和相关的几项主要指标，在潭州税务系统排名处于前列，征管操作准确率、宣传辅导率及疑点消除率等三项甚至居于榜首，这正是对于省局督导组进驻，艾敬民心中不慌的底气所在。督导组进驻前，县局分管减税降费工作的副局长吴明志建议开展一次自查，艾敬民拍着吴明志的肩膀大咧咧地说："不要慌，督导嘛，不就是对工作的一次'回头看'吗？再说了，我们也不是为督导而督导嘛。"吴明志唯唯诺诺地点头，他只是担心有个"万一"的时候，通报起来怕有些不好看。艾敬民满有把握地说："至少不会比别人差到哪里去。再说了，上头已经明确表示，此次督导并无其他目的，主要是为促进工作。"

督导组沉入龙承县局足足三天，两天半时间泡在七个分局、所及机关股室，留下半天时间反馈情况。需要县局配合的无非是派人领路，衔接一下，其他事情一概不用插手。艾敬民觉得这样有些于礼不周，毕竟省局督导组来基层不容易，他想表达热情，也在情理之中，但于清河拒绝了，理由很单纯，督导组既然为促进工作而来，可不敢拘泥于繁文缛节，影响本地工作秩序。他以不无调侃的口吻笑着对艾敬民说："局长尽管放心好了，本'钦差大臣'绝不扰民，我相信督导对龙承局的工作只有好处。你权当是一次体检，即使发现问题，也是免费体检哩，把你的体检费都给免了，而且本人负责开处方，包你'药到病除'。"然后他还夸张地说："啧啧，这天下难觅的大好事，怎么就落到你龙承局头上了呢？"

话说到这份上，艾敬民便任其自行其事，只嘱咐吴明志尽力做好配合协调。

可当督导组把问题摆上桌面后，艾敬民到底有些坐不住了。

七

情况反馈时，于清河眨巴着他那双小眼睛，狡黠地说要先给老同学上一道"麻辣烫"。艾敬民赶紧摆手："'麻辣烫'不必了，这样烧巴子的大热天，谁会受得住啊，来份绿豆稀就谢天谢地了。"于清河鼻子重重地哼了一声："可'麻辣烫'真不是我给你准备的，只不过如数奉上而已。"

他端正脸色，开口便说："成绩不讲不会跑，问题不讲不得了，所以呢，我想先摆一摆存在的问题，艾局长，你看这样行不行？"以往督导的常规步骤，总是先表扬鼓励，列举成绩亮点。于清河这又一不按套路出牌之举，艾敬民还有什么好说，只有连连点头的份儿，心里暗想，看起来这个"钦差大臣"今天一点儿也不会顾及老同学的面子了。

督导组本次随机抽查十五户纳税人，通过金税三期系统查询分税种、分金额退库情况，发现有一户负责人叫宋月青的小规模纳税人，有城市维护建设税、教育费附加及地方教育附加合计67.4元未退。电话抽查九户纳税人，问询退税金额是否到账，发现有一户名为力胜公司的小微企业有个人所得税退税5866.67元尚未到账。据督导人员介绍，他打电话时，力胜公司的老板周立胜情绪激动，声称要投诉税务二分局办事效率低下，而且工作人员态度不好，他打电话催问过两次，回答极不耐烦，说，"催什么催，迟一天早一天会死人啊？又不会少了你半毛钱"。

艾敬民听到这里，脸色变得难堪，却不好当场发作，狠狠地剜了一眼二分局局长江少松。

于清河和督导组可真不留情面，接二连三给艾敬民和龙承县局上了一道又一道"麻辣烫"套餐：

力量配备不足。县局尽管成立了"减税办"，但实际上只有一名专干，因为工作任务多、强度大，明显力不从心。

技术性问题处理不及时。在减税降费过程中，有小部分纳税人退税涉及三个税种，但从人民银行反馈信息看，两个税种相关退税成功办理，另一个税种相关退税因问题数据没有及时处理，难以保证现阶段减税降费工作任务顺利推进。

宣传政策效果欠佳。有个别税务所老调重弹，上街咨询摆台子，开会传达做样子，发点资料撑面子，形式单一，没有入脑入心。调查中发现有的纳税人，特别小规模纳税人对减税降费政策还不了解，甚至一无所知，调查起来不知所云。

办事效率低。退税虽然到了纳税人账上，但时间明显过长，抽查二十户进行分析，从申报到所退税款到账，平均要花两个半工作日。例如督导中走访了园区企业鹏展新能源，企业对退税并没有怨言，事实却是三个工作日资金才到账，财务主管梁婧芳以玩笑的口吻说，"翘首期待，区区三天，却感觉路途漫漫"。江洲神风制造股份有限公司也存在类似问题，企业董事长方向前没有抱怨，倒是对一个叫高上的年轻税务干部赞誉有加……

面对这锅"麻辣烫"，艾敬民无话可说，他没想辩解，那不是他的做派。况且人家有根有据，再怎么辩解终究苍白无力。此刻于清河捏准了，艾敬民心里肯定五味杂陈、翻江倒海，他更了解艾敬民的性格，爽直干脆，不喜欢婆婆妈妈纠缠细枝末节，但经他这一鼓捣，难免面子上挂不住。龙承县局是他督导的第一站，客观来看，局里基础工作比较扎实，他之所以给艾敬民来个先声夺人，上了一道道"眼药"，其实在传导一种压力，既给基层单位，也给督导组自身。开局很重要，作为组长，他自然清楚这不是一次普通的督导，但尤为重要的是让大家都明白其中要义。

于清河瞄了一眼艾敬民凝重的脸色，沉吟片刻，换一种口气说："当然啰，虽然龙承县局在减税降费落实上的确存在一些不到位，或者值得改进的方面，但是……"

"拜托就别'但是'了，正如你所说，成绩不讲不会跑，问题不讲不得了。"不待于清河说完，艾敬民一把抢过来话题，"既然盖子揭开了，我们无话可说，你别但是但是的，搞那一套虚头巴脑不痛不痒的安慰了，打一记耳光再给颗糖吃，我才不信你这一套哩。我这点抗打击力还是有的，放心好了，我的'钦差大臣'。"他嘴角硬挤出一丝苦笑，向督导组表示谢意，感谢大家冒着酷暑，来为龙承县局的工作精准"把脉体检"，他的表态简单到只有八个字，"照单全收，认真整改"。于清河双手一拍，笑道："爽快，艾敬民还是那个艾敬民，再啰唆即耽误时间，徒费口舌。鲁迅先生早就讲过，空耗别人的时间，无异于谋财害命。"他嘴里打着"哈哈"，看看手表，说："非常时期，你们确实也忙，客去主安，我们赶紧走人，奔赴下一站。"

艾敬民哈哈大笑："于清河到底也还是那个于清河。那就好走不送！我接下来正要好好扯一扯怎么个整改法。"他手一扬，本局有几个准备起身散去的干部，赶紧坐定不动。

如艾敬民一般，在座中，还有一个人心情也不好，她就是潭州市局货物和劳务税科科长文妍。毕竟减税降费专项工作是她具体抓的，龙承县局在全市系统中居于前列，一经督导还发现这样那样的纰漏，那么其他县区局又会是什么现状呢？她不敢想。目睹了督导组的工作作风与督导方式，她内心暗自点赞；回过头来看看自己，不言而喻，她的工作没能沉下去，许多问题其实完全可以避免。

她没有再跟督导组跑下一个单位，而是选择留在龙承，仔细剖析一下那些问题的症结所在。

八

送走于清河一行，艾敬民回到座位上，一言不发地摘下眼镜，自顾自默默地来回擦拭。

会议室里，一时间大家都沉默着。吴明志瞅瞅艾敬民的架势，心想今天一时散不了场，在省局督导组面前丢了势样，不说老艾抹不开面子，连他们这些与会的都感觉到脸上无光。二分局局长江少松耷拉着脑袋，似乎在等艾敬民拿他开刀。

"要不我先来讲几句吧。"吴明志朝艾敬民投去征询的眼光。他想这样干巴巴坐着，也不是办法。艾敬民却不置可否，依旧反复擦拭着镜片。

吴明志说："今天大家都亲耳听到了省局督导组的情况反馈，这说明我局的工作存在这样那样的问题，当然，主要责任在我，作为分管领导，我得好好总结。"

"吴局长，现在不是谈责任的时候。要揽责任，你们谁又能揽得过我呢？"艾敬民断然打断了吴明志的话，"把大家留下来，不是要搞自我批评。"他把眼镜戴上，嘴里嘟囔着："这个于大麻子，存心挑刺来了。下回我霸蛮也要把他满脸麻子给挑几颗出来。"大家一听，窃窃地笑了。艾敬民语气严峻地说："不过现在我们要谈怎样亡羊补牢，迎头赶上，而不是把责任揽到自己头上去。好在督导组通报的问题尚没有严重到不可收拾的地步，更多是工作不细致不深入，以及措施不到位。你们想想，真要出现原则性的问题，谁又能担得起这个责任。减税降费这事可不是轻描淡写的，无论从哪一个方面来看。"他看到江少松犹是勾着头，便有些生气："二分局局长江少松同志，请你给我抬起头来。把脑壳藏在裤裆里，不准备见人了吗？你第一个讲讲，下一步怎么办。大家都想想吧，都讲讲。"

江少松脖子一梗："我也没什么讲的，认打认罚没得二话。回去肯定要整顿好了。"赫然摆出一副引颈就戮的样子。

艾敬民瞪了他一眼："整什么顿，你讲清楚，不是要回去整人，搞秋后算账吧？"

江少松不服气地辩解道："谁说整人了？整顿工作啊，说到人的事，拜托局里给我二分局配两个年轻人来，再搞不好，要杀要剐随你，我都认账。"他索性一吐为快："分局三十七个人平均年龄已经52.8岁，年纪大的，要照顾进城的，都往我二分局塞，35岁以下的年轻人硕果仅存五个人呐，操作系统就靠这几尊菩萨。一天天加班加点，忙得连轴转，年轻人连谈恋爱约会的时间都挤不出来，我简直不忍心给他们布置工作任务。也不是没向局里人事和领导反映过，总是回答'莫急莫急'，工作搞不上去，我能'莫急'吗？"

一席话确是实情，可艾敬民现在也"巧妇难为无米之炊"，干部队伍年龄偏大是不争的事实，因为编制要求，新进人手少，龙承县局三百二十多人的队伍平均年龄已经40多岁，这在二分局更为突出。基层管理单位和机关各部门都伸手要年轻人，搞得他脾气来了，只能撑上一句："想得美！都要年轻人，我到哪里去弄？要人没有，事不能耽误。头上顶着八百斤的磨子，你也得给我转动起来。"

艾敬民情知眼下在人的问题上纠缠不得。他冲江少松做了个暂停手势："别哪壶不开提哪壶，简直'鸡同鸭讲'，不在同一个频道上。你那些老问题谁不清楚啊。谈怎么整改，有什么具体措施。"

江少松干脆紧闭嘴巴，一言不发，气鼓气胀地生着闷气。

艾敬民面呈愠怒。会议室里气氛再次尴尬地静默。

文妍本来一直在当听众，作为市局部门负责人，她觉得自己不适宜干预县局的工作部署，只管带着耳朵和笔就行，可现在，她应该站出来了。

"督导的情况肯定客观存在，这是不容置疑的，前段时间龙承县局减税降费的工作推进，我可以负责地告诉大家，在整个潭州系统并不落后，甚至在一定程度上可圈可点。目前状况只能说和上级要求有一定差距。"文妍字斟句酌地说，"刚才艾局也说了，反馈的问题基本上都是工作方法上的，不必太过自责。"

文妍认为，有些系统设置因素，譬如流程、权限，不是基层局的问题，她打算留下来，再深入调查研究，和大家一块儿商量解决的办法，超出权限的问题，会形成书面报告，向省局反映。

文妍一番话，缓解了大家郁结的情绪，同时也把他们的思路打开了。会场气氛一时活跃起来，与会有基层征收单位的，也有机关业务部门的，大家便围绕政策实际操作中碰到的难点、焦点和痛点，纷纷发表意见。"风向标"一变，文妍也觉得机会难得，可以全面收集执行层面的各种意见。她专心聆听，时不时刨根究底地询问，一字一句记录。

艾敬民心想，这样集中反映一下，也未尝不可，磨刀不误砍柴工，把根子摸透，把条理厘清，对于下一步工作的开展只有裨益。他便顺驴下坡，干脆让文妍唱起主角。

这时，摆在桌面上的手机发出震动声，他看都没看随手摁断。可手机马上又颤动了，他才低头一瞧，是妹妹艾利民打过来的，心里莫名一"咯噔"，但想了想，还是没有接。

他知道妹妹肯定有急事找他，而最让他放心不下的就是老父亲。

九

艾敬民的父亲三年前得了肺癌，发现时确诊为中期，老爷子已经八十有四，不愿意接受手术和放化疗，他说，眼看入土的人了，切一刀不划算。在医生建议下，选择了保守治疗，辅之以中药，治疗效果还算不错。家里人一合计，考虑到艾利民家紧邻云台山国家级森林公园，那里空气清新，生态环境优美，对父亲身体恢复益处良多，而且离县城并不远，只有二十来分钟车程。于是，老爷子从省城中雅医院出院后，直接住到了女儿家。老爷子原来一直和老伴生活在乡下，五年前老伴离世后，不得已才搬到县城和儿子艾敬民生活。显然他对城市极不适应，经常挂在嘴边一句，"跟关在鸡笼子里一个样"，加上相濡以沫的老伴离他而去，少了一个说体己话的，他变得寡言少语，没多久身体就出了状况。一开始，艾敬民担心父亲不愿意住到妹妹家，乡下老家传统观念古板又执拗，认定父母应当和儿子住一起才行，女儿终究是"泼出去的水"，住女儿家里无异于寄人篱下。让他意外的是，当他小心翼翼地把这个意思和父亲一说，老爷子竟然非常痛快地一口应承。

做儿子的并没有洞悉老父亲的真实内心，老爷子一辈子在乡土摸爬滚打，脚踏黄土地才觉得踏实，用他自己的话说，住高楼不接地气，好像心一直悬着，没底！住到女儿家，他乐意。他心里开始盘算，女儿家屋后有块菜土，已荒芜多年，可惜得很，和女儿说过几次怎么不种上菜呢，多肥实的一块地哩，糟蹋了。女儿笑他老古董，现在她们这边村子都没几个种菜的了，挨着城里，赚钱的门路多得很，种菜不如干干脆脆去买菜划算。老爷子听了，空落落的，连连叹道："可惜了一块好地，真的可惜了。"

住在云台山下这几年，老爷子病情稳定，还把那块菜地给莳弄得熨帖了。一年四季轮番种上庄稼，茄子、丝瓜、空心菜、辣椒、萝卜、大白菜、豆角、莴苣、红菜薹、豌豆、菠菜、马铃薯等，他在这半亩地里，如鱼得水，人没闲着，地也没闲着。

艾敬民自然省心多了，除了周末带着妻子楚玉昭去云台山下看看父亲，陪他吃个饭，其他不用操心太多。父亲每次都让他去屋后的菜地检阅一番劳动成果，一一指点，跟他炫耀菜长得如何喜人，回家时总要在他车子尾箱塞上几把时新菜蔬。妻子说自家种的吃得真放心，那味道硬是不同，大棚菜哪有这样好的味道呢？

春风引

疫情突发后，艾敬民最担心父亲。他每天和妹妹通电话，不厌其烦地叮嘱把老爷子看紧点，婆婆妈妈地告诉妹妹这要注意，那要注意，特别不能让老爷子四处乱跑，三番五次的话听得艾利民耳朵都起茧了。

其实他最怕妹妹突然来电话。现在妹妹不依不饶地打电话，他的心霎时提到喉咙眼上。

好不容易等大家发言完毕，他只提了一个要求，"确保一户不漏、一刻不停、一分不少"，连文妍都来不及招呼，就匆忙宣布散会，火烧火燎地走了。这可不是艾敬民一贯的作风。文妍满脸疑惑地看吴明志，吴明志双手一摊，两眼茫然。

江少松问道："艾局说'一户不漏、一刻不停、一分不少'，具体有什么要求呢？"

吴明志回道："大家回去慢慢领会吧。"

艾敬民来到会议室外，赶紧拨通妹妹电话。

果然不出所料，越担心，越来事。

老爷子被病毒击倒了。他的基础病原本就经不起半点折腾。妹妹在电话里告诉艾敬民，父亲昨天下午还好好的，半夜突然发烧、头痛、咳嗽，吃了退烧药，无济于事。用试纸测了，显示阳性。妹夫和妹妹要送去医院，老爷子死活不肯，犟得像头老牛，说什么"七十三，八十四，阎王不请，自己去"。他才不想死在医院，要送就送他回乡下老屋。艾利民束手无策，只得打老哥的电话了。

艾敬民不由得急火攻心。他挂断电话，立即驱车直奔云台山而去。

第三章

＋

龙承县局辖区内的税收管理无疑具有代表性,好好解剖一下这里的减税降费政策落地情况,对全潭州市同样具有一定的指导意义。

政策红利的直接受益者自然是纳税人、缴费人,那么,他们最具发言权,针对他们的调查也就最有权威性。文妍决定从纳税人、缴费人切入,作为她开展调研工作的突破口。

文妍来到县局减税办公室,指导邓燕分税源管理单位、分行业、分税种、分规模从系统里筛选出合适的调查对象。她则静静思考,着手设计一份面向全县受益对象的问卷调查。调查内容包括如下几方面:

1.您是否知道目前的减税降费政策?通过何种渠道或方式知晓?

2.您觉得减税降费和您有具体的关系吗?

3.减税降费政策对您有什么具体帮助?请列举说明。

4.您是否满意当前的减税降费政策?

5.对于减税降费的具体项目,您主要关注哪些?例如:小微企业普惠性税收减免、深化增值税改革、高新技术企业等企业所得税优惠政策、房产交易相关税费减免、个人所得税专项附加扣除、促进重点群体和自主就业退役士兵创业就业等优惠政策。

6.根据您的切身体验，您认为税务机关办理退税的效率怎么样？

7.您对减税降费政策及落实工作还有什么意见建议？

文妍吩咐县局减税办将问卷发放下去，尽快完成意见收集。下户调查事宜衔接妥当，她和邓燕首先来到二分局。昨天反馈会上，分局长江少松满腹牢骚，文妍想着他肯定有诸多难处，特别想实地了解一番。她也是从税务所一步步成长的，自然熟悉基层工作。县局的分局长和所长，处于兵头将尾的位置，职务不高，压力不小，千根线万根线，最终都得穿过那个最小的针眼，才能得以落地，他们自有说不尽的苦衷。她相信江少松所言不虚。

二分局有独立办公地，一栋三层楼，院子不大，简洁精致。这季节树木葱郁，天气虽说炎热，但满眼的葱绿还是让文妍感到一丝清凉。文妍对邓燕感慨，现在基层的条件和过去相比不可同日而语，看着就养眼舒畅。

来到一楼，这里原来设有办税服务厅，县里建成市民服务中心后，城区各职能部门的公共服务功能统一进驻，税务也不例外，办税服务厅因此撤销，正好改成集中办公区域。减税降费是近期重点，牵扯部门多，这样集中到一块儿，可以提高工作效率，省却楼上楼下跑来跑去的烦琐。

文妍踏进厅里，霎时感到紧张的气氛。

十一

厅里被布置成格子间办公室，相对独立的小天地，避免彼此干扰。十来个人分布其中。文妍感到的那份紧张，却又实实在在从每一格子间里漫溢出来。

有的把眼睛埋在电脑数据里，有的在尽量压低声音打电话，还有的捏住手机回信息，微信提示音此起彼伏，"咕咚咕咚"冒泡的声响，让文妍想到鱼儿从水里探头，往水面上吐噜一串一串的气泡。时不时，还有相邻的人相互交流。他们专注于各自的事情，对于文妍和邓燕的不期而至，似乎谁也无暇顾及。

这时，从厅里左上角格子间传来"啪"的一声，文妍扭头，一沓资料散落于地，随即一个怒气冲冲的声音在空中炸裂："你怎么这么固执？我讲了一百遍，还是油盐不进。"循声望去，文妍看到一个小伙子挥舞双手，朝一个女孩子发着脾气。

厅里几乎所有人都放下手中的活儿，齐刷刷地站起来，几十道目光聚焦到高上身上。那愤怒的小伙子就是高上。忙而不乱的节奏和氛围，被他这一通怒吼搅得七零八落。呆立于高上旁边的姑娘，身材窈窕，身着白色衬衣、黑色裤子的职业装，此刻一脸无辜，手足无措，眼眶红红的，泪水在里面打转。

大家被这突发一幕闹蒙了。从没见过高上如此失控，参加工作虽然不到两年，但他为人却让同事称道。高上满脸阳光，和人说话从不高声大叫，修养不错，做起事来，也认认真真，有条有理，领导安排的工作，不管分内分外，几乎没见他推诿过。今天怎么回事，白皙的脸庞涨得通红，一反常态，几乎颠覆大家的印象。

文妍赶紧走上前，来到女孩子身边，轻轻揽住她肩膀，柔声问道："别急，这是怎么了？"

女孩子瞪了高上一眼，回答文妍："你问他吧，莫名其妙就冲人家发火。"她委屈地

第三章

撇着嘴。

高上犹自控制不住情绪,嚷嚷着:"还好意思怪我吗?没见过你这样不讲道理的!"

"高上,你给我闭嘴,你还尽是理由了。"江少松闻声风风火火地从楼上赶到,见高上那副样子,气不打一处来,厉声喝道。

高上见状,拧着脖子不作声。江少松转眼看到文妍和邓燕也在,愣了。真是骑马碰不上,骑牛反遇到,偏偏让市局来的领导目睹了这出闹剧。江少松未免有些尴尬。看到高上直挺挺地杵着,像一截木桩,一副心不甘情不愿的模样,江少松不由得愈发怒火中烧。文妍忙岔开话题,她微笑着对江少松道:"我们去你办公室吧,别影响大家工作。"说着一把拉住女孩子的手,说:"别再生气了,走,和我聊聊去。"

女孩子名叫穆斯晴,是桑德电子集团股份有限公司的会计,经过她的叙述,文妍和江少松才弄清楚事情的起因。

桑德电子增值税留抵税款比较多,账面上已经超过3000万元,由于疫情对市场的冲击,今年面临销售严重滑坡、资金流动不畅的情况。公司老总韩劲松交代穆斯晴,要她找税务局联系协调,希望借这次系列减税降费政策的实施,把这部分留抵税款给退了,如果可行,那么桑德电子将减轻不小的压力。韩总半开玩笑半当真地说,只要这笔税款退下来,他给穆斯晴记大功。穆斯晴临危受命,信心满满地来到二分局找管理人员办理。可高上不同意,说不符合政策规定,只能对增量部分给予退税,而桑德电子的增量不过区区370多万元。穆斯晴便和高上磨起嘴皮子,以她的理解,国家实施系列减税降费政策,就是要让企业轻装上阵,让市场发展更有活力。落实减税降费政策,也是给企业释放更多利润空间。为什么不能灵活地执行政策呢?高上一开始还耐着性子跟她解释,并且拿出文件,白纸黑字,让穆斯晴好好看看。穆斯晴想到韩总嘱托,自然不甘心空手而归。高上正在手忙脚乱之中,不时要接咨询电话,回答对方问题,还得抽空审核堆积如山的退税资料,自然把穆斯晴晾到一旁。穆斯晴哪里吃得进文件里那些规定呢,她对高上说:"政策是死的,规定是死的,人是活的,难道就不能从实际出发吗?"她求情道:"就算是做好事嘛,又不会有多大的风险,打点'擦边球'也行啊,你抬一抬手的事。"她在高上耳边喋喋不休,高上只得放下手里的活儿,再次耐心向她阐明国家为什么只考虑增量问题:一方面是基于鼓励企业扩大再生产的考虑,另一方面是基于财政可承受能力,若一次性将存量和增量的留抵税额全部退税,财政短期内不可承受。因而这次只对增量部分实施留抵退税,存量部分则视情况逐步消化。他直视着穆斯晴道:"这下我应该讲明白了吧,哪能像你说的,'抬一下手的事儿',那么简单轻松。真是笑话!那上头的文件不成了废纸一张?"

穆斯晴依然不依不饶,她怪高上死板,还讥笑他是不是"机械系"毕业。此话一出,顿时激怒了高上,他把桌子上的资料猛地扫到地上,"嚯"地站起,冲穆斯晴一通大吼。这下,着实把穆斯晴吓了一大跳,她没想到高上会这么开不起玩笑。她对文妍说,她其实无意伤害他,脱口而出的一句话,不料却惹出一场风波。

江少松宽慰她,不管怎么样,高上态度极其不对,要狠狠批评。穆斯晴忙摆手,想想自己也是难为人家了,这事就算翻篇,拜托江少松千万别火上浇油。

| 春 风 引 |

文妍打了个圆场："税企一家亲嘛，几句话的事，都别放在心上。"她看到二分局专班的工作状态，暗自琢磨，设身处地，自己在这样的环境下，也难保不会情绪失控。心里已经对高上的情绪宣泄有了一番不同的理解。

十二

调查问卷很快汇总到文妍面前。文妍在心里对县局减税办的办事效率点了个赞。

时值二伏天，太阳迟迟不肯落进西山，滚滚热浪迟滞着不愿散去。好不容易华灯初上了，文妍住在龙承县局招待所，奔波一天，身上黏糊糊的，她先去冲了个凉，心情轻松多了，然后安下心来，开始一字一句研读调查问卷。

应该说，摆在她面前的这些问卷调查质量不错。可是统计数据却让文妍坐不住了，和她心目中的情况差距蛮大。譬如，对减税降费政策"非常了解"和"比较了解"两种状况所占的比例之和，仅为55%，还有45%为"不太了解"和"完全不了解"。这两个数据简直惊出文妍一身毛汗。譬如，在"通过何种渠道或方式了解减税降费工作"这一选项中，办税服务厅、税收宣传活动和其他外部渠道或方式占比最高，达到77%。33%的调查对象认为减税降费政策发挥了积极作用，67%的调查对象认为作用一般，并不明显。减税降费的作用应该看得见摸得着，竟然还有大部分人并不了解，这又让她出乎意料。对减税降费政策是否满意，"非常满意"和"比较满意"占比为78%。减税降费具体项目中，个人所得税专项附加扣除关注度最高，达到23%，其他项目按照比例高低排列分别为：房产交易相关税费减免占比20%，小微企业普惠性税收减免占比17%，增值税改革占比14%，促进重点群体和自主就业退役士兵等创业就业减免税费占比9%，高新技术企业等企业所得税优惠政策占比3%。如何看待当前的减税降费政策选项中，40%的调查参与者认为符合当前经济发展的需要，25%的人认为减税降费属于供给侧结构性改革的有力措施，还有20%认为可以得到实惠。

通过此次减税降费相关情况的问卷调查可以看出，减税降费政策在宣传方面还需拓宽渠道，加大宣传力度，创新方式方法，做好对政策的进一步解读和普及工作。需要积极贯彻落实社会大众比较关心的减税降费政策，进一步提升税务局的服务水平，更好地满足人民群众对美好生活的需求。

掩上问卷，文妍陷入沉思。窥一斑而见全豹，龙承县局的情况，客观地说，并不如她想象的那么乐观。她此刻丝毫没有怪罪县局的意思，相反却深刻理解到一个道理，伟人说得好，"没有调查，没有发言权"。她反省自己，暗道两声"惭愧，惭愧"。

本次问卷调查对象仅限于纳税人、缴费人，尚未涉及税务机关内部。文妍想，社会调查中出现的许多问题与税务工作密切相关。比如宣传不到位，会造成纳税人、缴费人对政策理解的偏颇；服务不到位，会引发纳税人、缴费人的抵触情绪；落实不到位，则会让人觉得没有公信力。凡此种种，说明税务局减税降费工作的推动，直接影响社会评价。文妍打定主意，明天就从内部入手再进行一番深入剖析，所谓"解铃还须系铃人"，根子主要在内部。

想到这里，文妍坐不住了，给邓燕发了个微信留言，让她过来，两人一起碰碰，扯扯明天的工作计划。

这时候,电话响了,一个陌生本地号码。文妍一看已经快晚上九点。她心里嘀咕,这个时候谁找她呢?电话固执地响着,她犹豫一会儿,还是接通了。

电话是高上打来的。他首先对自己的冒昧表达歉意,然后说请文科长去吃宵夜。文妍想都没想就拒绝了。她确实从没吃宵夜的习惯。高上急了,忙说,宵夜不过是借口,他想向文妍请教一些工作上的事情。文妍说:"那上班时再说啊。"高上在电话里苦笑道:"这一向白天黑夜的,刚刚处理完一些不能过夜的事情哩。"他说的也是实情,听高上说话的口气,彬彬有礼,和白天已然判若两人。

文妍心里一动,不正好找他聊聊吗?只是时间比较晚,耽误人家休息,有些不忍。高上仍然诚意十足地坚持。文妍想了想,便说:"好的,你过来吧。招待所一楼有个书吧,我们就在这儿见面聊。"她赶紧给邓燕打电话,让她一道听听。

十三

文妍和邓燕刚走进书吧,高上就迎上来,敢情他早已在此候着?高上看出文妍的疑惑,忙解释道:"我猜您准不会去吃宵夜,那么到这个地方最合适不过,所以嘛,刚才我就在这儿一楼打的电话,呵呵。"他似乎为自己的安排有些得意。文妍不由一笑:"你还真是善于推理哩,我也算成全了你吧。"高上连连摇头:"哪敢呢,是您体谅,也是领导爱惜羽毛。"邓燕一听,笑道:"看不出你还一套套的,真会说话。"高上立即苦着脸回答:"就是不会说话呀,不然今天怎么会和纳税人干架呢?"边说,边把俩人引到一个卡座。

一坐定,高上问喝什么,文妍晚上喝茶睡不着觉,便说要凉白开,邓燕也一样。高上玩笑道:"这是领导严于律己哩。"起身去外面茶台,端来两杯凉白开,邓燕好奇地问:"自己动手吗?"

"是的,这里没有服务员,属于自助清吧,只备有凉白开。要喝茶的话,茶叶就得自己带来,烧水泡茶都要自己动手。"高上从随身带的包里掏出茶叶,说,"我今晚就带了本地名茶水府黄土茶,幸亏你们只喝凉白开,要喝别的,我可得另想办法了。"他不好意思地抠了抠头皮。

"这倒有点意思,"文妍说,"挺好的自助书吧,我看到门口有个牌子,叫'税月静好'清吧,也算名副其实。"

"可是好像没什么人气。里面只有两个小年轻。"邓燕四下打量道。

高上说:"现在是非常时期,平时来的人可多了,当然都是系统内的税务干部,年轻人居多。大家在这里看书、闲聊,环境不错,又不花钱,几多好哩。"

"税月静好"清吧装修简洁,但显得雅致,小而精巧,厅堂里面辟有图书架、书画角,还置有一张古琴。文妍十分喜欢这样的布置,这里安静怡然的气氛,倒真能领略到几分岁月静好的感觉。

高上开门见山:"耽误市局领导休息,不好意思啊,但我确实想向你们倒一下心里的苦水。"他停顿片刻,直视着文妍说:"我绝不是为自己今天的行为辩解,只想把工作中碰到的困惑向您请教请教。"

文妍轻轻地"哦"了一声,并不接腔,只是用目光示意他说下去。听到基层真实的声音,正是文妍所需要的。

高上所反映的主要是操作层面的问题。

| 春 风 引 |

他毫不避讳,认为目前落实减税降费政策的过程,有点儿"打乱仗",就算手脚并用也难以应付。拿他所在的二分局来说,上面推送下来的疑点信息,平均每月多达一万七千余条。这些海量信息涉及各个税费种、八千多户纳税人和缴费人,而且上面各业务部门多头推送,且时间不统一,经常一个部门推送一批,好不容易核实完毕,另一个部门又接踵推来一批新信息。让人无奈的是,需要核实的税种虽然不同,重复户头却不少,不得已,只好觍着脸又去继续核。这样一来,工作量无形之中倍增,纳税人和缴费人更不理解。他们困惑为什么同一家涉及的税费项目,不能一次性同步进行核实,而要分两次甚至多次来做。尽管减税降费对他们是利好,可内心也不胜其烦。高上举例说明:前不久,他接到对辖区内一户企业疑点数据核实的任务单,企业名叫江洲神风制造股份有限公司,一家多功能机械设备中型企业,属于重点监督企业范畴。他接到的任务单是核实其增值税留抵退税情况,可该企业除增值税留抵退税外,还涉及享受出口退税、制造业中小微企业缓缴税款、研发费用加计扣除、"六税两费"减半等多项税费优惠政策,属于"组合式"优惠。任务书在间隔相近的时间内分批分期下达,导致他几次下企业核查。最后,虽然工作任务完成了,公司也顺利享受到退税590万元,但在一户企业上耗费的精力就让他倍觉疲惫。高上明显感觉到,企业财务人员对此也颇有腹诽,只是没有表露出来。好在董事长方总特别理解,一个劲儿向他表示感谢,可他特别没有成就感。说到这里,高上苦笑着说:"按常理,不说雪中送炭,这至少也是为企业纾困解难,可是我真没有感觉到企业那股高兴劲儿。"

文妍追问:"通过海量疑点数据排查,到底有多少疑点可以排除,或者说推送下来的数据中问题数据占比多重呢?"高上沉吟了一阵,才回答道:"实话实说,从前面核查来看,不少所谓疑点数据经确认后是没有问题的。"邓燕插话道:"那是不是可以说,平时在核实这一块做了很多无用功。"高上字斟句酌地说:"可以这样看,也不能这样看。"他解释道:"毕竟只有核实每个疑点数据后,才能真正做到心中有底,所以嘛,核查还是有必要。"他转而又道:"但确实影响精力的科学分配。一个人精力总是有限的。如何从中跳出来,也许正是值得破解的一个难题。"文妍听了,若有所思地点点头。

得到文妍的无声肯定,高上继续他的"吐槽"。

政策出台与实施执行存在时间差也是落地的一个"堵点"。一项减税降费政策可能在四月份才出台,而实施时间却明确从元月份开始。这样一来,前一个季度的落实就成为麻烦,让基层干部在操作时倍感头痛。另外一个难点,便是政策宣传难以实现"零死角"覆盖。为什么在执行中有时得不到受益人的理解和支持,高上认为,对减税降费政策的宣传解读和培训辅导在针对性和实效性上远远不够。

他这样说,自然让文妍想到她才看过的问卷调查反映的情况(55%和45%的数据可是让她如坐针毡),看来是现实中确乎存在的现象。虽然开展了多轮宣传培训,既重视"大水漫灌""铺天盖地"地开展宣传,又突出"精准滴灌""靶向发力"式培训辅导,但企业财务人员变更、个人素质参差不齐等因素,导致有的企业对减税降费政策掌握得不够全面,接受和执行新的减税降费政策还需一个过程,短时间内难以实现"零死角"覆盖。

文妍心想,小伙子还打了埋伏。她直觉宣传的方式、渠道,或许也是影响宣传效果不可忽视的因素吧。

……………

时间像沙漏悄无声息地流失,招待所值勤的服务员走进来微笑着提醒,清吧十点半关门谢客。文妍一看时间,赶紧站起来对高上说:"谢谢你,今晚这一个多钟头,让我们收获很多。"

十四

前脚刚进房间,后脚妈妈就发来了视频。文妍心里一紧,妈妈向她告状,家里两只"神兽"今晚硬是不听指挥,深更半夜了,让他们睡觉就不睡。妈妈把手机对着文小萌、李小苗姐弟俩,说:"你自己看看,他们在干啥。"文妍看到她那对龙凤胎东倒西歪,各自捧着游戏机躺在沙发上玩,专注的神情仿佛超然物外。

文妍气不打一处来,朝妈妈嚷嚷道:"谁让他们玩游戏机的?"妈妈委屈地说:"你可别怪我,要怪就怪李光明。也得怪你,一走几天不归屋。"文妍气急败坏地问:"李光明人呢?"妈妈说:"加班去了,说医院临时有紧急事,救人命的事,他能不去吗?"

文妍说:"加班,也不能让孩子玩游戏。早就说好了,只准周末玩一会儿。"

妈妈一听也不高兴了:"你们自己定的规矩,我怎么知道。"她告诉文妍,本来李光明答应今晚在家给孩子做"糊腩汤",结果呢,他连食材都还没准备好,市医院就来电话,有个病人突然病危,要他赶过去。他把菜一丢,转身就跑。孩子们不干了,左一个右一个拖着他不准出门,他没办法只好拿出游戏机让姐弟俩玩,说回来了再做"糊腩汤"。可七点钟出门到现在还没见影子,打电话也没人接。她哄孩子睡觉,他们不听,非得要等他们爸爸回来不可。文妍妈妈连连摇头,问该怎么办。

文妍让妈妈把电话给文小萌,对文小萌尖声叫道:"小萌,看我明天回来怎么收拾你。你是这么当姐姐的啊?赶紧带弟弟睡觉去。"文小萌玩得正在兴头上,冷不丁被文妍的责骂吓了一跳,极不情愿地从沙发上爬起来,撑了文妍一句:"李小苗从来都不听我的,你又不是不知道。"她嘟着嘴,慢吞吞地往卧室去了。嘻得文妍直翻白眼。文小萌说的也是实话。龙凤胎女儿跟母亲姓,儿子跟父亲姓,儿子比女儿调皮多了。文妍分娩前,一位生了龙凤胎的母亲,曾经以过来人身份和她交流过,男孩生来调皮,应该把男孩当哥哥,哪怕他从娘肚子里后出来。那样的话,一来可以从小用哥哥的身份约束他,二来可以培养他的家庭责任感。这是她的心得。文妍当时不以为然,后来的事实,让她觉得或许真有一丝道理。

摆平了大的,文妍集中精力对付李小苗。李小苗犟起来像头小牛犊,她平时摸索出一套办法,即"一哄二骗三霸蛮",可现在她已经失去一哄二骗的耐心,直接上手段。她朝仍在专心游戏的儿子咆哮道:"李小苗,你还敢玩,我明天回来就把机子砸碎了,看你以后拿什么玩?"没想到李小苗抬头冲她扮起鬼脸,吐出舌头"哇"了一声,摇头晃脑地撑她:"来啊,你来砸啊,嘻嘻。"文妍脸都气绿了,李小苗干脆伸手把外婆的手机给摁了,视频一关,文妍只有徒唤奈何。她想了想,打消了继续拨过去的念头,目前这个状态,拨过去也是徒劳,鞭长莫及。唉,她在心里重重叹了口气,干脆让妈妈去对付一阵看看如何吧。

经过这番折腾,文妍怎么也静不下,打开紧闭的窗户,一阵燠热扑面而来,让人更加心烦气躁。这鬼天气,都半夜了,还这样热。窗外灯火早已稀少,文妍重新关上窗子,一屁股坐到床沿边。

呆坐一阵,终究放心不下,看看已经零点,她忍不住给妈妈打电话。妈妈这才轻声告诉她,"小犟牛"玩累睡了,叮嘱她赶紧睡觉,别太辛苦,在外面得靠自己照顾自己。文妍一听,鼻子有些酸,妈妈年逾花甲,还这样跟女儿一大家子受累。

悬着的心落地,文妍却了无睡意,索性开启手提电脑,她本是个心里存不得事的。这时候,在和高上交流过程中脑子里酝酿的一些想法,争先恐后地重新跳了出来。她在电脑敲下"招募令"三个字。

这是她的大胆设想:通过面向全市税务干部招募的方式,组建一个在减税降费中攻坚克难的工作专班,重点攻克实际操作存在的堡垒难关,从事前、事中、事后持续推进全过程管理,注重提高效率,科学防范风险,确保政策落地。文妍越想越兴奋,"招募令"计划能实行的话,对培养、锻炼干部的实战能力和业务素养无疑也大有裨益。之所以面向全市进行招募,主要考虑到在共性的基础上,各地情况有所差异,实践中碰到的难题也各有不同,那么,集中全市的精兵强将也能发挥统帅作用。工作专班集体智慧形成的工作模式,对于全市减税降费工作自然也有实战性、指导性,从而少走或不走弯路,克服各自为战、推倒重来的弊端,大大减少重复劳动、无效奔波,可以说是一举多得。

文妍厘清思路,指头在键盘上快速游走,一行行文字如流水般,在雪白的灯光下流淌。敲下最后一个字,她情不自禁地长舒一口气,像把这几天郁积的浊气一股脑儿吐了个精光。她靠着椅子惬意地伸了个长长的懒腰,感觉到从没有过的轻松,正从脚底腾腾而上。她看了看表,时针正好指向凌晨两点,这时浓浓睡意也善解人意般涌了上来。

第四章

十五

当文妍把"招募令"呈上潭州市税务局局长程中川案头时,局长程中川正为省局那份《关于对全省减税降费工作督查情况的通报》而烦躁。通报指出了潭州市局存在的问题。揭摆的问题像秃头上的虱子,没处躲藏,措辞严厉得像撕下了脸皮。程中川急赤白脸地对班子成员说:"从这份通报里,大家应该掂量出了减税降费工作的分量吧。说它怎么重要都不为过,已经不仅仅是一项单纯的业务工作那么简单了。"他自我反省道:"看来,我们之前在认识上确实不到位,特别是本人,以经验主义的眼光对待,总认为不会差到哪里去的,结果呢,这项工作存在这样那样的问题,很显然与认识上的差距有关。通报已经明确告诉我们,纳税人的权益无小事,这才是为民收税宗旨的具体体现。"副局长孙大联是个直筒子,他说:"作为分管局长,我无话可说。通报里的问题谁也抹不了,再讲什么主观客观,我看都是徒费口舌。亡羊补牢,犹未为晚,货物和劳务税科作为牵头科室拿出了个'招募令',专为解决问题来的,我仔细看过觉得可行。"

文妍的"招募令"由此新鲜出炉。

这在潭州市税务系统的确是新生事物,面向全市招募组建减税降费攻关专班,由一名负责人和五名专班人员组成,文妍担任业务指导。"招

| 春 风 引 |

募令"既出，一时议论纷纷，不乏"看瓜群众"与"吃瓜群众"，也不乏跃跃欲试者，五名专班人员名额很快就报满，分别来自征管、税政、稽查和基层税源管理部门，其中就有高上。当然，高上可以说是文妍动员的。小伙子本来没有加入的打算，他对自己的业务水平没有多大底，毕竟是税务新兵，但文妍经过那晚与他交谈，觉得这是一块好钢，可以好好锤炼，假以时日，必将成材。高上想着这也是一次难得的学习机会，便不再犹豫。

但离招募截止时间只剩两天时，专班牵头人依然迟迟无人报名。文妍不禁有些暗暗心急，"帅"不到位，等于躯干没有"头"，不仅工作不好开展，而且意味着这个新生事物极有可能胎死腹中。

好在下午五点半，即将关门之际，龙承县局水府分局的副局长姜功名揭榜了！

文妍在心里高呼呜啦！她不知道，姜功名是被龙承县局局长艾敬民用激将法给激出来的。龙承县局被省局督查通报批得最狠，艾敬民窝了一肚子火无处发泄，看到市局的"招募令"后，动了心思，如果龙承局干部站出来揭这个榜，那么，指不定可以给县局争回一些颜面。于是那几天他密切关注招募的进展情况，在确认专班尚无"帅"的情况下，把姜功名叫到了自己的办公室。姜功名是龙承县局上下公认的业务好手，艾敬民对他充满信心。他询问姜功名为什么没去揭榜，姜功名闪闪烁烁地回答，不是没想过去，而是单位工作压力太大，家里也有实际困难，有点儿脱不开身来。

他女儿姜好好马上进入高三，在县一中就读，县一中是龙承最好的学校。以姜好好的成绩，考个"211"甚至"985"的大学，还是满有把握的。女儿是他的骄傲，从小到大学习好，姜功名从来没有操心过。前时，姜好好向他提出了个让他无法拒绝的要求：高三了，要爸妈去陪读。她的许多同学都这样，在学校附近租房，家里要么爷爷奶奶，要么爸爸妈妈，要么外公外婆，陪伴孩子读书。当然主要是把伙食搞好，让孩子吃得营养。姜功名一听女儿的请求，不能不考虑，且不说女儿从小学一路过来没让他费心，看看身边，别人家孩子到了高三，家长几乎都去租住陪读。这已经形成一种习惯现象。人家的孩子宝贝着哩，他家的小棉袄也是心头肉啊。可女儿这个在常人家里算不得要求的要求，让姜功名好生为难。妻子易红东在泉乐镇担任镇长，那是个"八品官"，顺口溜形容道：晴天回来一身土，农户家里问疾苦；雨天回来一身泥，磨破双脚和嘴皮；冬天干燥要防火，夏天雷雨要防汛；中心工作搞不完，礼拜休息常加班。所以妻子基本指望不上。前年他父亲故去后，家里的四位老人中只剩下他岳母在世，老人家体弱多病，半痴呆状态，还得请保姆照顾她的日常起居。

艾敬民追问家里到底有什么难处，姜功名依然觉得说不出口。艾敬民手一扬，道："单位的事情，你就放心好了，由局里统筹安排。姜功名呀，你名字起得好，现在不正是建功扬名的好机会吗？哈哈。"艾敬民拿他开起涮来。姜功名脸一红："这名字父母给起的，你也当真啊？"艾敬民见状，笑道："呦，呦，这名字好呀，男子汉就该建功立业嘛。这可不是什么封建思想，我们向来不是鼓励大家敢作敢为吗？"他狡黠地反问姜功名："难不成你是心中没底？那你这个业务老标兵真落伍了。"艾敬民干脆还追上一句："有人说，过去的先进，不代表永远都是先进，看来讲得颇有道理，不学习就跟不上啰。"

第 四 章

姜功名情知这不过是艾敬民用的激将法，他心里一冲动，几乎就要脱口而出，立马应承下来，话到嘴边，还是期期艾艾地吐出一句："这个事哩，我还是回去和家里细细盘算一下为好。"他自嘲道："在家我只是个三把手呀。排名末位。"艾敬民心下有些失望，却也不好强求，毕竟人家的困难摆在那里。以他对姜功名的了解，不是确实为难的话，断不至于这般婆婆妈妈。艾敬民嘴上说："你硬是有克服不了的难处，就别勉强了吧。"

第二天快下班时，即截止时间到来的那一刻，姜功名终于报名了。艾敬民吁了一口气，他本想给姜功名打电话勉励几句，想想，又放下了电话。他知道姜功名肯定克服了诸般难处，才站出来揭榜，此时，他心内五味杂陈，为姜功名的举动叫好，也有一丝莫名的歉意。后来了解到，姜功名和妻子之间发生了一场极不愉快的争执，妻子气呼呼地回了娘家，最终还是他的小姨子出来圆场，答应去陪伴姜好好一段时间，直到他回来。姜好好平常挺黏小姨的，也接受了这一方案。

至此，文妍悬在半空的心总算得以落地。

十六

专班人员迅速到位，孙大联主持召开了简短的见面会，他对大家说："这个专班虽然算临时性机构，可绝不是草台班子，而是全市减税降费的'大脑'。运筹帷幄靠'大脑'，指挥战斗靠'大脑'，能不能攻坚克难，也得靠这个'大脑'。那么，首先专班要有清醒的头脑、科学的方法，才能指导别人怎么干，怎么干出效率。"

文妍和大家明确了工作目标，即解决目前在减税降费工作中存在的各种问题，譬如缺乏统一流程，计划性不强，效率不高，既让基层税务干部疲于奔命，又得不到纳税人和缴费人的高度认可，等等。姜功名认为，当务之急是要跳出原有思维模式，摸索出一条破解困境的路子，把大家从繁杂事务中解放出来，专班要当"攻坚队"，不能当"散打运动员"。他一言既出，启发了高上的思路：如果掌握了流程的规律性，形成了规范性的指导方法，必能使操作有章可循，不至于东一榔头、西一棒子地乱打一气。来自天湖税务所的唐旭觉得，现在的确缺乏一个比较统一的、相对固定且更有权威的指导，许多干部都在边摸索边实践，影响到工作效率。叶霜在税务所从事专干工作，她大倒苦水，减税降费工作本来是个大好事，可她真没有感觉到成就感，经常得不到纳税人的认可。其中很大一个原因是他们认为部分退税效率太低，特别是手续太烦琐，拖的时间太长。她双手一摊，一脸无辜地说："规定是死的，操作人员谁敢擅自更改呢？做好事却讨不到好，挺伤人心的。"

专班人员脑洞大开，纷纷发表意见和看法，文妍一一记录在案，时不时地插嘴，引导大家这不是"诉苦大会"，而是"诸葛亮会议"，不能一味吐槽。她说，沿着旧地图一定找不到新大陆，关键是要找到解决问题的钥匙。

俗话说"三个臭皮匠，顶个诸葛亮"，文妍从大家的各抒己见里很快厘清了头绪。专班确定要建立一套相对完整的、指导与实操相结合的工作模型，拟从事前、事中、事后三个阶段切入。专班日常工作交由姜功名全权负责。减税降费工作正在如火如荼地有序进行之中，这让专班感受到无形的压力，他们必须尽快攻克难关，让工作模型尽早运用到实战中去。

潭州市局十三楼于是开辟出另一个战场，姜功名带领专班的小伙伴们马不停蹄地投入新的战斗。

文妍受限于本职,分身无术,只能作为业务指导兼顾,但一到下午下班后,她就和专班泡在十三楼,每晚回家已是凌晨。丈夫李光明说她属于"当天不归家"的人。她住在河西,离单位足有近一个小时车程。一天晚上,回家时已凌晨四点多,怕影响家人休息,她不敢闹出太大动静,蹑手蹑脚冲了凉,看看已时过五点,干脆靠在沙发上打了个盹。眯了个把小时,手机闹铃在六点半准时响起,这是她平时起床的时间。由于上班要途经一座大桥,桥上经常堵得一塌糊涂,仿佛肠梗阻,以她以往切身体验,非得赶在七点半之前过桥不可,不然,想在八点钟准点赶到单位"打卡刷脸",简直不太可能。因而,与其被堵在桥上,不如早起床半小时。

文妍其实不敢深睡,闹铃响第一声,早已形成的条件反射让她一个激灵,翻身起来,洗漱完毕,然后去厨房准备一家人的早餐。孩子要上学,也得早起,好在李光明去医院上班,可以把两姐弟顺路捎到学校去。等她把早餐都准备妥当,两个孩子也坐到了餐桌边。她的黑眼圈引起李光明的注意,丈夫关切地问她:"昨晚是不是加了通宵班呢?"文妍如实回答只睡了不到两个钟头。李光明便道:"这样长期下去可不好,会把身体拖垮掉。"他是医生,自然知道生物钟对人体健康的重要性。文妍没有接话,看着姐弟俩埋头吃饭,想问问他们在校的表现,却感觉自己竟然连一句话都不想多讲了。静默了一会儿,她自言自语道:"这一向专班事多,回来路上还得耗个把钟头,开车时眼皮都抬不起了。"李光明焦急地说:"这样真不安全,我看你要是太晚就别两头跑了。"文妍想了想道:"还真不是个事儿,要不我在办公室对付一宿算了。"李光明干脆地回答:"我也是这个意思。你看你回来都天亮了,又不想影响孩子们睡觉,还让人担心,你路上万一出个啥事情,得不偿失。"文妍边起身走向卧室,边说:"也就这几天比较难点儿,我去收拾一下东西带到局里去,晚了就不回来了,在值班室囫囵睡一夜算了。"她很快从里间提了个行李箱出来,对李光明说:"只是你也要辛苦些,孩子的事多操心,早餐也得你准备。"这时文妈妈睡眼惺忪地出来了,她重重打了个呵欠,对文妍说:"你一晚不回来,我根本睡不踏实。你先安心把你的事忙完,早餐我来准备好了。"文妍说:"过了这几天就轻松些。"

李小茁喝完牛奶,看到文妍提着行李箱,便追问她又到哪里出差,要去几天。文小萌白了弟弟一眼,抢白他:"妈妈出差你就高兴吧,没人管得住你了,正好大闹天宫。"李小茁扮了个鬼脸,冲文小萌嚷嚷:"你讲得好听,还有脸说人家,也不看看自己做得好不好。"文妍柔声叮嘱姐弟俩说:"妈妈不出差,这几天局里事多,经常加班,有时候太晚,就不回家住了。你们在家可得听外婆和爸爸的话,不要让妈妈操心。"文小萌扬起脸懂事地说:"妈妈太辛苦了,我保证不让妈妈操心。"李小茁一听姐姐的话,赶紧也表态:"我也是,我还要监督文小萌听爸爸和外婆的话。"文小萌不乐意了,朝文妍告状:"妈妈你听,李小茁好没礼貌,我是姐姐,他都不叫姐姐。"眼看姐弟俩又将燃起战火,文妍忙一手揽住一个,说:"好了,好了,你们都听话,都是妈妈的乖乖崽。赶紧的,上学要迟到了。"

十七

专班工作进入白热化阶段,意味着拨开云雾即可见到青天白日的时刻已经到来。

第四章

霞光路24号税务大楼十三层，那与星光相伴的灯光，成为一道独特的风景线。

站在窗口往大街上一眼望去，不见万家灯火齐明的场景，可知夜已渐深，街道几无人影，偶尔才有车子从眼底一掠而过。远处涟江静静躺着，似已安然入眠，而街道边霓虹灯闪烁不停，它们似乎从不缺席每一个夜晚的美丽。姜功名不无调侃地说："霞光路24号街道，这个名字真有点儿意思。经过白昼黑夜24个小时的守候，在霞光路迎接第一道霞光升起。"叶霜笑道："按这个逻辑理解，敢情咱们这栋大楼就是为加班而修建的哩。"高上连连摇头："那得建议政府把这街道名字给改了好，谁愿意天天加班加点呀？"大家就这个话题闲聊了几句，也算难得放松。

这时，文妍"咦"了一声："奇怪了，'旋风小侠'今晚怎么还不见影子呢。"她给大家点了外卖小龙虾。一提小龙虾，唐旭的馋虫立马蠕动，他夸张地捂着肚子说："难怪了，我怎地没劲儿。"王俏梅笑他："都胖成这样了，还吃。我看你女朋友迟早一脚把你给踢了。"唐旭揉了揉圆圆的肚皮，嘻笑道："俏梅姐你可不了解，俺家小张正是中意上了我这身肥膘，你也不看看，瞧俺多有福气的模样，怎么看怎么喜气。"

贫嘴间，说曹操，曹操到，"旋风小侠"风尘仆仆地一头闯进门来。他一屁股跌坐在椅子上，抹了一把额头上的汗珠，一脸歉意地说："不好意思，不少店关门歇业，我跑到河西一条小巷子里，才找到小龙虾。"他边说边打开包装："放心吃，这味道美滋滋的。"

与"旋风小侠"的交往，即是在专班集中办公之后开始的。那晚零点过后，文妍点了外卖，送单的正是快递小哥"旋风小侠"。他见办公室里灯火辉煌，夜深了，大家还在电脑前忙碌，不由得感慨地对文妍说："我平常真是羡慕你们这些坐办公室的，吹着空调，喝着茶，旱涝保收，舒服。没想到你们也这么拼呢。"他送完这一单就可以回家休息了。姜功名眼睛盯在屏幕上，嘴里回答着："这本来就是拼的时代！没一个空闲的。""旋风小侠"大包大揽地说："你们忙得连轴转哩，下回要点什么外卖，直接告诉我吧，我给你们代点代送，免得还要耽搁你们宝贵的时间。而且，没有谁比我更清楚哪里物美价廉了。"文妍便道："那也好啊，省心省事。谢谢你。""旋风小侠"说："我可得谢谢你们，照顾我的业务。"一来二往，大家便混熟了。

唐旭剥起龙虾来那叫一个快，他面前的桌面上虾壳堆起了小山，大快朵颐的模样让王俏梅看得忍俊不禁。唐旭的吃相真不敢恭维，王俏梅说他像从饥荒年代九死一生才熬出头的。

叶霜平常嘴巴挑剔口味刁，看着唐旭尽情享受着饕餮大餐，仿佛受到感染，不由得胃口大开。

唐旭见状，笑道："俺这就是典型示范作用。叶霜这就对了，肯定会从'林妹妹'来一个华丽转身。美食是心灵的驱动力，饱尝美味，才能悦己悦人嘛。"

王俏梅指着他面前那一堆虾壳，道："看看你的辉煌战果吧，快成垃圾站了。"

唐旭眨巴着眼说："此言差矣，吃掉的是美味，留下的是满足。"

姜功名说："唐大吃货，吃还堵不上你的嘴啊，当心噎着了。"

唐旭油腔滑调地回道："姜大组长，你别讥笑俺吃货吃货的，俺这是该吃吃，该喝喝，工作一点没打折。"

春风引

"旋风小侠"饶有兴致地听着他们互相打趣,忽然想起什么,对文妍说:"文姐,你都几天没回家了,你家小区封了没有呢?要不要我给家里送啥吃的用的,只管吩咐好了。"

文妍一听,脑袋里一震,真是忙昏头了,这几天和家里鲜有联系。妈妈打过来几次电话,她开口便说:"正在忙哩,有什么事情没有。"听到妈妈回答"没什么",她就说一句"那先挂了"。"旋风小侠"一提醒,她赶紧拨打李光明的电话。李光明揶揄她,也不看看啥时候,这个点打电话,简直破坏人家做美梦。李光明告诉她,小区早两天就封闭管理了,他是医生,特许他可以自由进出。学校阶段性停课了,孩子都回家待着,幸亏外婆在。家里日用生活品暂时还有,只是拖久了就得想办法,紧缺的是新鲜水果蔬菜,社区虽然配送,但难以满足需求。现在每个单元的住户都搞起了资源共享,谁家有多余的物资会贡献出来,在邻里间调剂和接济。这做法挺好。都在同一条船上,也算是抱团取暖吧。听了李光明一通话,文妍的心略略安稳了些。李光明嘱咐她,现在这样子也不适合回家,只好先维持现状。他闪烁其词地说:"还有个事,得和你商量商量。"文妍听出有些奇怪,便说:"你什么时候变得这样客套了,快点儿说吧,我们等一下还有个情况碰头会。"原来李光明所在的中心医院准备组建一支医疗队,赴邻地涟洮市援助,医院鼓励医生报名参加援助团队。他正在犹豫要不要报名,主要考虑家里老的老、少的少,文妍又无暇顾及,去涟洮市至少得十天半月才能回来,他放心不下家里。可是,他作为呼吸科公认的专家,不去还真讲不过去。文妍沉默了,的确两难。她不是不知道李光明内心真实的想法,这样的时刻,他当然得去,义无反顾,毫不犹豫。可是家里呢,孩子才刚刚十岁,正是离不开大人的时候,特别在如今状态下,老的少的都不能让人省心。文妍内心纠缠不休,两个声音在耳朵旁打架。一个说"要去",一个说"不去";一个声音大,一个声音小;一个声音柔和,一个声音尖锐;一个声音占据上方,一个声音悄然退让。文妍默不作声,让电话那头的李光明心下忐忑,他说:"再看看吧,不急,你注意休息,好好保护自己。我实在困了,明早还得起早。"说完,挂了电话。

第二天早上,估摸孩子们上学去了,文妍给妈妈打了一个电话,妈妈的意见才是最重要的。听到她迟迟疑疑的口气,文妈妈干干脆脆地说:"我早就知道这回事。那天给你打电话本想说的,结果你忙,说不上两句话就挂了我的电话。当然要支持光明去。他有这个专长,听说他用中西医结合治病的方法,得到省里的推广,受了表彰哩。一身本事,不去救人,留着干什么用。再讲呢,救人一命可是行善积德的大好事咧。"

"可是",文妍刚一开口,就被妈妈给打断了:"别可是可是的。这个道理你难道还没我这老太婆想得明白吗?我知道你担心我和孩子们,你放心好了,我现在越来越有信心'HOLD'住他们俩了。本外婆还是有套路的,你们兄妹不就是我一手带大的吗?你看看,你们一个个都有出息了吧。"

听到妈妈连网络流行语都吐出来了,文妍娇嗔地说:"瞧瞧,你又吹上了。说真的,只是辛苦你啦。"

文妈妈道:"什么辛苦不辛苦,再辛苦总比不过搞'双抢'吧。"文妈妈当过下乡知青,尝尽了那段岁月的艰难。

文妍知道妈妈又要翻她的"苦难史"了,赶紧转移话题:"只要你扛得住就OK。"

第五章

十八

大清早,常理出现在深圳洋溪小区的家里时,妻子姚遥正在吃早餐。她先是吃了一惊,随后接过常理的行李箱,看着他疲惫不堪的样子,问是否吃过早餐。常理摇摇头,他坐快车硬卧,在车上咣当咣当颠簸了一晚,几乎没睡沉,现在只想把身体伸展开,美美补上一觉。姚遥不再多问,又急着去公司,便对常理说:"桌上还有鸡蛋和面包,再冲杯牛奶就行了。"

常理躺到床上却睡意全无,打量着这个和妻子共同经营起来的小家,霎时感到无比温馨。

一年前,他不顾新婚妻子的劝阻,坚决回到他的家乡——龙承县水府村,这个渔村给了他太多的记忆,关于童年的欢乐、少年的懵懂、成长的足迹,当然还有贫穷的忧愁。他靠拼搏,一步步走出渔村,读完大学之后,本来可以找到一份体面又稳定的工作,但他拒绝了,毅然汇入"南漂"大潮。虽然经受诸般磨难,但他从不后悔自己当初的选择,在深圳打拼经年,终于创下属于自己的一片天地,组建家庭,成立了一个文化公司,慢慢地把"蛋糕"做大,也算混得风生水起。前年春节,常理应邀回家乡龙承县,参加一个名为"请老乡、回家乡、建故乡"的新春活动后,他的心思活络起来,相中了水府渔村的开发项目。

| 春风引 |

"水府"意为水的王国,这里水域面积近五十平方公里,碧波荡漾,烟雾缥缈,山峦倒映,令人心旷神怡,水中有岛,岛上有景。水府岸线长达四百三十多公里,一百多个大小岛屿,星罗棋布镶嵌其中。全岛、半岛,如珍珠一般散落水面,成为数不清的白鹭、灰鹭和苍鹭栖息的乐园。地下奇观雄伟壮观,洞内绝景丛生,人们赞之"融漓江之旖旎,怀西湖之温馨",誉为"江洲千岛湖",是水上娱乐运动、休闲度假、赏历史文化风情与山水风光的理想宝地。碧波万顷与湖光山色,构成一幅幅瑰丽多姿的美妙画卷,至若风和日丽,晴空万里,湖面清风徐来,似入人间仙境。一句"天下水府,人间瑶池"是对神奇水府的概括。

水府更像一个绝色佳人,"养在深闺人未识",近几年,才有浅层次开发,蜻蜓点水般陆续展开。生活在水府的渔民"靠山吃山,靠水吃水",在水府大搞养殖,水域布满养鱼的网箱、拦网,周遭涌现不少规模化畜禽养殖场。虽然给渔民开拓了一条致富路,但令人担忧的是破坏了水府的生态,污染环境,非法捕鱼、非法采砂等行为也屡见不鲜,因此,打好一场"碧水保卫战"迫在眉睫。开发项目旨在发挥水优势、做活水文章,支持渔民发展产业,实现生态、社会和经济效益和谐共赢,打造绿色生态发展典范。并牢固树立"绿水青山就是金山银山"理念,立足水府区域种植茶叶、水果、药材等品类的传统产业优势,鼓励渔民转型转产,以水为载体,发展集采摘、观水、游玩为一体的生态农场经济,激活休闲旅游业,拓宽致富新门路。

常理除了看中水府开发的前景,更重要的是,作为水府渔民的后代,他觉得自己有责任投身家乡建设。

可妻子姚遥死活不同意,两人经过一场马拉松恋爱,才走到一起,深圳的事业也蒸蒸日上。但姚遥知道常理的秉性,想改变他,除非他自己碰个头破血流。她最终不得已作出让步,两人订立君子协议,商定以两年为期,如果期限内水府项目没做起来,常理主动返回深圳,从此安心做公司,不再折腾。深圳公司则交由姚遥打理。

常理回到家乡,立即做出规划。生于斯长于斯,他对水府太熟悉了,甚至感觉自己好像一条鱼,四处漂流之后,终于游回原乡,这让他心里分外踏实。因为与妻子有协定,时不我待的紧迫感鞭策他马不停蹄地投入水文章综合开发有限公司的繁杂事务中。"水文章"是他为新创立的公司所取之名,当他脑子里灵光一现蹦出这个名称,顿时觉得太满意了,兴奋得打电话告诉妻子。姚遥也很中意,她解释得更透彻,老子说"上善若水,水利万物而不争",朱熹诗句"问渠哪得清如许,为有源头活水来",足以说明水真是好东西,水文章里有生命之源,蕴含丰富的哲学思想。

十九

常理决定从三个面积较大的岛屿开发入手。一个是桃花岛,打造成"世外桃源"观光地带;一个是盘洲岛,在岛上种植桃子、李子、梨子、橘子及橙子,号称"五子登科";另一个是白鹭岛,因鹭鸟集聚而闻名,提质改造为亲子生态乐园。渔民的拦网和网箱已全部整治到位,还水府一片澄明。渔民纷纷另择就业。常理的"水文章"一次性安排了五十名当地渔民就业,闹出不小动静。在"水文章"公司开业仪式上,龙承县长张若飞偕常务副县长钟振声出席，这在水府可是风光无两。县委书记陆子诚亦对常理返乡创业大为赞赏，他说"做好水文章，就有大作为"，常理特地请龙承书法家协会主席将"水文章，大作为"六字写在一幅四尺宣上，装裱好端端正正挂在他的办公室。要知道，水府治理多年来一直是地方政府的"老大难"问题，陆子诚曾经说"老大难，老大难，让老大真为难"，常理回乡创业，不仅为县委、县政府在"蓝天碧水保卫战"中解决了实际困难，而且提供了新思路。当地主官如此器重"水文章"也就不足为怪。

张若飞对常理可不是一般的认可。他说，到底是从改革开放前沿回来的，深圳速度得到了充分体现。在他看来，"水文章"一波操作简直如神一般。

仅仅大半年时间，继三个有模有样的岛屿呈现在大家面前之后，常理有步骤地铺开综合开发的其他项目，文旅休闲、鱼产品、水果深加工等项目接连上马。在"水文章"务工的渔民人数随之增加到一百多人，常理笑称，"这是一百零八条好汉在水府打天下哩"。他踌躇满志，一心大干一把，非要在这片蓝天碧水描绘出锦绣文章不可！

一切有条不紊地按照预想推进，曾经寂寥的水府眼看一天天热闹起来。"水文章"把水府搅得风生水起，也吸引来不少新项目落户于此，其中不乏在水一方文化影视小镇、梦幻主题亲水大观园这样的规模企业。龙承县委、县政府乘势而上，争取省里支持，设立了水府特色经济文化园区。这倒真应验了陆子诚说的那句话：水文章，大作为。张若飞对常理说："日后水府史志，必定给'水文章'留下浓墨重彩的一笔。"

正当"水文章"的蓝图在水府落地生根之际，一场突如其来的疫情似暴风雨，不由分说，把常理心中那团熊熊燃烧的大火浇得七零八落，几乎不留下一粒火星。来水府观光旅游的团队数量直线跌降，仅偶有零星游人光顾。营业额锐减，刚性支出却一分少不得，常理硬挺了一个季度，账面利润赤字已经80多万元，照此下去，公司肯定扛不住。他想过裁员，可看到那帮刚刚洗脚上岸的父老乡亲一道道焦灼的目光，他不禁犹豫，心里为自己打气，还是咬牙再坚持一段时间看看吧。让他不安的是，疫情如晴雨不定的天气，叫人摸不着头脑，除了严防死守，暂且不见局面明朗。又过了一个半月，常理一看财务报表数字，知道自己得下决心了。多年商海沉浮经验，他深知"当断不断，反受其乱"。这时员工纷纷找上门来，主动要求常理给他们打工资白条，他们真心不希望才起步的公司眼看面临倒闭境地，其实也是不愿意看到自己的希望之火就此熄灭。常理备受感动，召集员工开会，向大家承诺同舟共济，共渡难关。好不容易又挺过两个月，依然不见好转，常理这时候真急了，偏偏妻子三天两天来电话催他回去，说深圳那边的公司也遭遇"滑铁卢"。姚遥对他顾及老乡面子硬挺的做法非常恼火，同情心不能等同于效益。有时候，常理为人处世的确偏感性，员工的工资已经欠下120多万元，尽管他们对于白条没有意见，但人家也得养家糊口。常理觉得背负了沉重的"人情债"。而变化莫测的疫情，使他的心老是悬着。

到忍痛决断的时候了，他不得已作出全面停业的决定，每个项目的基地上只留下两个值守人员。

应姚遥的预言，常理灰头土脸地回来了。姚遥清楚这次事出有因，说实话，她对常理在水府力创"水文章"品牌,内心是认可的。因此常理回到她身边后,她并没有言语刺激,只让他好好休息调整,她体贴地说:"反正这边业务现在也不景气,你正好静一静。"常理也就懒得理事,平时一个人如此放松的时候真是不多。每天在家睡到自然醒,闲得无聊打打游戏,追追剧。他纵有百般不甘,又奈其何?姚遥这时却开始担心他会憋出毛病,便鼓动他邀约朋友一起去外边走走,散散心。

二十

这天,常理和好友黄钰鑫、成诚来到深圳湾的"好久不见"咖啡馆打发时间,以前他们是这家馆子的常客,这里安静、素雅。今天客人寥寥无几,侍应生也少了。三个老友多时不见,坐下点了各自喜爱的饮品,东一句西一句,有一搭没一搭地闲谈,常理明显心不在焉。成诚看在眼里,便想调动一下气氛,说起前时听到的一个段子,讲的是:以前睡觉叫懒虫,现在睡觉叫作贡献。如今下床就是周边游,客厅就是省内游,进厨房、洗手间、阳台就是国内游,出村子都要办签证,已经是出国游了。

"这是调侃,可还有吓人的呢,"黄钰鑫说,"某地曝出因疫情劝阻返乡的创新工作模式,倡导大家尽可能不要返乡,可以通过视频、电话等形式,缅怀先人,追思逝者,共叙亲情!——一语既出,石破天惊!"

常理听了道:"这个笑话有点儿冷。现在不是提倡科学防治吗?还是老人家讲得好,战略上藐视,战术上重视。"

成诚打开话匣子:"战略也好,战术也好,千万别'中枪',尽量不出去,出去容易'中枪'。这就叫作:门卫一枪,超市一枪,菜市场一枪,回到小区后再补上一枪,枪枪打头,打得晕头转向。若是最后打中37.3摄氏度以上,你就不用回来了,太危险了,外面要命,没事尽量别出门哈。"

常理微笑道:"挨了这几枪,至少心里不慌张。"

突然,他手机响了,一看,是姜功名的电话。姜功名是水府税务分局的副局长,常理曾经多次向他咨询过税收政策,因此两人比较熟稔。这个时节点打电话来,常理心里有些窝火:"我的公司只差没有注销了,难道还想要我缴税吗?"出于礼节,常理耐下性子和姜功名聊起来。姜功名询问他公司近况,听说他回到了深圳,姜功名有些吃惊,以为常理撤退了。常理把详细情况说了后,姜功名告诉他一个消息,经过摸底测算,"水文章"有一大笔税可以退。

"一大笔退税?"常理"啪"的一声放下手中端着的咖啡杯,把黄钰鑫、成诚吓了一跳,不知他碰到什么烦恼事。

"一大笔是多少?"常理急急地追问。

姜功名肯定地答道:"至少有300来万元。"

常理一听,有些不相信:"真有这样从天而降的好事吗?拜托老兄别逗我开心了。"

姜功名"咦"了一声,道:"都什么时候了,我哪有闲心逗你玩呢?"

常理兴奋得大叫道:"那我马上赶回来,明天就回。"

成诚奇怪地看着他:"怎么回事,突然中彩了?"

常理认真地说:"雪中送炭远比锦上添花来得更带劲。"他一扫脸上的阴霾,详细介绍起他的"水文章",听得黄钰鑫、成诚二位入了神。

黄钰鑫频频点头:"生态是个大问题,大问题后面往往有大商机。"他对"水文章"产生了浓厚兴趣。常理见状,便顺口邀请他们一同去水府,假如"感冒"的话,既可以联手做大做强,也可以看看有没有适合自己的项目。两人都应承了,他们手头的生意已经稳定,这段时间正好有闲暇,去走一走未尝不可。

二十一

由文妍指导、姜功名领衔的工作专班,经过半个月苦干,制定出一套"1234"减税降费工作法。

潭洲市局局长程中川决定召开一个论证会。"1234"工作法再好,也得接受实践检验,"磨刀不误砍柴工",正式实施前,集思广益听取意见也是必要的。文妍知道"丑媳妇总归要见公婆",她和专班商定,由姜功名作为论证会主汇报人,整整半个月的辛苦,现在来到接受评判检验的关口。

如何才能让大家更直观、更生动地了解"1234"工作法,姜功名领命后,琢磨开了。

"'1234'工作法,相当于一次健康状况的全面'体检'。"论证会上,姜功名这样开场。他特别注意到程中川局长饶有兴趣的神情,心里受到鼓舞,一边熟练地展示PPT,一边娓娓而谈:

"1"是依托"一套算法模型",实现从"局部扫描"到"全景建模"。这好比一次"CT扫描",X射线一扫而过,从纳税企业"体内"发现可能存在的风险"斑点"。接下来,当然还要对这些"斑点"进行案头分析研究,主要根据纳税人风险疑点特征,借助数据信息网络,包括从公安的"重点监控人员、税收违法'黑名单'、高危人员名单"及"疑点中介"等数据入手,结合区域行业特点,通过严格筛选,判断进销比例异常波动、库存及进销不匹配等18个"斑点",这就是要引起重点关注的风险指标。然后开出诊断处方,实行从"重点监控"到"日常管理"的四级分级管理办法,构建风险监控指标体系,为符合条件的纳税人实施动态"扫描+评级",提升减税降费风险管理的时效性和靶向性。

"2"是创建风险体检"两张表",以全方位穿透式税务风险体检提升企业"免疫力"。梳理风险体检"评分表",做好企业经营行为"X光扫描"。特别关注留抵退税,这是整个工作中至关重要的一环,风险"斑点"较多,多部门联合研判很有必要,以对申请留抵退税的纳税人进行全面风险"画像"。对符合条件的企业逐户形成健康"报告表",将企业分成"重点监控、重点关注、一般关注、日常管理"四个管理级别,为"分类精准监控、分级快速处置"打下防控基础。

"3"是筑牢"三道防线"。如何有效防止"躯体健康恶化",事前"体检"显然能起到"防患于未然"的作用。开展差异化防控是一条途径,主要是对风险较大的企业进行重点监控,对中风险企业进行重点关注,对低风险企业进行一般关注,对尚未发现存在风险的其他企业进行日常管理。积极辅导企业应享尽享退税政策,并按规定尽快为企业审核退税。事中"防、退"结合,兼顾服务管理。对重点监控类企业采取限制性措施暂缓留抵退税办理,同时限制企业注销、迁移,及时开展风险应对;对重点关注类和一般关注类企业按现行规定开展留抵退税事前审核;对日常管理类企业,积极压缩退税

| 春风引 |

办理时长，使税收红利迅速送达企业。事后轻症"开药汤"，重症"动手术"。依托"征风稽"联合机制，开展已申请留抵退税企业涉及虚开增值税发票情况分析，从"进销比例异常波动""接受虚开""企业状态"等指标开展深度分析，判断是否有取得虚开发票情况。

"4"是指要做到"四清"，即责任清、机制清、职责清、政策清。努力实现"宣传解读、业务辅导、政策落实、监督检查"四个全覆盖，帮助纳税人和缴费人第一时间了解减税降费政策。

同时借助大数据云综合应用平台，将"六税两费"退税任务按照局、所、人、户、税进行任务归集，任务自动推送到税收管理岗。监控由"人盯"转变为"机控"，单户退抵税任务办结时间大幅压缩，原来一户办结至少要三十分钟，设定目标为五分钟，日办结量原来是二百来户，目标是提升到上千户，要千方百计为"六税两费"退抵税工作保质保量完成提供"加速度"……

姜功名的讲解博得大家一阵掌声。程中川在论证会结束时进行了简单点评，对姜功名的介绍给予肯定，把专业性极强的事情阐述得通俗易懂，同时表扬专班的努力，认为他们的辛苦是一次极其有益的探索。"当然，是骡子是马，还得拉出来遛遛，实践是检验真理的唯一标准嘛。"他话锋一转。

为期两周的专班工作马上告一段落，结束前最后一晚，姜功名自掏腰包，让"旋风小侠"给大家送来了油爆小龙虾，算是作为组长对小伙伴们的致谢。文妍真挚地对"旋风小侠"表示谢意，丈夫李光明率队去涟洮市后，给家里送东送西的事情几乎全由他包了。文妍真诚地说："不然的话，真是让人头痛哩。""旋风小侠"嘭嘭地拍着胸脯说："姐，这有啥谢的，本小侠得对得起这'旋风小侠'的江湖名号呀。"

唐旭看到高上躲到一旁打电话，他对文妍眨眨眼，神神秘秘地说："喏，这几天打个电话都要避开，这小子有状况啦。"王俏梅白了他一眼："还能有啥状况，不就是谈个恋爱嘛。你呀，还是操心自己的事吧，对了，啥时候吃你的喜糖，记得吆喝一声。"唐旭苦着脸说："快别提了，差点亮黄灯了。人家怪我十天半个月没陪她。幸亏有大家作铁证，不然真以为我瞒着她干什么坏事去了。"文妍忙追问："这可以讲得清啊，现在正常了不？需要姐给你出面说情吗？要不开个证明也行，盖上大红公章。"她笑嘻嘻地逗道。唐旭双手抱拳，连连说："不费你的心啦，还好，本少爷有三寸不烂之舌，没有说不清的事哩。再说呢，俺家小张那是漂亮加贤惠，温柔加体贴。"

高上打完电话，冲唐旭一顿挖苦："见过脸皮厚的，真没见过你这样铜墙铁壁的。"

唐旭立马抓住他的话柄："还真是敢说哟，到底谁脸皮厚呢，谈个对象还是跟自己红过脸吵过架的，脸皮还不够厚呢？"和高上打电话的，正是桑德电子集团股份有限公司的财会穆斯晴，文妍知道高上和她发生矛盾的事。唐旭又是怎么知道的呢？穆斯晴给高上打电话咨询业务问题，一来二去，两人聊的话题便不再是单纯的业务。高上发现自己有点喜欢上了她，又觉得抹不开面子，便和唐旭说了这事。他想，毕竟唐旭正在热恋之中，情感经历比自己丰富。

文妍弄明白高上和穆斯晴在恋爱，感情这东西真是巧，不正是所谓的"不打不相识"吗？

第五章

唐旭的话闹了高上一个大红脸，他忙着辩解道："人家可是正儿八经找我咨询退税政策的事咧，还别说，我用'1234'工作法给她一评估一解释，嘿嘿，问题迎刃而解。"

王俏梅咯咯地笑开了："看来，这'1234'工作法还具备恋爱的功效哩。"

诚如程中川所言，凝结专班全体人员心血的"1234"工作法，是否能在实际操作中发挥预期效果，显然有待检验。论证会后，姜功名便用自己的口令登录系统，先到他所在的水府分局"试试水"，根据退税条件、可退税额、风险状况等重点事项开展"事前预审"，运用动态"扫描+评级"的方法分析后，判定水文章综合开发有限公司符合退税规定。

姜功名对"水文章"可谓耳熟能详，它创办一年多来，在水府闹出不小动静，甚至可以说，一篇"水文章"掀起了一个开发潮。但要反思的是，分局税收宣传的触角尚未到达水府岛屿那片区域，这固然有交通不便等客观因素，但宣传手段乏力，显然也是造成"死角"的原因之一。"水文章"面临的窘境及常理的无奈，让姜功名不由得心情沉重，倘若"水文章"就此偃旗息鼓，岂不可惜？

多日的紧张状态终于得以放松，姜功名如今归心似箭，这半个月倍感压力和煎熬，"1234"工作法是让他揪心的一份答卷，好在总算告一段落。女儿想要爸妈陪读的日子拖了一天又一天，让他觉得特别亏欠女儿。他早几天还信誓旦旦地答应女儿，专班结束后马上陪女儿，可今天早上，姜好好告诉他，她已经回到家里上网课。姜功名心里有说不出的滋味，这一届毕业生也真是够折腾的了。

第六章

二十二

好说歹说,艾敬民把父亲送到县人民医院,一检查,果然"中镖"了,赶紧安排住进ICU。经过三天治疗,老爷子病情有所好转,暂且脱离生命危险,转入普通病房。艾敬民这才稍稍松了口气,但主治医生私下告诉他,还是要有思想准备。老爷子健康状况不容乐观,主要由于年老和基础病,他的免疫力特别低下。艾敬民注视父亲瘦癯的脸庞,听到他粗重的喘息,心里一片悲怆。这几天,白天由妻子和妹妹艾利民在医院照顾,晚上则由他替班。以往他很少如此陪伴在父亲身边,可这样的陪伴方式,在这样的地方,让做儿子的百感交集。他暗暗祈祷,但愿父亲这次能吉人天相,转危为安,挺过这一关后,自己定会多抽出时间陪陪他。他强烈预感到,那样的日子只怕真的屈指可数了。

这天早上,他刚从医院赶回局里,办公室主任阳春秋给他送来一份由潭州市局办公室转过来的督办函。一位叫叶求实的小微企业主向潭州市长热线打了投诉电话,反映龙承县税务局不落实减税降费政策,存在不作为的现象。市长作了措辞严厉的批示,要求税务局严肃查处。艾敬民一看文件处理单,问阳春秋之前是否收到过这个叶求实的反映,阳春秋摇了摇头,从来没有,他已经问遍了局里相关部门和单位。艾敬民不禁火冒三丈。他平素最恼火这种动辄越级上告的做法。问题不是终归要由基层解决吗？你动不动一闷棍打下来，让人心里怎么也不爽。

阳春秋自然晓得艾敬民的行事风格，但他不得不提醒一下，指着市长的批示说："艾局，这事来头不小，我建议弄个明白才好交代。而且市局程局长也有批复，让我们三天内务必回复。"艾敬民端起茶杯，咕嘟咕嘟喝了一大口，借以平复心绪，再仔细浏览后面的附件。叶求实在天湖镇办了一家叫作"天光被服加工厂"的企业。天湖镇号称龙承的"大西北"，作为县城最偏僻的一个小镇，却盛产桑麻，棉麻纱相关产业因之兴盛。天光被服加工厂属于小微企业，由于市场竞争激烈，一直面临巨大的经营压力。减税降费政策实施前，企业负担较重，加上近来市场行情低迷，不得不裁员和降低员工薪酬，但企业依然难以走出困境。叶求实了解到国家出台了扶持小微企业的税费优惠政策后，希望能趁机来个"咸鱼翻身"，于是乎，他满怀期待地向所在地的天湖税务所提出了退税申请。增值税税率、企业所得税税率和社会保险费率均有下调，这一套"组合拳"打下来，企业在购买原材料和销售产品时，能节省大笔资金，增加利润，得到看得见、摸得着的实惠。可他在天湖税务所碰了个"软钉子"，税收管理员老沈告诉他去网上自行申报，他照做了，结果审核没通过，说是提供的材料不齐全，叶求实接连跑了两趟后，觉得税务局故意为难，属于典型的不作为。而且他认为，办事的税务人员老沈态度生硬，极不耐烦。兴高采烈而来，满腔怨气而归，他一气之下便打了市长热线电话。

这便是事情的大致经过。艾敬民沉吟了一会，提笔批示："请纪检组调查落实。"他本想依照市长批示，也加一句"严肃处理"之类的话语，想想还是罢了。待事情原委弄清楚再作处理不迟，任何事情都要讲究实事求是。这可是一条根本原则。

二十三

叶求实的投诉事件并不复杂。县局纪检组组长陈述平带人赴天湖镇，找到叶求实本人及税务所相关人等，很快即查清事实。显然叶求实反映的"税务干部不作为"不属实，但税收管理员老沈存在态度不佳的问题，而且他对退税政策不熟悉，回答欠妥。企业本身也对政策理解不透，一味从利己观念出发，达不到要求，即生不满。陈述平把事实真相向叶求实当面反馈，得到他的认可。又把当事双方叫到一起，当面锣对面鼓地澄清事实，老沈就自己不对之处，亦诚恳地向叶求实道歉。

听了陈述平对整个事件的汇报后，艾敬民犹自余怒未消，提出必须严肃处理税收管理员的服务态度问题。三令五申优质服务，竟然还因为态度生硬遭到纳税人投诉，是可忍，孰不可忍。陈述平却不赞同。天湖税务所税收管理员老沈，平时表现中规中矩，前几天他感染病毒，事件发生那天，刚刚"阳"转"阴"，本来还可以在家休息，可是所里人手太紧，就通知他上班来了，不巧，碰上叶求实这事。老沈年龄偏大，眼睛老花，系统操作不熟练，减税政策有了新变化，他没及时掌握。一个巴掌拍不响，企业财务方面其实也欠规范，要求报送的资料没有完整提供。说来说去，这是小微企业的通病。陈述平对艾敬民说："你耿耿于怀的是，这事捅到了市长热线。爱惜羽毛的心情我也理解，但我把双方喊到一块儿，已经冰释前嫌，握手言和。我觉得问题算比较圆满解决了,这是重点。关键的是我在调查中发现,我们税收宣传还有到不了位的地方。天湖这种地处边远的,尤其得加强。"他的意见是对老沈进行批评教育,由此举一反三,局里必须高度重视对干部的业务培训及对纳税人的政策宣传。

陈述平一席话,让艾敬民冷静下来。他内心已经认同,纪检调查并不是一味地要处理干部,如何解决问题并促进工作才是最终目的。

艾敬民联想到,之前发生的高上大闹办公室一事,看来并非偶然。他的案头摆着上次文妍来龙承的调查报告,其中就讲到有一定比例的纳税人对减税降费优惠政策不清楚。天湖镇的叶求实投诉事件,看似个例,却不能忽视。艾敬民想到水府经济文化园区地域的特殊性,这一问题只怕会更加突出。那里交通出行主要靠水路,纳税人散布在各个岛屿,从一个岛屿到另一个岛屿,必须乘坐机帆船。近几年水府开发迅速扩张,来此落户的企业越发增多。因征管需要,水府分局曾提出要特配摩托艇和快艇,县局担心安全问题,迟迟没有同意。

但减税降费政策的宣传迫在眉睫。市局"1234"工作法在全系统推广以后,龙承县局已经着手制定具体措施,结合"便民办税春风行动",强化"线上"税费咨询服务,通过网站、手机App、微信、短信等渠道,进一步扩大宣传覆盖面,利用视频、语音、文字等形式与纳税人和缴费人进行实时互动交流,及时回应和解答问题,确保让纳税人和缴费人及时全面了解、掌握相关政策和征管规定,将政策福利送到纳税人缴费人手中。借助各类新媒体平台,推广《电子税务局"非接触式"办税缴费相关问题解答》,方便纳税人和缴费人依托电子税务局等"非接触式"渠道在线办理业务。

这些常规化措施天女散花般全面铺开。譬如"点对点""面对面"精准辅导,"精细化、个性化和人性化"管理,推行"县局盯分局、分局盯片区、干部盯税户"网格化管理模式等。全局将征管区域划分为66个网格状单元,每个网格由税务干部包干到户、责任到人,推行"一局一账、一户一档、三维监控"的服务管理模式,设立全县减税降费总账、税费管理部门明细台账、分局(所)台账、税收管理员明细账,并加强对纳税人申报情况的监控,及时辅导纳税人更正申报,打通减税降费"最后一公里"。征期结束,及时制作生成全县符合优惠条件纳税人的"减税降费红利账单",逐户送达纳税人手中,让纳税人确确实实体验到减税降费的获得感。

而艾敬民的一块"心病"还是在水府。吴明志笑他这是杯弓蛇影,一个市长热线电话,怎么还产生了心理恐惧症呢。

艾敬民则认真地说:"这可不是'恐惧症'不'恐惧症'的事,只有做到未雨绸缪,万无一失,才算完美。再也不能有'想当然'的思想了,减税降费无小事,事关民生福祉。"

二十四

天气预报称,这是龙承四十年来最为干旱的一年,所言不虚。已有小半年无雨。不少地方田地坼裂,山岭上许多植物干成一片焦黄,它们在太阳的炙烤里,生命之水蒸发殆尽。当秋天的脚步在树叶簌簌掉落的声响里越来越近,"秋老虎"显出更凶猛的气势,炎热丝毫不愿让步。水府大大小小的岛屿,得益于水土深厚的涵养,却依然一派苍翠。人们说"水府神奇"可不是信口开河。

"水府岛屿税务服务站"挂牌了。服务站设立于洋潭岛,此岛位居水府中央,园区管委会早在上面设置了工作站,正好还有空闲的办公场地,税务局与管委会双方一拍即合,三天之内准备就绪。揭牌这天举行了一个简单而热闹的仪式,但没有领导和嘉宾讲话,连蒙在牌匾上的红绸子,也是由服务站的首任站长秦榛和企业代表常理两人揭下来的。常理参加过不少诸如此类的仪式,却是第一次作为揭牌代表,第一次没有看到领导嘉宾致辞。而艾敬民和水府园区主任王力为就站在他旁边。现场来了一百多人,税务局前期进行了广而告之,把仪式演绎成了一次税收宣传,并设立了咨询台,给来到现场的纳税人和居民发放印制好的税收优惠政策宣传册,解难释疑。

服务站连同站长秦榛在内,共三人。秦榛原是县局机关收入核算股的干部,28岁,参加税收工作却已有六个年头了。她曾经两次找艾敬民闹着要下基层,艾敬民都没同意,原因是收入核算部门确实人手紧张,更主要的是,秦榛大学本科学的经济统计学专业,这几年在收核部门可谓有了用武之地,借用分管领导吴明志的评价就是"真正顶了半边天"。艾敬民好言劝她安心本职,许多人想进来都难,进机关要经过层层遴选,过五关斩六将哩。吴明志说得更直接,也实在,毕竟秦榛已经老大不小了,现在还有重要任务,该要成个家了。在机关,地处城区,接触面广,个人问题更好考虑。一个女孩子家,去基层会很辛苦的。

秦榛却不这么想,趁着年轻下去,接"地气"才算真正意义上的锻炼。她对收核股股长刘丽宁说,如果一辈子都待在这栋楼里,不敢想象人生会是多么单调,职业生涯会是多么乏味。她的态度甚是坚决。

局党委决定组建"水府岛屿税务服务站"时,对于人选问题比较慎重,有两个方面考量,一是业务娴熟,二是敬业奉献。特殊的地理和工作环境是一种考验,艾敬民一开始不太主张选派年轻人去,担心年轻人耐不住孤岛上的清苦与寂寞。偏偏这时秦榛又找他要求下基层。艾敬民信口一说:"那你去水府吧。"这话本来带有赌气成分,原以为会让秦榛知难而退,结果她不假思索,一口应承。反让艾敬民骑虎难下,进退两难,一个女孩子家,他真是放心不了。秦榛决心既下,便不管不顾地逼艾敬民表态:"难道您一局之长还能讲话不算数吗?"艾敬民叹了一口气,终于拍板:"那就试试吧。"秦榛可高兴了,满脸粲然,顽皮地一笑:"必不辱使命!"

服务站配备的干部,一个是阮海阳,40岁出头,算得上老税务,且乃水府本地人,渔民后代,熟悉岛上情况;另一个小年轻叫田扬,前年新进公务员,才24岁,风华正茂。新老结合的一支小分队就此组成,预示着水府的减税降费工作揭开新的一页。

二十五

黄钰鑫应常理之邀,来到水府。这个山清水秀的地方,在他眼里,简直是梦想中的"世外桃源"。常理笑他:"那你留下来做个陶渊明吧。"黄钰鑫说:"陶渊明是归隐田园山水,我可做不到,我来水府,那是要创业的,要干一番大事。"成诚调侃他:"到底修为不到家,讲得好听是创业干大事,说得不好听呢,不过是奔铜臭而来。"常理忙表示反对:"按你这说法,都像陶渊明一样活在乌托邦世界里,那只有回到远古去了。"成诚举手示意打住,知道这个话题不能再继续了。他

| 春 风 引 |

在深圳从事化工行业，在水府显然找不到适合他的项目。逛了一圈，领略一番秀美的湖光山色后，先行返回。黄钰鑫情不自禁地喜欢上了这里，在水府一口气开了五家民宿。

这天，黄钰鑫从深圳过来，发现所开的店大堂一角里，一律增添了一个木质立架，做工精巧结实，和民宿风格甚搭，架上摆呈了税收宣传资料。他随手翻阅，看到有《便民办税春风行动》《2020年办税手册》《新办纳税人简易指引》《支持绿色发展税费优惠政策指引》《支持乡村振兴税费优惠政策指引》《自助办税指南》等，足足十余种。值班经理告诉他，这是岛屿税收服务站给配备的。"不收费，无偿使用。"她特地补充道。

386万元退税到账后，无异于为常理的"水文章"注入了一股清泉活水。第一步他把所欠员工的工资全部清掉，员工们大都回到原来的岗位。第二步，他放缓扩大再投入的步伐，"适当收一收"，这也是妻子反复建议的。这次被迫停业，逼他静心反省，大气候因素固然不是凭一己之力所能扭转的，但作为企业经营者，必须时刻提醒自己，遭遇"滑铁卢"时，最有效的救赎还得靠自己。"水文章"得以生存，让常理慨叹，多亏了国家政策出手相助。他寻思着，不把"水文章"做大做强，只怕真真要愧对这一片山水清明矣。

姜功名从市局回来后，常理专程去了趟水府分局，感谢姜功名提供帮助，总觉得不表达自己的谢意，心里过意不去。他一定要请姜功名聚一聚，三番五次，姜功名实在拗不过他。常理本来想把饭局安排在县城里的"飞龙在天"，一个五星级大酒店，可是姜功名死活不同意，只答应去吃水府特色菜。于是一个周末，两人来到"渔村乐"山庄，常理点的水府鳜鱼算是最奢侈的一道菜了。姜功名说，吃是次要的，他倒很想和常理侃侃大山，听一听改革开放前沿的新鲜事。两人以前虽有接触，但从无深聊，这一次聊得投机，海阔天空，一见如故，显然常理对姜功名的感激发自肺腑。常理亦颇有收获，姜功名站在税务人员的角度，和他交流了不少企业管理与经营之道，一些观念甚至启发到他。当常理去买单时，前台却告诉他，姜功名已经买过了，常理无奈地冲着姜功名摇摇头，轻轻说了声："谢谢。"

不能一味坐等"天上掉馅饼"的好事，而要逆势而上，在危机中寻求生机，这是常理从与姜功名交流中得到的感悟。他祭出第三招，开通"水文章"的企业抖音号，水府是一颗不为世间周知的明珠，那么就要揭开笼罩它的轻纱，拂去它身上的尘埃，让它光芒四射。

第七章

二十六

"1234"工作法推行差不多三个月了,文妍很想了解工作法在基层局的实践情况。于是,她带上邓燕来到龙承县。不过这次她没找税务局,而是选择和纳税人面对面,这样掌握的情况显然最为原始、真实。减税降费工作如何,效果如何,纳税人才是最有发言权的。她事先准备走访名单,按图索骥,第一站即高新区的神风制造。

财务部门经理周华接待她俩。文妍开门见山,询问公司享受税收优惠和办理退税的情况。周华话语不多,问什么答什么,讲到办理退税的事,他列举一组数字说明,原来至少得半个多钟头,现在几分钟就够了。他指着董晓道:"这事小董最有发言权,她跑得多。"董晓点点头说:"经理讲的就是这么回事。"文妍问及退税是不是也能很快到账,周华没有立即回答,似乎在斟酌如何回答妥当。

这时方向前和李增祥闻讯而至,方向前抢先答道:"到账的事和你们税务没有一毛钱关系了哩。说到这事,我还正准备去县政府找县长。"文妍听出他的弦外之音,说:"我们也可以替企业反映。"李增祥叹道:"都是疫情整的,现在谁都难,政府也有本难念的经。"方向前握住文妍的手,诚挚地说:"我向艾局长道过歉了,今天市局的领导来,我还要说声不好意思。"他说开始把退税当成了诈骗,所以把高上噎得翻白眼。文妍一听微笑道:"这也怪我们宣传不到家哩。"方向前说:"现在你们的宣传可以啊,铺天盖地的。昨天我在园区开会,一开始就是税务局的干部给我们这些企业家上辅导课。具体业务我们不懂,但我们都清楚了方向和政策。发了一沓资料,我回来都交给周经理了,"他转向周华,说:"你看有没有符合我们情况的政策,可别漏了。"周华回答道:"还真有,我们公司的留抵税还可以申请退。"方向前呵呵笑道:"那我昨天这一趟算是没白去。"

这时,办公室的小关过来告诉方向前,说有人找,好像为了什么赞助的事。方向前一听,不耐烦地摆手:"什么人啊,都什么时候了,还赞助赞助的,不见不见。"小关小声地嗫嚅着:"可来的人说是要资助西部学校口罩什么的。"方向前"哦"了一声:"那见见吧。"说毕,他和文妍握手道别。

李增祥向文妍她们介绍,截至目前,神风制造已累计收到将近一亿元增值税留抵退税款。留抵税款接连退还,不但盘活了公司日常经营的现金流,更成为神风制造进一步升级发展的强力"储备资金"。全面技改基本完成,新产品风云DD3代矿渣粉磨机系列已经成功走向市场。"关键是让我们更有底气和动力加大研发生产力度。"李增祥感慨道,"今年我们在研发新产品上投入很多,资金周转也面临不小的压力。还好留抵退税缓解了项目运转的困难,尽管受到大环境冲击,当前公司尚未实现产销两旺。这个留抵退税扶持政策力度很大,国家实实在在地为市场主体着想,极大地提升了我们发展的信心!"

文妍回答了神风制造有关减税降费一些具体政策的疑问后,走出财务部,正好看到小关匆匆过来告诉李增祥,方向前同意以公司名义向西部一所中学捐赠医用口罩一万个,他个人还要捐赠5000元的药品,请李增祥安排财务部落实。

文妍走出神风制造大门,对邓燕说:"这个方总可有意思哩。"在门口正要上车时,她听到后面有人喊"文科长"。一回头,见到两个姑娘步出公司。文妍一眼就认出来,那个冲她扬手的正是穆斯晴。上次和高上发生冲突的女孩,桑德电子集团股份有限公司的会计。穆斯晴惊喜地拉住文妍的手,连说没想到在这里又碰上。她告诉文妍,今天她是以"龙承企业公益协会"志愿者身份来拜访方向前。"龙承企业公益协会"是龙承工商界成立的一个民间机构,主要做一些社会公益事业,譬如助学、济困、乡村振兴、公益宣传等。她所在的桑德电子属于常务理事单位,这回受理事长委派,向社会募集抗疫物资,准备捐助给西部边疆学校。文妍夸道:"挺有意义的事哩。"穆斯晴说:"确实有意义,但有的企业老板并不很理解,当然啰,现在企业经营状况也不乐观,都挺难的。"文妍笑道:"神风的方总应该蛮支持吧。"穆斯晴道:"你不知道,刚才见到方总,一开始他可是虎着张脸哩,让我俩心里七上八下的。和他讲清来意后,方总很爽快就答应了,不仅公司捐了,他个人也慷慨解囊。"

二十七

去万家香生态有机食品公司的路上,文妍对邓燕说,她关注到这户企业,兼营适用一般计税、简易计税和免税的项目,案头分析后,觉得其简易、免税项目进项转出比例与销售额比例存在不匹配现象。这种情况与"1234"工作法里列举的风险指标吻合,是不是存在"不应抵而抵"的问题,造成持续存在留抵税额呢？值得实地查验一番。邓燕佩服文妍这种较真的作风，看来她下来走访做足了功课，有备而来。

"万家香"老板万承宝，一个50岁出头的汉子，这一向因为产品积压滞销而愁眉不展。"万家香"在龙承算得上老字号食品厂家，已经传承百年。尤其是"拳头产品"酱板鸭，选取两斤半左右的水府土鸭，以独家秘方腌封烤制而成，必经焯、晾、腌、烤等几道程序，而腌料配方至关重要，万家祖传配方从来秘不示人，在制作过程中对时间、气候及火候的拿捏掌握也特别讲究。"万家香"酱板鸭吃起来筋道有嚼味，齿颊留香，让人回味无穷。近年来，万承宝又相继开发"万氏梅干菜扣肉""万家蛋糕"等新品种，均赢得不错的市场口碑。万承宝硬是把一个家庭作坊做成年产值达5000万元的规模食品公司，其业绩是同行中翘楚。记者采访他成功的体会，他只说了一句："专注，迟早会有收获！"

为确保原材料的有机纯正，他在乡村开辟了两个养殖基地，正当大显身手之际，不料造化弄人，日益疲软的市场，搅得他吃不好睡不香，脸上像被刀削一般，眼看着一天天消瘦下去。可他束手无策。难道百年传承下来的牌子要砸在自己手里了吗？税务局给他退了几笔税，可是，市场不"牛"起来，终究只会坐吃山空。自身缺乏造血功能，光指望别人援手，远非长久之计。

税务二分局的年轻人组建了一个"税惠轻骑小分队"，送"课"上门，两天前高上来到"万家香"后，灵机一动，建议万承宝不妨试试网络直播销售。万承宝摇摇头，他对于网销一直不认可，甚至抵触，俗话说"酒香不怕巷子深"，只要自己的货好，何必"王婆卖瓜"。他固执地认定，自夸自卖的东西肯定没好货。高上笑他有点"OUT"了，他在手机上找出直销的视频让万承宝自己看，指点着告诉他，如今许多国内外知名品牌都在做，难道人家的产品不好吗？看到直播的销量惊人，万承宝显然有些心动。高上趁热打铁："'万家香'做的产品主要是吃的，民以食为天，万家美食肯定好销。"万承宝便半信半疑地答应道："那就试试看吧，可我从来没弄过啊。"高上爽快地对他说："别担心，你师傅不就在身边吗？我来教你。"万承宝终于露出笑脸："麻烦小高师傅啦。"高上一一告知准备好哪些事项，双方约定时间再来开启直播。

文妍和邓燕走进"万家香"时，高上和几个伙伴正在手把手教万承宝和他公司的员工做网络直销。

只见万承宝一手举着一只酱板鸭，一手端了一碗扣肉，冲着视频，拘谨地说："大家好，今天我来推荐'万家香'美食。"他神色紧张，口干舌燥，喉结蠕动了几下，嘴唇翕张，一时忘记了词，求援的眼神朝旁边的高上投去。高上手中高举一张纸，纸上打印的正是万承宝要念的字句。万承宝晃了晃僵硬的身躯，接着说："今天我来推荐'万家香'美食。我要向大家隆重推荐的首先是'万氏酱板鸭'，让你味蕾跳动。"顿了顿，他又说："还要奉上一道挑战口感的'万氏梅干菜扣肉'。"几句台词总算磕磕绊绊地说完，他额头上已经沁出一层细细密密的汗珠。高上朝他竖起大拇指，开起玩笑："这回比第一遍顺畅多了。我的万大叔呦，你可真是个可塑之才。"万承宝难为情地笑了："不行不行，老汉今年五十五，说来说去就是'土'，土包子一个。"文妍在一旁听了不觉笑出了声。

高上转身一瞧见是文妍，惊讶地说："你们什么时候来了？"邓燕笑道："我们早来了,在欣赏你高大导演的表演。我看你真是可塑之才,转行去当个导演,估计也不会差到哪里去。"

高上不好意思地挠挠头:"拜托你别出我的洋相了。其实我比万总还要紧张哩。"

文妍冲万承宝说:"这种方式好,做企业也得与时俱进,观念更新。"

得知这是高上的主张,文妍由衷地称赞:"不错不错,疫情时期开拓新经济之路。这也是对我们纳税服务的创新哩。"

文妍让高上和万承宝继续,她去找会计核实一些财务上的事。看过账本后,她发现只是账务处理的口径不同,也就释疑了。

二十八

和邓燕奔赴下一家企业时,文妍接到妈妈打来的电话,文妈妈哭着催她赶紧回去,文小萌出事了。文妍脑袋里霎时一片空白,蒙了半天,才问小萌怎么回事,现在哪里。文妈妈哭泣道:"现在送到医院了。不省人事啊。"文妍赶紧问:"李光明呢,让李光明接电话。"妈妈说:"李光明在涟洮市还没回来,说好昨天要回,结果还没回。给他打电话也打不通。"

文妍急火攻心,催促司机立即返程,恨不能生出一双翅膀,眨眼间飞到女儿身边。一路上,她不停拨打李光明的手机,总是提示无法接通。她边流眼泪边无助地说:"李光明,我这辈子都恨死你了。"

文妍回想一周前那个早上,她把早餐做好,儿子洗漱完坐到桌子边,可是没有见到女儿。她对儿子说:"小萌怎么还没起床呢,小苗你赶紧去催姐姐。上学要迟到了。"小苗噘着嘴巴嘟囔:"我才懒得去哩,谁让她是姐姐呢?一条懒虫,还姐姐哩,哼。"他一边喝着牛奶,一边冲文妍扮起鬼脸。文妍没心思计较儿子的顽劣,摘下围裙,几步奔到女儿房间,看到小萌蜷缩在床上,感到有点儿不对劲,伸手往女儿额头上一探,滚烫滚烫的,再细看,小萌的脸通红通红。文妍的心一下提到嗓子眼,俯身贴着女儿耳朵连连唤着"小萌,小萌,醒醒"。文小萌含混不清地"嗯"了一声,似乎想睁开眼睛,却又无力地垂下眼皮。

文妍忙喊文妈妈过来,文妈妈一看,顿时慌了,说:"昨天还好好的,这是怎么啦。"文妈妈赶紧翻出体温计给小萌量体温,烫得厉害,体温38摄氏度,低烧。文妍心里稍稍宽慰了些。小孩子最怕高烧。文妍拨打李光明的手机,一直无人接。她当然不知道他昨晚抢救病危患者,刚从手术室出来,后来看到未接电话,赶紧回拨过去。听了文妍带着哭腔的描述,他忙让文妍去家里药箱找几种备好的药物,包括退烧的、消炎的。他诊断说应该是流感引起的症状,先服一次药看看,观察观察再说。文妍焦急地说:"要不要送医院?"可她马上要去参加省局在潭州市局举办的"1234"工作法汇报演示会议。

工作法在潭州市推行开来后,初见成效。省委机关报《江洲日报》派出记者进行了采访,以《"惠"风吹拂——"1234"工作法侧记》为题专题报道,省长还就此作出肯定性的批示,《中国税务报》紧跟着以头版头条刊发文章,并配发社论,在社会上引起了较大反响。江洲省局党委决定好好总结这一做法,进一步完善,尽快在全省范围内推广应用。省局确定今天在潭州市局举办"1234"工作法现场推进会,与会人员有来自全省各地市的相关人等,文妍和工作专班将在会上做专门汇报和现场演示。这个会议,文妍显然不能缺席。

文妈妈便提出,看看服药后小萌的情况再说。文妍想了想,只好先这样,她送小苗去学校，顺便向老师请假，然后赶紧去单位。她叮嘱妈妈几句，匆匆忙忙扯着小苗走了。演示完毕后，文妍在一片掌声中走下讲台，赶紧退出会场拨打妈妈的电话，得知小萌吃药后精神好多了，体温也正常，还喝了一杯牛奶，吃了一个鸡蛋和大半个苹果。她暗道："幸好，幸好。"

那次算是有惊无险地翻过篇了。小萌似乎恢复了，与平日无二，本地俗话说"细伢子不装奸"，说的是小孩不会无病装病，身体好则生龙活虎，有了毛病，就是一副蔫头蔫脑样。文妍在脑子里竭力搜索着，肯定是自己忽视了女儿身体上细小的变化，以致酿成今日不可逆转的恶果。如果上次带女儿去医院做一次详细检查，说不定就能早日诊治。想到这里，文妍的心尖子仿佛被一刀割破，听到鲜血滴答滴答地滴落。

此刻，她觉得自己无比无助，也无比脆弱，脑子里面满是女儿：女儿的笑，女儿的哭，女儿的任性，女儿的顽皮，女儿的乖巧……她心里默念，小萌，妈妈回来了，小萌，没事的，小萌，你等着妈妈，妈妈给你买天文望远镜，妈妈不好，上回没给你买……文小萌爱好天文，一心想要一架天文望远镜，说要去看看月亮里的嫦娥姐姐。

但一切太晚了，文妍赶到人民医院时，小萌花季般的生命已经凋谢。她得的是突发性的脑梗。突然的噩耗让文妍刹那间昏厥过去，散如一摊泥。文妈妈呼天抢地地自责，哭诉，怪自己以为小萌头痛呕吐又是像上回那样得流感了，没有早点送孩子去医院。老人家一把眼泪一把鼻涕地捶胸顿足："老天爷啊，你怎么不睁开眼睛，把小萌还给我，把我这把老骨头收了去啊。"

文妍强撑着身体去给女儿买回一架天文望远镜，把它埋在小萌的骨灰盒旁边。她喃喃地说："小萌，你带着去天堂吧，天堂里好漂亮好漂亮哩，嫦娥姐姐在那里等着小萌。"

李光明在女儿下葬前赶回来了，可是他感染了病毒，不得不隔离，终究没能见上女儿最后一面。作为医生，他自然清楚小孩发生脑梗的概率并不高，大概率是小萌有天生的脑血管畸形，才可能诱发致命。他后悔自己的疏忽大意，上次小萌病了，就应该带她去进行彻底的检查啊，正是那一次的粗心，导致了万劫不复的后果。万万没想到，不幸偏偏降临到女儿身上。懊恼之下，他脑海冒出来很多个"假如"，假如假如假如……也许他们不会永远失去小萌，但人生没有假想，只有残酷的现实。

他知道，失去女儿的痛将陪伴此生，笼罩家庭，而他又将如何面对？

二十九

也许时间才是治疗伤痛最好的药方。所有过往，皆为序章，一切还将继续。

邓燕带上减税办专干小许，按照文妍拟定的计划接着实施"走访查促"。

在"万家香"所见的一幕，给了邓燕深深的启发，减税降费工作固然是一项事关国计民生的大工程，对于税务局来说是当前压倒一切的重点工作，但在落地生根的过程中，却不可机械地、刻意地突显其重要性。税收工作是一个不可分割的整体，联系紧密，环环相扣，以全视角对待每一个环节，有时候能获得意想不到的效果。高上和"税惠轻骑小分队"不仅给企业送上最新税收政策，而且以"主人翁"姿态，为企业走出困境出谋划策，既融洽了税企关系，得到纳税人的真心称赞，又对于树立税务新形象，展示新一代税务人风貌，具有不言而喻的积极意义。

这才是征税人把纳税人当自家人，纳税人把征税人当贴心人。建立了如此良性循环的征纳关系，今后还有什么困难不能解决呢？

邓燕对"万家香"网络销售一事特别关注，认为这不失为一条可复制、可推广的经验。高上向她反馈了后续情况，"万家香"试播当天就销售了酱板鸭一百五十八只，扣肉九十三份，收入逾两万元。牛刀小试，尝到甜头的万承宝顿时兴趣高涨，在高上建议下，组建了四人的专门网销团队，每天工作到深夜。万承宝俨然已成行家里手，在两个直播间穿梭不停，不知疲倦似的。他自嘲"焕发了第二次青春"。

"税惠轻骑小分队"的身影几乎随处可见。

上次在高新技术开发区的"万家香"碰到，这次邓燕和小许在大坤镇的群圣坤晟真空设备厂又巧遇了高上他们。

刚到厂门口，邓燕看到一辆三座摩托正驶进厂里，随即从车上下来一个熟悉的身影，着天蓝色长袖制服衬衣，深蓝色裤子，高高的个子，特别挺拔精神。邓燕一眼认出那就是高上。她蛮有把握地大喊一声："高上。"高个子一回头，尽管戴着口罩，邓燕看到自己并没有认错人，正是高上和"税惠轻骑小分队"的两个小伙伴。高上一见邓燕，不由得欣喜地嚷嚷道："邓姐，你们又来搞突然袭击啊。"他看到旁边的小许却不认识，自忖是不是冒昧，想到前一次碰到的还是文妍，没想到她家发生那么大的变故，真是苦了文妍姐。邓燕笑道："到处都能碰到你哩，你们怎么管得这么宽。"高上调皮地说："这正好说明了地球是个圆的嘛，转来转去，总会碰面。坤晟也在我们二分局管的地盘上。除了高新区外，整个龙承只要年纳税上了500万元的，都是我们分局管。"邓燕道："那你们分局可是占了全县税收的半壁江山。"高上把头点得像鸡啄米似的："就是，就是哩。"

小许好奇地问道："你们小分队主要职责是什么呢？"

高上说："首先，为了精准辅导减税降费，'一对一、一对多'上门贯宣。'1234'工作法实施后，很大程度上把我们从繁杂的、疲于应付的状态里解脱出来了。成立'税惠轻骑小分队'，如果说有纳税人急需处理的问题，我们会争取第一时间上门服务。其次，根据上级部门推送的任务书，分轻重缓急进行处理。譬如今天我们上门来，一是因为坤晟厂里打来电话，关于研发费用加计扣除政策，他们想了解得更清楚；二是我们根据风险指标的研判，发现厂里存在负数进项税额转出占进项税额抵扣总额的10%以上的现象，属于疑点问题，必须来厂里核实。"他介绍其他两个小伙伴，都是分局的业务骨干，"别看我们分局年轻人少，可不是吹牛的，个顶个，顶呱呱。小分队属于机动作战，平时大家都在分局处理本职业务，一旦有了任务，则随时调配人员，做到'召之即来，来之能战，战之必胜'。"有一头漂亮长发的姑娘接过话头："虽然四处奔波有点儿辛苦，但我们也得到实战锻炼，见识了各种各样的问题，积累了解决办法。书本上的知识还得用在实践中才能真正理解、掌握。我正在备考税务师，感觉对我学习也很有帮助。"

邓燕听了，点头称道："这种服务下沉的做法不错，更接地气。落实减税降费政策，没有'巧'办法，只有'笨'办法，就是上门走访，和纳税人面对面算好减税账。看来与我们'走访查促'不谋而合了。只不过你们骑车可得切实注意安全。"长发姑娘微笑着说："分局也有考虑的，规定十公里以上，就会派车去。"

第八章

三十

　　龙承县住房和建设局局长庞振国一大早就守在常务副县长的办公室外,他和钟振声约过两回了,结果愣是没碰到面。一次倒是差点见上,可在接待室等了一个多小时,还没有轮到他。潭州来了检查组,他只好先回去搞接待。另一次和钟振声已经约好时间,等他兴冲冲地往县政府赶时,路上接到钟振声电话,说书记陆子诚突然叫钟振声一同去水府园区调研,自然又泡汤了。这一回他学乖了,先和政府办公室打听清楚,常务今天上午九点以前暂未安排会议,不过之后就有外出调研活动,让他早点儿来。离上班还有二十分钟,他就赶紧守到门口。

　　没想到不到上班时间,陆续又来了五个人,其中四个庞振国认识,天湖镇镇长覃树林、大坤镇镇长左键,还有人力资源和社会保障局局长彭楚村、县公共交通集团有限公司的林良军。庞振国不认识的另一位,就是神风制造有限公司的方向前。彭楚村一见庞振国就笑道:"真是莫道君行早,还有早来人啊。"几个人不由得哈哈大笑。庞振国叹道:"这个常务还真是不容易干,简直和看门诊一般。"左键说:"我们都是来看门诊的,要常务把脉开处方。"林良军一脸苦相说:"望闻问切都不用,得的就是一个通病——'钱病'。"

| 春 风 引 |

正闲聊间，钟振声挟着公文包步履匆匆地走过来。庞振国看看手表，正好七点五十分。钟振声朝大家点点头，嘴上说了一句："这么早，是来堵我门的啊。"步子却不停，直接进了办公室。

庞振国赶紧亦步亦趋地跟了进去，回头对其他人说："先来后到，对不起了，我先进去。"不料钟振声朝他说："老庞，你先等一下吧，让方总来。"庞振国有些愕然。钟振声道："你别有意见，方总可是我们的衣食父母，没有他们缴税，我这常务等于没米下锅。"庞振国忙朝方向前做了个礼让的姿势。方向前连连道谢，也不再谦让，坐到钟振声面前。

不待方向前开口，钟振声却同他打起哑谜："都说商人无利不起早，今天方总看来是无事不起早了。让我猜猜，方总今天应该是为了这个事而来的。"他从公文包里拿出一份文件，朝方向前扬了扬。方向前蒙了，不知道他葫芦里卖的啥药。钟振声一声轻笑："你不说我也有数。你应该是为了退税还没到账的事，想要政府协调吧。"方向前老老实实回答："正是。"钟振声道："我这材料上可都一清二楚，你们神风还有2000多万元已经办好手续。那可是'真金白银'哪，到不了账，谁都心里没底。跟方总实话实说吧。"他拧开随身带来的保温杯喝了一口茶，突然想起没到上班时间，办公室人员也就还没有进来给客人泡茶，嘴里嘟囔了一句："这个点也该来了吧。"起身要给方向前倒茶。方向前忙从包里拿出水杯，说："不麻烦了，这都带着哩，带着哩。"

"我这常务不好搞啊，这两年来，财政收入增幅放缓，收支压力加大。你们搞经济的自然清楚得很。不当家不知柴米油盐贵，不是夸大其词，龙承的财力紧张可以用'捉襟见肘'来形容了。但像你们这种情况，减税降费还要到位。疫情对龙承全县财政收入，特别是税收收入的影响尤为明显，预计全年税收减收规模将超25亿元，其中入库税收减收将达18亿元。"钟振声道："不过，方总尽可放心，昨晚县委开了常委会，专门研究了一个应对减税降费、弥补财力缺口分解细化方案。"

前三个季度，龙承县一般公共预算收入比去年同期回落10.2个百分点，"保工资、保运转、保基本民生"的压力陡然增大。好在省、市各级看到基层的困难局面，加快转移支付资金下达进度，及时下沉财力，减缓基层财政减收带来的压力。但是也不能"坐等靠要"。龙承县委、县政府研究必须做大可用财力"蛋糕"弥补减收。一方面，着力做好招商引资。按照抓招商、促发展工作部署，做好招商项目全要素保障工作，加快引进一批"强链、补链、扩链"的好项目，尽快形成新的增收动能。另一方面，完善产业扶持政策，鼓励企业自主创新、重大技术攻关、转变经营模式，促进本地企业增产增效。说到这里，方向前听出钟振声的语气抑制不住地兴奋起来。据他介绍，特别是今年四月全县招商大会召开以来，近三个月已新增落地项目二十六个，总投资49亿元，在谈项目十五个，总投资64亿元。他说："这些都将成为我县新的经济增长点，'堤内损失'要争取'堤外补'。"另外，还要盘活存量资金资产，落实年末自动清理机制，加大结余结转资金以及各部门长期沉淀闲置、不需按原用途使用资金的清理力度，统筹用于重点支出，等等。更重要的一个举措，则是"政府勒紧腰带，带头过紧日子"，大力压减一般性支出，严控"三公"经费。除刚性和重点项目支出外，一律按照不低于5%的幅度压减本部门开支，本级部门"三公"经费预算压减6.6%。硬化预算执行约束，管好政府的"钱袋子"，坚持先预算后支出，做到"花钱必问效、无效必问责"。压减资金统一收回总预算，统筹用于落实应急救灾等重大决策支出。所有措施目的只有一个，那就是要"兜牢基层'三保'底线"。

方向前凝神静听钟振声分析全县财政情况，自始至终没再提自己的要求，"真不容易"几个字在他心里反复浮现。告别时，钟振声用力握住他的双手，说："放心吧。"他回答了两个字："放心！"

三十一

钟振声让庞振国、彭楚村和林良军同时进来，他说："你们仨的事一块儿说吧。"老彭奇怪了："怎么回事呢？我们说的事并不相同啊。"钟振声笑道："不都是钱的事吗？你们不是说都得了同一个'病'吗？"他指着桌上一份文件，又道："你们要的'处方'，早就开好了，可不是我给开的，是县委、县政府开的。"

仨人一听，不明就里，心想，今天常务怎么啦，说话不着边际，怪怪的味道。

懒得多想，说事要紧。庞振国便率先开口，他明白要钱的事得抢占先机。老庞来的目的当然是找常务要钱。龙承县正在创建全国文明城市和全国绿化模范县，年初规划要在涟河两岸沿线搞一个亮化和绿化工程，其中包括在镇东楼的"灯光秀"项目。这也是提升城区人居环境品位、吸引市民和游客观光的一个亮点。总预算为1800万元，上半年已经到位750万元。老庞说，缺口资金不到位会影响工程进度，十月眼看要过去了，钱不来，就动不了，而且眼下正是绿化的良机。他讲完后，期待钟振声表态。

钟振声一言不发，目光望向林良军，示意让他接着讲。

看到常务对老庞汇报不置可否，林良军的心悬着，想了想，才开口道："感谢钟县长和财政局，前三个季度已经根据《龙承县公交成本规制财政补贴管理办法》，落实了预拨的县公共交通集团有限公司补贴资金2078万元，但还有农村客运、出租车等行业成品油价格补贴资金795万元没有兑现。主要是这个事。"他决定不再提更多要求，还是看看情况再说。

钟振声听了，微微一点头，说了句："老林的简单。"依然不亮明态度。

彭楚村明白轮到他了，他学老林的样，直白地提出关于落实失业保险基金稳岗补贴政策的要求。一是要发放稳岗补贴4700万元，惠及鹏展新能源、神风制造、公交集团、广电网络、"水文章"综合开发等一千多家企业；二是要为防疫物资生产企业，按每人2000元标准，落实一次性吸纳就业补贴；三是要拨付一次性吸纳就业补贴311万元，惠及十九家企业1916人。

旁边的庞振国听了，心里暗暗叫苦不迭，今天来得真是不巧，尽碰上些要钱的主，自己那1000多万元，跟这两位仁兄比起来，简直小菜一碟。这么一比较，他又觉得乐观了，他要的那两个"小钱"应该不至于不给吧，何况还是当地政府的"民生工程"呢。

三人便眼巴巴等着钟振声给句话。

钟振声拿起摆在面前那份文件，说："都讲完了，轮到我这坐门诊的开方子了。我前面讲，'处方'早就开好了，是县委、县政府给开的。"他念道："龙承县委政府文件《关于应对减税降费、弥补财力缺口分解细化方案》，这就是'处方'。内容不多不少，共十条，全面支持落实减税降费政策，确保全区财政收支平稳运行。到时候会下发给各个单位，我就不一一念了。"他环顾端坐面前的庞振国、彭楚村和林良军，郑重其事地说："你们听好了，根据这个'处方'要求，公交集团的795万元补贴资金要兑现，按公交成本规制四季度补贴资金3100万元也会到位。"林良军双手合十忙说："感谢，感谢。"钟振兴摆摆手："这钱不是白给的，公交集团必须确保疫情期间全县公共交通不中断，确保复工复产期间我县所需的正常公共交通运输服务。"林良军赶紧表态："那是当然，我敢立军令状。"

钟振声又转向彭楚村："老彭今天开的口最大，但可以明确告诉你，你所提出的三个方面资金需求，一项不落，都会照拨的。我说老彭和老林啊，你们都想多了，这些项目都是年初预算过了的，还来找我干什么？是不是担心财政赖账？没有按时拨款，毕竟有些特殊原因嘛，龙承这经济形势你们不是不清楚。不过你们不放心，我也理解。这下可以放心了吧。"俩人都笑了，连连说，还有什么不放心的呢。

庞振国见他们的事都解决了，心里有点儿急，问道："常务，我的事呢？"

钟振声意味深长地看了他一眼，轻叹一声："对不住了，老庞，你提的那个项目必须停下来了。"

庞振国一听，"炸毛"了："凭啥要停？也是年初过了预算的，钱只有千把万而已。"

钟振声扬了扬手中的文件道："我知道你会想不通。可这是依据，县里决定，凡与民生没有直接关联的一律先行停止。现在我

们的首要任务是'三保'，保工资、保运转、保基本民生，这也是最大的政治。亮化工程确实漂亮，不是不要搞，但不是现在搞。老庞兄，什么是政治任务，不用我给你上课了吧。"

三人出来时，庞振国沮丧地说："真是的，白白起了个大早。"

三十二

上午九点整，钟振声准时出发。本来还有三个部门单位的"一把手"候在接待室，只得交代他们把材料交给政府办，等他回来再批示。不能再挨了，他要赶往水府特色经济文化园区。江洲大学"春风实验室"主任苏醒和几位专家教授上午要去水府园区，就项目落地进行最后一次商谈，并敲定和签署合作开发的意向性协议。大半年来，他一直在和"春风实验室"对接，双方已经进行了不下十次沟通、磋商、论证。对方看中水府园区深耕十多年独有的人文环境、比较成熟的产业链条和雄厚的产业基础，当然还有方便的交通条件和优美的地理环境，这些都是吸引"春风实验室"的优势。几番交流下来，已基本达成智慧食药、智慧医疗、智能材料、智慧农业等四大业务领域的合作意向，将在这里创建"水府春风智慧园"。希冀实现资源共享、市场共享，达到强强联手、合作共赢的目的，持续延链、补链、强链，做大做强产业支撑，把水府春风智慧园打造成为全县经济和社会发展的又一个重要引擎。

钟振声赶到园区时，他亲自圈定参加的相关部门，如招商、建设、国土、财政、税务及园区等单位的"一把手"都来了。还有龙承几家本地企业如鹏展新能源、神风制造、"水文章"、"万家香"等。鹏展新能源的老总龙驰期待这天已久，他的公司面临发展壮

大的瓶颈，寻找突破口已成当务之急。是他向县长张若飞建议，希望政府出面，把江洲大学的"春风实验室"引进来。说起来，他算得上牵线搭桥者。因为看中了"春风实验室"的一个新材料专利项目，他毛遂自荐上门联系，并请苏醒主任来水府园区考察，没承想这一"无心插柳"之举，竟让苏醒对水府产生了浓厚兴趣，脱口而出一句："成立一个智慧园更好，可以几个项目一块儿做。"信息比黄金更重要，此话不假。鹏展新能源当然没有那么大的能量承接，但龙驰敏锐地捕捉到苏醒话里的分量，立马向县长报告。这等好事，张若飞自然不会让机会轻易溜走，他第一时间便和钟振声驱车前往江洲大学。有了龙驰穿针引线，事情进展顺利不少，双方沟通十分愉快，后经几次实地考察以及深入洽谈，苏醒信心满满地对张若飞说："水府是水的王国，烟波浩瀚，生态优美。我们还要把它变成智慧的王国、创业的王国，变成金山银山！"一席话说得张若飞和钟振声血脉偾张，激情澎湃。

鹏展新能源作为合作关系人，将首批入驻水府春风智慧园。看到龙驰满面春风，钟振声打趣他这是"人逢喜事精神爽"，艾敬民凑过来说："还是龙总的名字好，龙驰马腾，飞黄腾达，寓意不错哩。"龙驰朝两人一个鞠躬，哈哈笑着："我这里谢谢您二位了。"他一本正经地说："有人说疫情过后，会出现三批人：一批胖的，一批怀孕的，还有一批抑郁的。怀孕的、抑郁的，和我没有半毛钱关系，本人只对胖的负责。瞧瞧，我没说假话吧。"说着拍了拍自己圆圆的肚皮，敛起脸色又道："讲真的，县委、县政府想方设法帮我们牵线搭桥，搞产业转型升级，这才让我'潮湿的心'开始火热，让我弱小的心脏变得强大。"

他转向方向前道："方总，还记得我和你的君子约定吗？"

方向前脑筋一个急转弯："不就是那个钢渣和镍渣热熔合成新型材料的事吗？"

龙驰伸出一个食指连连摇动："No, No, No。"他的神态逗乐了大家。

方向前一时想不起什么事情，嘴里却抢白他："和高校专家联上姻，这说话都洋气起来了。"

"您老人家贵人多忘事咧，新型材料的事这回已经圆满解决，不必你我操心了。"龙驰使劲儿一跺脚，说道，"你别'鸡同鸭讲'了，我讲的可是水府黄土茶呢。"

方向前这才想起来，当时他不过随口一说，没想到龙驰倒真上心了。方向前做企业有自己的原则，不熟悉的行当绝对不去触碰，隔行如隔山。正不知如何回答，常理接腔了："龙总胃口不小啊，吃了新材料还要吃黄土茶，不知方总感不感兴趣。说到黄土茶，我真有这个心思，'水文章'就是做水府本地资源的文章。水里的，田里的，山上的，土里生的，树上长的，都包括其中。"他歪着头冲龙驰微笑道："拜托龙总就别乱搞拉郎配了，什么君子还来个协定。要不咱俩谈谈，黄土茶可是我饭碗里的事。"旁人一听，知道常理话里的意思，这水府黄土茶他吃定了。而且他底气十足，黄土茶就是"水文章"饭碗里的菜。气氛一时不尴不尬。

钟振声看到万承宝，趁机问起他的网络直销来。万承宝兴致勃勃地告诉他，现在每天网上销售额都有10多万元了，他说："没想到坐在家里，大门不迈，二门不出，也能做成生意。"钟振声道："老万你这叫与时俱进，活到老学到老。"万承宝朝艾敬民道：

"说来说去,真是感谢艾局,没有税务局干部小高手把手地教,我哪知道什么叫直销啊。我的天老爷,前世都没听到过。"

谈话间,"春风实验室"苏醒主任一干人等已经赶到。

这时,远处天空飞来一群鸟,翅膀乌黑,体羽却洁白似雪,它们一路欢快啼叫,如高音管奏出笛声,大家都好奇地仰视这天外来客。常理介绍,这叫黑颈长脚鹬,水府近来才发现的鸟类,属于濒危物种。身上有黑红白三种色彩,体态修长而优雅,黑色细长的嘴,粉红修长的腿,形态高挑,姿态优美。犹如T台上的超级模特,有人叫它"红腿娘子",又被誉为"水中皇后"。常理讲得头头是道,苏醒和省城来的一干专家听得饶有兴趣。

看着在半空飞翔的鸟,钟振声笑道:"苏主任,贵客到,您看'水中皇后'都来翩翩起舞,表示欢迎。"

苏醒冲常理跷起大拇指:"对这些鸟了如指掌,看来你真是个'水府通'。"

常理谦逊地说:"不敢,只是因为对这里有感情,所以关注多一点。"他接着道:"苏主任一定是个鸟迷,哪天带您去看'飞鸟美人'白琵鹭,'鸟中熊猫'黑鹳,都是难得一见的珍稀鸟。"

苏醒呵呵笑道:"光听名字,就值得一看了。足以说明水府的生态环境,一个字,美,两个字,绝美!"

三十三

座谈开始,钟振声来了一段特别而带自嘲意味的开场白:

"上午我刚刚坐完'门诊',开完'处方'才赶过来。我不是医生,可那些局长啊、主任啊都讲,我是坐门诊的。我个人有什么能力开'处方'呢,今天来的苏主任和各位专家教授,才是来给我们龙承开'处方'的。需要声明,龙承不是'病'了,而是要怎样更壮、更强,所以,请来'春风实验室'的专家们给龙承开'处方',这'处方'是走出困境的'处方',是强身健体的'处方',是振兴腾飞的'处方'!"他的讲话让大家会心一笑,会议室响起一阵掌声。

艾敬民目睹钟振声"坐门诊"的场景,几乎可用门庭若市来描述,心想市场营销如果有这样的场面,那可就带劲了。但来找钟振声的都是因为资金短缺,伸手要钱来了。他某次跟钟振声感慨了一句"真是难为你了"。简单一句话,却让钟振声听得眼圈发红,半响,才回了一句:"都难哩,挺过去就不难了。"艾敬民知道钟振声的开场白里蕴含太多无奈,甚至可以说辛酸。作为分管财税工作的常务副县长,表面上风光,内心承受的压力常人却看不到。有一次,钟振声否决了一个县直机关单位出国考察学习的活动,那个单位负责人大光其火,仗着资格老,冲他拍起桌子,责怪他故意为难,一状告到陆子诚那里。书记坚定地给予钟振声支持,狠狠批评了告状的负责人。在其位,谋其政,竭泽而渔的事不能干,杀鸡取卵的事做不得。钟振声想明白了,做大"蛋糕"方可弥补减收,千方百计增强"造血"功能才是唯一的出路。

可龙承的招商引资,这两年甚至可用一个"惨"字来概括,为此书记、县长在潭州市委、市政府没少挨批,所以当张若飞把江洲大学这个项目交给钟振声负责时,尽管他有诸多理由推却,但二话不说,一把揽上肩头。

艾敬民原本对时下的招商引资并不乐观,他之前参加过一些项目引进活动,但说

第八章

实话，流产者居多，光打雷、不下雨的也不少。他担心钟振声接下这个活儿，会不会又是水中捞月，空欢喜一阵，白忙活一场呢？那岂不又要遭人诟病，"画饼充饥""竹篮打水""费力不讨好"之类非议也会随之泛起。好在水府春风智慧园总算尘埃落定，这对税收来说，也是看得见摸得着的利好消息，好比多养了只能下蛋的母鸡。看到钟振声谈笑风生，如沐春风，艾敬民暗自松了一口气。后来，艾敬民和钟振声闲聊时，说："真怕这个项目又落不了地，忙忙碌碌大半载，那你这头可怎么交差呢。"钟振声淡淡一笑："这不成了吗？"艾敬民却刨根问底："我是说如果呢。"钟振声道："老艾，让我怎么说你呢，你这人啊，优点是较真，缺点是太较真。优缺点都很鲜明呢。"

艾敬民哈哈一笑："成了，我比你更高兴，你懂的。"话锋一转，他说："据我研判，智慧园起点高，项目好，前景一定向好。这样一来，不仅能缓解我们税收的压力，对民生来说也是大好事。譬如，我关注到近来就业难，不少大学生毕业即失业，我们税务局子弟就有好几个了，让做爷娘的头疼。"

钟振声说："十年寒窗苦读，学成归来建设自己的家园，不是更好吗？智慧园全部建成之后，预计可以安排上千个就业岗位，且都要求'高精尖'人才。正像你所讲的，智慧园起点高。从现在开始，有两个新办企业正准备预招人了。"

艾敬民若有所思地说："我好不容易把儿子叫回来，干脆他来这边应聘吧，如果有他中意的工作，那就算烧高香哩，我求之不得。"

他儿子艾知在大洋彼岸留学，毕业后在那里工作，这次艾老爷子病危时，他马上告诉了儿子。艾知从小由爷爷奶奶带大，爷孙俩感情深厚。艾敬民和妻子本来没想到要儿子回来，毕竟路途遥远，更何况全球疫情猖獗。可艾知得知爷爷病重，情知可能生离死别，非得赶回来。费了九牛二虎之力才匆匆忙忙回家，可还是没有见上爷爷最后一面，这成为艾知最大的遗憾。

艾老爷子终究没能挺过生死关。去世后第二天，艾敬民和妹妹商量后，把父亲火化，将骨灰埋回了老家的后山，和母亲做伴去了。亲朋好友没有一人知道这一消息。妹妹抹着眼泪对艾敬民说："这样太对不起爸爸了。是不是草率了点儿啊。"艾敬民安慰她："相信他不会见怪的。爸爸平时就不喜欢老家搞的那一套乌七八糟的东西，说尽是屁弹琴，哄鬼的。他生前不是多次讲过，讨厌'人一死，布一盖，全村老少等上菜；鞭炮响，唢呐吹，前面抬着后面追'的做法吗？做崽女的在生前孝顺了他，他就心满意足。你照顾他这么久，已经尽心尽力了。爸爸这辈子也没有什么遗憾了哩。"

第九章

三十四

　　紧张状态开始缓和，人们戴着口罩，行色匆匆地出现在街头巷尾。冬日的阳光是奢侈品，家家户户阳台上挂满五颜六色的被褥、衣服。人们晾晒的不只是衣物，还有郁闷的心情。

　　不管是煲电话粥，还是视频，都难解相思之苦。朋友圈里有人吐槽：我真的太难了，和男友本来就是异地恋，过年好不容易回到同一个城市，如今又不能见面，可谓从异地恋又变成同城网恋。穆斯晴多么希望高上能挽着自己的手，去逛街，去烧烤，去游历名山大川。不，哪怕去县城那座芳洲岛上逛一遭也挺好。芳洲岛位于涟河水中央，一个天然而成的孤岛，被水声包围，有座浮桥直通岛上，栈道走起来有些摇晃，如悬空走廊，围绕在岛的周遭。在散漫的脚步声里，欣赏粼粼清波，看岛上林木森森，听啁啾鸟语，心情放飞，乐不思归，情侣们誉其为"爱情岛"。穆斯晴想象和高上紧紧依偎，喁喁细语，该是几多惬意呢。可这也成了奢望。两人相恋少说也有小半年光景了，竟一次也没有去过芳洲岛。屈指可数的几次见面约会，看到的是爱情在口罩上方的眸子里闪闪发光。连这样彼此凝望的机会也稀少。有那么两次，一次是周末约好了见面时间地点，高上中途被叫回单位加班；另一次是晚上两人刚刚见面，高上又接到分局长江少松的电话，让他回去核实一笔退税业务。气得穆斯晴三天没理他，诘问他，为什么加班总是你，爽约也总是你。高上却笑嘻嘻地插科打诨："年轻时拼，不就是为了以后的幸福吗？"

高上曾在视频里对她说，疫情隔离，爱情永远不会隔离。她觉得这是从高上嘴里说出来最动听的情话了。迄今为止，穆斯晴觉得高上做的最浪漫的一件事，是为她朗诵余光中那首题为《疫情，爱情》的短诗：听医生郑重地警告/说 Sars 一上身/体温会跟着上升/而呼吸啊/会变急//我暗暗地笑了/不觉得有多可怕/只觉得他讲的/似乎不是病毒/而是你。

穆斯晴看到一则新闻：在医院的感染楼里，"95后"护士陈颖隔着一层玻璃门见到了男朋友，这距离他们上次见面已经过了十一天。在这十一天里，他们一个在危险边缘拼搏，另一个度日如年。陈颖的男朋友刚叫了一声宝贝，就忍不住哭了。陈颖说"我想你抱抱我"，她男友说"我也想抱抱你，但抱不了"。隔着玻璃门，触摸不到彼此的体温，因为抱不到，他们隔着玻璃和口罩亲了一下。离得那么近，却咫尺天涯。好像很远又很近，远是触不到的距离，近是你在我心里。隔着玻璃的一吻，成了经典。穆斯晴默默流泪。

难以相见的一对恋人，这一回好不容易见面，却发生了争吵。

两人总算如愿以偿地逛了一遍"爱情岛"，穆斯晴如欢乐的小鸟，在高上身边尽情释放自己的喜悦，她摆出各种姿势，假山边，树林间，野花前，或站，或蹲，或坐，又或蹦跳……仿佛要把过去的时光一股脑儿补回来。高上不亦乐乎地为心仪的人儿拍照，开心的笑容在他们脸上绽放，甜蜜的浪花在他们心里荡漾。

玩累了，便依偎着说悄悄话。

话题是由穆斯晴挑起来的。

三十五

前天快下班时，桑德电子财务主管肖芝琳急匆匆地找到穆斯晴，以请求的口气对她说，公司有笔退税要她出面才能办妥。穆斯晴奇怪了，自己不过一个小小的职员，哪有那么大能耐呢。肖芝琳告诉她，根据现行减税降费规定，桑德电子有留抵退税及相关税费2150万元能够享受退税优惠待遇。穆斯晴狐疑地看着她，说道："这笔税我知道，申报手续我还经手办过了哩。"

"麻烦的是去年年初的时候，我们把关不严，无意之中接受过一张客户开过来的4420元的增值税专用发票，后来因为对方违规被查处，今年七月税务局把我们这张票一并查出来了。原来以为只是一桩小事，金额不大，补了税款，缴了滞纳金，还进行了账务调整。可是没想到因为这件小事，税务局不给退税了。"

"不退？他们肯定是照章办理呀。这怎么办呢？"

"公司现在资金周转压力不小，这你知道的。我自己也出马去协调，都找到分局长那里去了，摆了事实，也讲了情，可到了专干那里，简直白费劲。他真是一根筋，说不符合规定，哪个领导说也不行。他那口气牛的，连分局长的话也不听，说是谁同意就由谁签字得了，把分局长噎得半天没作声。韩总对这事很关注，和税务沟通联系本是财务上的事，尽量不要去惊动韩总大驾，我们先想想法子再看。"

"那我更说不上话啊，我算哪棵葱，你这是抬举我了呢。"

见穆斯晴一脸懵懂，肖芝琳干脆挑明了

说:"那专干就是小高,叫高上啊。"

穆斯晴这才弄明白了。

肖芝琳说:"我猜他只是怕担责任。当然啰,年轻人,胆子小,不敢轻易表态,谨慎点儿,不是不可以理解。其实呀,我跟你说,这事没什么责任,更没什么风险。一个呢,公司是无意取得发票的,这个税务局作出了定论;二个呢,金额不大,没给国家造成税款流失,也不存在恶劣影响;三个呢,桑德电子是国有控股企业,在税务上从没有过违法的前科。我们还是多年的纳税先进。"她看了一眼穆斯晴,接着说:"你出面找小高说说,指不定就一句话的事。"

穆斯晴沉默不语,要不要应承下来呢,她在犹豫。脑子里琢磨着肖芝琳的话,照她的说法,应该算不了多大的事。

肖芝琳把手中的报告递给穆斯晴,道:"你看看吧,这是我们的情况说明,给税务局的报告。"

穆斯晴一字一句看起来,报告并不长,就是肖芝琳所讲的情况。她把材料递还肖芝琳,沉吟片刻答应了:"我去试试看吧。"

肖芝琳松了一口气,冲她高兴地说:"你要是把这事给办妥了,可为公司立了一功哩。斯晴出马,立竿见影。"

穆斯晴脸上浮起一层羞涩的浅笑:"瞧你说的,我可打不了包票。"

"等待你的好消息,该下班了,我得先走一步。下次姐请你们俩吃大餐。"肖芝琳扬扬手,急匆匆地走了。她总是一副风风火火的样子。

三十六

高上一听穆斯晴说桑德电子的事,脸上顿即不悦。他从不习惯掩饰自己情绪,揽住穆斯晴肩膀的手一把移开。这个动作已经足够让穆斯晴感觉到他内心的不高兴。

他说话的腔调陡然演变成一副责备的语气,对穆斯晴说:"我看你真是一个简单的'恋爱脑',头脑发热图表现,你知不知道,这是不符合规定的啊。都像你们桑德电子这样,不要规矩,怎么随意怎么来,那税务局还收什么税?找谁去收?真是的,掺和这种事,也不想一想。"

穆斯晴哪经得起高上这一通数落,委屈得快哭了。她咬住嘴唇,眼泪却不争气地流出来,赶紧背转身去,不让高上看到。

高上却不顾她的情绪变化,兀自得理不饶人:"一说这事,我就烦躁。反反复复好几个回合,已经和财务主管讲得够清楚、够明白了吧,还要你来讲,真是不到黄河心不死。我也是服了,反正我这里办不了,谁答应的谁去办。从现在起,我们还要订立君子协定,说好了,以后公家的事,谁也不准干预谁,你的事我绝不干涉,我的事你也别插一手。"

这下,穆斯晴再也控制不住自己了,她"嘤嘤嘤"地哭泣着,"嚯"地侧转身子,丢下一句"你爱和谁订去就和谁订,我管不着"。便捂着脸,头也不回地跑开了。

留下高上余怒难消地站在那里,像一根木桩呆立着。目送穆斯晴一路小跑远去的背影,高上一脸铁青。

两只白鹭在河畔草地上浅水滩头悠闲地散步嬉戏,一会儿你追我赶,一会儿交颈细语,一会儿又互相梳理光洁的羽毛。高上呆呆看了许久,许久……

三十七

上班时,肖芝琳特地来找穆斯晴。看到穆斯晴脸色苍白,便关切地问她怎么了,哪里不舒服，特别时期，可不能马虎对待。

穆斯晴嘴角挤出一丝笑容，说："没事，只是没休息好。"

肖芝琳问："那事怎么样了？韩总一上班就在问哩。"

穆斯晴一咬牙，说："没什么大事，我今天就会去办的。还得麻烦你把报告给我一份。"

肖芝琳满心欢喜，搂住穆斯晴，高兴地说："好咧，报告随时带着哩。我就知道斯晴行的。记得哦，我说了要请你和小高的客。东风路新开了一家海鲜店，我吃过一次，挺不错的，你到时候给我约好小高。"她转身朝总经理办公室走去，嘴里说着："得赶紧告诉韩总，让他放心。"

穆斯晴拿了报告，径奔龙承县税务局而去。

301办公室里，艾敬民正在埋头批阅文件，听到轻轻的敲门声，头也没抬地说："请进。"

穆斯晴怯生生地走进来。艾敬民看小姑娘面生得紧，一副娇柔的模样，便放下手里的笔，问："你这是要找谁呢？"

穆斯晴头一扬，抬手理了理耳旁的发丝，直视着艾敬民说："就找艾局长。"她平时对心理学颇感兴趣，看过不少这方面的书籍，今天正好实践一番。书上讲，直视别人的眼睛代表自信和尊重。当你直视别人的眼睛时，传达了一种自信和坦诚的态度，表明你的重视和尊重。这种眼神交流可以建立更深层次的连接，让对方感受到你的真诚和关注。她一开口，突然觉得自己扑通扑通的心跳，竟平静多了。

"我就是艾敬民。你找我有什么事吗？"艾敬民有些奇怪，一个素不相识的小姑娘找

自己能有什么事呢？他招呼她坐下来，穆斯晴道了声"谢谢"，没有了矜持，她轻轻地端坐好，然后一边对艾敬民说："我是桑德电子股份有限公司的财会，我叫穆斯晴。"一边掏出报告来，双手递到艾敬民面前。

"我也是不得已才来找您的，艾局长。"穆斯晴感觉自己越发放松了，一口气把事情的前因后果说了个透。

艾敬民边听边看，事情并不复杂，报告后面附了稽查处理结论，证明她所说属实。他沉思一会儿，对穆斯晴说："你说的这事，的确是个新情况。小高坚持原则，不能怪他。这样吧，你先回去，我们再研究研究。"

穆斯晴一听，急了，"研究研究"，不就是老一套的说辞吗？她虽然涉世不深，但没少听过关于"研究研究"的闲言碎语。她脱口而出："研究研究，不会是拖着不办吧？"赶紧又去捂自己的嘴巴。泼出去的水，早已收不回。

艾敬民笑了："你这小穆呀，哪有像你这样说话的。好，明天上午就给回复。行了吧？"

穆斯晴干脆一扛到底："行，那我明天下午再问结果。您把电话号码告诉我，要不我的电话号码，您记一下也行。不，还是我打您的电话吧。"一段绕口令说完，她自己也不禁莞尔一笑。

艾敬民被她给绕得乐了："说好了，明天下午一上班就打电话给你。"

穆斯晴袅袅婷婷地走了。艾敬民心想，钟振声讲我较真，看来较真的还大有人在。

三十八

当天下午，艾敬民主持召开了一个专题会议，除党委委员外，还召集税政、法制、征收管理、纳税服务、风险管理等业务部门主

要负责人参加。

艾敬民首先讲了上午穆斯晴反映的桑德电子退税问题，喜欢较真的小会计，给他留下了深刻印象。吴明志一听，哈哈一笑，他说这是怕不"较真"的碰上不怕"较真"的了，石头碰石头，有意思。法制股股长陈晓东吐了一下舌头："遇上这样的会计，还真要做好较真的思想准备，不然只怕收不得场。"征管股的牛胜利白了陈晓东一眼，鼻子"哼"了一声："怕什么怕，俺搞征管工作的还偏不怕人家较真了，就怕不较真。较真好啊，把条例规定在桌上摆出来，一条条较它个清楚明白。"陈晓东听了，便借机故意嘲弄他一把："你当然不怕，你是谁啊，响当当的'牛角尖'，敢和你较真的，用'牛角尖'钻他。"冤家路窄，眼看这喜欢抬杠的一对马上要开打口水仗，艾敬民举手一压，示意"熄火"，他说："别跑题，我喊你们来开会，不是要讨论'较真'或'钻牛角尖'的问题。我这里再跟大家讲几个调研中了解到的小故事吧。"

他举第一个事例：毛田镇有个手机经营部，财务人员郭楠去办理增值税税控系统专用设备变更发行业务，驱车来到朋山税务所的办税服务厅时，已经下午快下班了。她忙中出错，匆忙赶路，漏带了两份资料，眼瞅着到了下班时间，郭楠十分焦急。毛田镇离所里有近二十公里路程，你们觉得该怎么办？

第二个事例是这样的：水府园区一企业会计周先生，到水府税务分局办理分公司相关涉税业务，有一份辅助材料漏盖了公章。因公章由总公司统一管理不能外带，周会计必须返回总公司，补盖公章后才能重新来办理，光是这一来一回就要花费大半天时间，不巧的是，周会计还要出差。分局办税服务窗口人员了解到这一情况后，又该怎么处理？

第三个事例：望春门办事处荷花湖畔小区，因房地产开发公司拖欠税款，无法出具购房发票，不能办理不动产证书。住户因此意见纷纷，认为开发公司欠税和住户没有关系，为什么影响到他们办证呢？这个棘手的事该如何解决？

艾敬民的目光在会议室逡巡一遍。鸦雀无声，所有人都在等他的答案。

他说："把这三个事例，连同前面桑德电子的问题，我们一起来掰一掰，好好地较一回真。"

"毛田镇的郭楠最终没有办成那笔业务，害得她第二天只好又跑了二十公里。这两趟下来可是整整八十公里路程啊，就因为漏了两份资料。我们不妨给她算一算经济账，看得见的油费多少？60元够吗？高速收费单程一趟10元，往返两趟40元。还别给她算时间账，以及车子磨损这些看不见的。问题来了，一个镇上小规模纳税人的会计，她一个月报酬有多少，我问过她，到手2200元。一天不到100元。这就是她漏掉两份资料，给她本人所造成的后果。

"再来看第二个事，周会计那天把事情办成了。水府分局办税服务窗口人员把他忘记盖公章的事，向分局副局长姜功名报告，姜功名批准办理妥当。周会计很幸运不用来回折腾大半天，也没有耽误他出差，当然，他回来后马上把手续补好了。

"第三个事复杂得多，房屋办证的事不只牵涉税务一家，所以，尚没有下文。"

显然，艾敬民给大家抛出了一个并不轻松的话题，谁也不想轻易发表看法，一个个神情专注，听他接着讲：

"我今天不评价这几桩事，到底该不

办,这个问题等会交给大家来讨论定夺。不过我还是想特别表扬两个人。一个是二分局的年轻干部高上,他顶着不办;另一个是水府分局的姜功名,他批准办了。这矛盾吗?不办的与办了的,都得到肯定和表扬。一点也不矛盾,高上坚持原则,姜功名实事求是,我认为都值得表扬。其他的没有给办的,我也不批评。不能说不办,就责怪他们。开这个会的目的就是要来好好探讨一下,是时候该建立一种机制了。为什么在工作实践中,我们总存在那种不敢担当、不敢负责的现象?明明白白不过一个简单的问题,也要机械地对照条款规定,左请示、右汇报,请示来、汇报去,黄花菜早凉了。不是说不要条款规定,但我们共产党人最讲究的还是实事求是啊。"艾敬民越说越激动,下意识地敲响桌子。

"我琢磨着如果有机制可循,那么,深化'放管服'改革也好,打通纳税服务'最后一公里'也好,就不会永远停留在口头上,停留在纸上谈兵。这种机制就叫作'容缺办理机制'。这不是我的发明创造,理论界早有探索,对我有很大启发。税务部门的容缺办理机制,主要是从为纳税人提供高效优质服务这个层面上来讲的。有了机制,就大可不必顾虑重重。今后,我们还要进一步探讨对干部管理的容错、纠错机制,清除那些'不吃、不拿,也不干'的畏难消极心理,打破'做多就错多'的'洗碗效应'。容缺办理机制该怎么建立健全,我更想听听大家的看法。"

艾敬民的一番讲话,让大家陷入深思,会场静寂一片。

纳服股的韩宜珊率先发言,她认为,容缺办理机制可以提高纳税人办事效率,是税务部门不断优化办税流程、积极推进"便民办税春风行动"的具体举措。实施精心服务容缺办、手续不齐指导办、重点事项跟踪办等措施,积极解决纳税人的"急难愁盼"问题。

艾敬民却不客气地打断她,让她别讲大道理,要讲实际的东西。韩宜珊小声地说:"我还是仔细想想吧。"艾敬民当即派任务给她,机制制订由纳服部门牵头来做,让她先听听大家意见。陈晓东悄悄朝韩宜珊扮了个鬼脸,分明有点儿幸灾乐祸。不巧被艾敬民瞧个正着。艾敬民立即点他将了,陈晓东只好开口:"我们经常讲要'急纳税人所急,想纳税人所想',但是难在真正做到,为啥呢?不敢越雷池半步啊,怕担担子啊。建立一个机制好,没有那么多担心了。怎么才能让办税服务更有温度,说起来好理解,其实挺抽象,我看简单实际一点儿,让他们少跑腿就行了。那个郭会计这么一折腾,她肯定不会满意。换了我只怕还要骂娘呢。"

艾敬民听了心想,陈晓东讲了几句老实话。

税政股股长宋宝华是老同志,即将退出中层干部岗位,他素以办事稳重、业务娴熟而受到大家尊敬。这时,他不紧不慢地说:"依我看,税收服务要'变','变'才能给纳税人带来'便'。可是有人认为规定摆在那里,怎么个'变'法?'变'就要讲究方法了。刚才艾局讲了,实事求是,这四个字就是'变'的法则。这是个方法论问题。再来上个容缺办理机制,就有保证了,等于给了一个敢于'变'的胆子,给'变'撑腰。"

他停了一下,看到艾敬民频频点头,向他投来赞许的目光,便继续说道:"回到艾局前面所列举的事例,我觉得桑德电子的税完全可以退,也应该退,大胆地退。事实明摆着,有利于企业发展,减税降费初衷不就是为企业纾难解困吗?能有什么风险。这不就是容缺办理吗?当然敢不敢退,就看你'一把手'敢不敢,是不是真正会容缺了。我40年工作经验,总结出一条,有时候不能被条条框框禁锢,前怕狼,后怕虎,能办成好事?做梦哩。"

见宋宝华说得意犹未尽,这会儿却戛然而止,艾敬民道:"老宋,你也别藏着掖着,那朋山税务所该不该给郭楠办了,还有荷花湖畔小区的不动产证呢?"

宋宝华便不再迟疑,一摺到底:"既然有容缺机制,那就办呗。郭楠的事简单,先办了,再补不就行了吗?房产证的事复杂一些,可以按照'证缴分离'原则,统一开具发票,待居民缴纳房屋契税后即可办证。我有一句玩笑话,说到底,容缺容缺,看你'一把手'的态度,不是有句话讲的是'领导说行就行,不行也行'。"

大家一阵轻笑,陈晓东听出宋宝华无波无澜的讲述里绵里藏针,隐含咄咄逼人的味道。"也只有老宋敢这么讲了。"陈晓东小声对旁边的韩宜珊嘀咕道。

三十九

翌日下午一上班,穆斯晴果然接到艾敬民打来的电话,桑德电子的税可以退。

穆斯晴一听,惊喜得跳起来:"哇,太好了!太好了!谢谢您,艾局长。"她一串欢呼雀跃声,让同事们目瞪口呆,纷纷扭头看她什么喜事降临了。

电话那头,艾敬民说:"要谢谢你呢。小穆,正是你促成了我们一个制度出台。"语气那般真诚。

穆斯晴惊讶:"真的吗?还有这样的事啊。那太好了,太好了。"她不好意思地说:"那天回来一想,我觉得自己真是幼稚了,嗯,还有点儿认死理。讲不好话,您多多见谅。大人不计小人过。"

艾敬民哈哈大笑:"要不是你那天较真,可能还会拖一阵子,至少没有这么快出台制度。"

"您说的到底是什么东西啊?"穆斯晴顿时来了好奇心。

"这个制度就叫'部分税务事项实行容缺办理实施办法'。"

…………

肖芝琳闻声从隔壁办公室过来,对穆斯晴道:"斯晴今天这么兴奋,肯定有大好消息吧。"穆斯晴蹦跳着一把搂住她,嚷嚷道:"办好了,办好了。税务局艾局长亲口告诉我的。"

"真的啊,太好了。"肖芝琳捏了捏穆斯晴水灵灵的脸蛋,说,"该记你一功。笑归笑,说归说,讲真的,斯晴眼光真心不错哩,找到小高做男朋友,抓紧了,坚决不能放过他。呵呵。"

穆斯晴闪亮的眼眸瞬间黯然,那股高兴劲儿霎时消失,像被一阵突如其来的风刮得无影无踪。

看她蔫头耷脑的模样,肖芝琳想,真是春天的孩儿脸,时晴时雨,变幻莫测呀。

穆斯晴"唉"了一声:"累了,没意思。"竟自顾自坐到电脑边去了。

第十章

四十

"抢战十二月,决胜全年红",主席台后巨大的电子显示屏上只有这一行十个大字,红底黄字,十分醒目。

龙承县年关大决战会议本来应当十一月召开。前些时候,刚刚摁下去的疫情竟然又抬头,检测出新型变异毒株。令人猝不及防的是,水府春风智慧园里发现一例病例,感染者是一位海外来的专家。他行动轨迹活跃,给防控带来诸多难度和不确定性。政府机关工作越近年关时,好像就越忙,加上这个节外生枝,早该召开的会议一直挨到十二月十日才进行。

怪不得不写成惯用语"冲刺",代之以"抢战"的字眼,不就是把失去的时间抢回来的意思吗?方向前抬眼搜寻一番,几乎还是开半年度县域经济指标调研会时那些老面孔。不同的是,今天主持人换成了县长张若飞。县委书记陆子诚及人大、政协"一把手"都出席。从"四大班子"齐崭崭站台的阵势来看,这个抢战会的重要性可见一斑。

首先由县督考办通报全县一月至十一月重点指标完成情况。县发改局、经信局、商务局、统计局分别对各主体重点指标、重点工作完成情况作点评,并就补齐短板、超量完成指标工作提出具体措施。全县工业投

| 春风引 |

资、外资利用、退低进高、数字经济制造业增加值增幅等多项经济指标名列全市前列。全县累计完成工业投资85.12亿元，同比增长10.6%；累计完成合同外资11.8亿美元，完成实际外资3.74亿美元；数字经济制造业实现增加值35.4亿元，同比增长27.4%。

这可是不错的成绩，从上半年的后进一跃而居于先进行列，看得出大家有多拼。方向前听到这里，由衷地点赞！

革故鼎新，涅槃蜕变。大发展需要大手笔，大手笔需要大投入，大投入需要大项目。水府春风智慧园被推到聚光灯下，作为"项目年关推进月"活动的"排头兵"，即将开工十一个项目。钟振声强调，营商环境是企业生存发展的土壤，也是经济高质量发展的生命线，要开展"优质+特色"服务。他肯定了县税务局容缺办理的做法，同时也委婉指出，在推进过程中，还值得好好完善。

会议结束后，方向前和龙驰边走边交流，龙驰感受到了年关冲刺的气氛，他记住了张若飞的一句话"把马力开到最大，把年关守到最牢"。方向前则说陆子诚讲出了金句，"每一种奋斗都自带光芒"，这是对创业者的肯定和激励。

艾敬民却一直在琢磨，钟振声要求进一步完善容缺办理机制，在他看来，一定有所指。他太了解钟振声的性格了，在这种严肃而正式的场合说出的每句话，都不是信口开河。钟振声不是个由着自己性子的人。思忖间，他被人从后面轻拍了一下肩膀，扭头一看，是桑德电子的韩总。韩劲松笑道："艾局，还在消化会议精神啊。这么专心致志的。"艾敬民不好意思地笑笑，老老实实道："感受到了压力。"

韩劲松说："上次退税，真是救了桑德电子一把，谢了。我早两天还和财务说，要给你送锦旗来。我都想好了，上书八个大字，叫作'为民局长，敢于担当'。"

艾敬民一听，急忙摇头："千万别开这种玩笑。"

韩劲松"咦"了一声："不是玩笑啊，是发自内心的感激呀。"

"真不能送，韩总这是要把我架到火上烤呢。"艾敬民朝他双手作起了揖。

韩劲松忙抓住他的双手说："好了好了。艾局不只是传说中的较真，我看还要加上一点：低调。刚才会上常务表扬了你们税务局容缺办理的做法，你看，我不是最有发言权吗？桑德电子是'容缺'的第一个受益者。"

艾敬民显得心事重重，他对韩劲松说："'容缺'，只是我们进行的一次尝试而已，还有很多地方需要改进完善。常务不也说了吗？"

韩劲松手一挥，大大咧咧地说："说你较真呢，还真没错，世上哪有十全十美的事，不都要完善吗？完善无止境。哈哈。"说完他一歪头，眨眨眼："噢，我明白了，原来你是和'完善'较上真了。"

四十一

两天之后的下午，陈述平来到艾敬民办公室，告诉他，县纪委前不久组织了一次暗访行动，检查干部作风建设问题。结果查到水府岛屿税务服务站的干部阮海阳接受纳税人宴请，现在来了一份县纪委的督办函，要求局里作出处理，并限期上报结果。

艾敬民一看，气不打一处来：三令五申强调廉政纪律，还明知故犯。阮海阳本来在朋山税务所工作，他向局里人事部门提交了

第十章

报告，要求调到离家更近的水府分局，理由是在水府老家乡下有老母亲需要照顾。原来母亲和他弟弟一起生活，弟弟不幸染了重病，再照顾母亲，已经有心无力，勉为其难了。他作为长子，只能担负起这个责任。局里决定设置水府岛屿税务服务站时，人事部门便向党委建议将阮海阳调动至站里工作。一方面他家确有实际困难，孝心可鉴；另一方面他在水府土生土长，熟悉环境，正好可以协助秦榛更好地打开局面。阮海阳也算得上老同志，没想到竟然出了这档子事，偏偏年关在即，这年关到底是没有守牢。"廉关"失守，影响全局。艾敬民忍不住骂了一句："混账东西，害得全局干部一年白辛苦。"

陈述平在等他拿出意见，艾敬民一声叹息："还有什么好说的，函都来了，纪检组去调查清楚，必须从严处理。还要举一反三，亡羊补牢，防止类似问题再度发生。"他突然想到钟振声的话，在心里捋了好一阵子，才交代陈述平：由局纪检组牵头也来组织一次明察暗访，除了查作风纪律外，还要查一查重点工作落实情况，譬如减税降费的落实情况、容缺办理的执行情况。网不要撒得太开了，就盯住这一两件事，查一查我们的税务干部是不是有不作为、乱作为的现象。

陈述平走后，艾敬民把人事股股长老周喊来，开口便问他对阮海阳平时表现到底了解多少。老周有些莫名其妙，不知道这样问目的何在，坦言道："阮海阳是个老同志了，干税务起码得有快二十年了吧，工作上基本过得去，没有听到有什么其他反映。"艾敬民盯住他追问道："真的什么反映都没有吗？"老周被他盯得心里有点儿发毛："我在人事部门也好几年了，确实没有听说过。只是有人讲他平时喜欢喝一口，喝高了以后好吹吹牛，有点子犯迷糊，这也算是不拘小节吧。难道他犯了什么事吗？"艾敬民不客气地说："你们看来是小节，一出事可就是大事。人事人事，关键是人，然后才是事。今后，你们得多下去，把干部的情况摸透了，这才是扎扎实实做人的工作。存在档案室里的人事档案，说穿了那只是一页页纸，是呆滞的，动不了的。人才是活的档案，建立这种动态的档案，跟踪管理，随时掌握变化的情况，这样会更有意义。"老周嗫嚅道："不是有纪检部门吗？"艾敬民敲着桌子说："同志哥哎，真等到纪检出面，那就晚了去了呐。"

艾敬民自始至终没说阮海阳究竟发生了什么事。老周觉得自己平白无故地被他给"上了一课"，心里未免也揣了些情绪。他回到办公室一寻思，觉得艾敬民还真是讲到了点子上，做人的工作，就该沉下去，不能人浮于事。

老周走后，艾敬民略一思量，抓起电话，给秦榛拨了过去。

四十二

阮海阳的事并不复杂，当然也不简单。面对陈述平的问询，阮海阳追悔莫及。

他有个发小叫冯再春，在水府成立了雅悦石材有限公司，从事水府石的加工、销售业务。水府石犹如大自然的馈赠，属于远古化石，质地细腻湿润，呈绛红、碧绿、橙黄、淡青、紫罗兰诸色，五彩缤纷，历久不变。纹理千姿百态，充满诗情画意，多玲珑剔透之姿，可雕琢成各种艺术品。如果冯再春老老实实地经营，凭借这天然奇石，至少吃穿不愁，生活无忧。

阮海阳来到水府后，冯再春知悉阮海

春风引

阳的嗜好,三天两天请他聚餐,或小酌,或畅饮,一口一句"阮哥,阮哥"喊得亲热,每回都让他尽兴而归。阮海阳也就把冯再春视作兄弟。这天上午,阮海阳在雅悦石材有限公司核实一笔留抵退税时,发现存在销售收入不真实的现象。他便找冯再春询问个中原因。冯再春首先一通赌咒发誓:"哥,我绝对不会打税的歪主意,是不是财务处理的口径不一致呢?明知哥就是收税的,端的是公家碗,吃的税务饭,我那样做不是给你出难题了吗?我冯再春在你眼里是这样的人了?"他说阮海阳不相信自己,这是天大的委屈啊,言语之间也发泄着不满。阮海阳任由他一个人说了老半天,觉得棘手了,退一步说:"我又没说不相信你,也没说你要搞什么名堂,可是这账我看……"冯再春一把打断阮海阳:"这不就行了吗?相信老弟就对了嘛,我就知道哥不会冤枉我的。"见阮海阳还在犹豫不定,他赶紧劝道:"我这小本生意,你想想又能出多大事呢?今年业务不好做,上头都在出台政策扶植。把鸡养好,才好生蛋,是这么回事吧?哥,你倒好,你要当'包公'我不拦着,但是别拿老弟我来开刀啊。走走走,难得哥今天大驾光临,择日不如撞日,老弟请你喝一杯去。"阮海阳忙说:"不行,局里有规定,工作日不能喝酒。我下午还得上班呢,别人看到我一脸通红,满身酒气,那像什么样子啊。不行不行。"冯再春却不容分说,推着他就走:"你呀,服了你这一根筋,你不会打个电话回去讲在下企业吗?那就不用回办公室了。"吃人家的嘴短,拿人家的手软,此时阮海阳算有了切身体会,他找了个自以为说得过去的理由,局里不是讲可以容缺办理吗?即使冯再春有些不合规的地方,以后慢慢规范不就得了?他终究没有就那笔留抵退税继续追查到底。

结果13.35万元留抵退税款就这样进了冯再春的腰包,数额谈不上巨大,但在冯再春看来,今后有阮海阳罩着,就是另一回事了。退税到账后,他便张罗着请阮海阳来到"水府渔村"撮一顿。他打电话给阮海阳说:"哥,你的吃运不错,今天'水府渔村'的老板告诉我,店里有人送来两只野生团鱼,我让他赶紧给哥留着。一年都难得碰上一回哩,不骗你的。"他特意带去两瓶"水府大曲",约了另外两个发小,四人称兄道弟,推杯换盏地喝起来。

喝得兴起,冯再春大呼小叫,把酒店老板蔡笑九喊进来:"俺阮哥是贵客,难得来一趟,你蔡总也不敬一杯呢?让我们这些小兄弟好没面子。"蔡笑九点头哈腰连连道歉,赶紧端起满杯酒敬阮海阳。冯再春又嚷嚷道至少得喝三杯。其他两人也起哄,一杯哪够,阮哥的面子只值这一杯吗?蔡笑九赔着笑脸说:"不够,当然不够。我的酒量不行,这样吧,我让客户经理过来敬个十全十美满堂红。"他说完,打着拱手礼走出包厢。不一会儿,一个年轻漂亮的客户经理步履款款地进来了,她端起一杯酒,满脸笑容冲大家说:"茫茫人海能相识,在座的都是有缘人,我是晓虹,敬大家一杯酒。"她一饮而尽,然后径直走到坐在主宾位的阮海阳身旁,把酒杯添上递给他:"感谢贵客光临,激动的心,颤抖的手,我来敬老板一杯酒。这第一杯,祝你玩得喜笑颜开,乐得自由自在,帅得万人爱戴,到哪儿都能连Wi-Fi。"冯再春几个大声叫好,阮海阳接过酒杯一饮而尽。晓虹再添上:"喝酒要成双,出门才风光。这第二杯酒哩,祝你爱情花前月下,朋

第十章

友遍布天下，收入不在话下。大家再来点儿掌声，'嗨皮'一下。"在噼里啪啦的掌声里，阮海阳也不客套了。晓虹马上递出第三杯，脸笑得灿烂，嘴也不闲着："三杯好，三杯妙，三杯福星来高照。这一杯酒祝你工作春风得意，生活顺心顺意，每天神采奕奕，永远散发魅力……"

正在兴头上，县纪委党风政风暗访来到。"十全十美满堂红"还没有进行到一半，阮海阳被抓个正着。

"陈组长，我真没意识到和发小喝个酒还出事了咧。"阮海阳勾着头，小声对陈述平说，"我真是鬼碰到脑壳了，早知道这样，一个人猫在自己家里喝得了，就算醉死，一根毛的事都没有。"

陈述平一听，颇有种怒其不争的气愤，他严厉地说："现在你还没认识到自己的错误，一是不该接受纳税人宴请，二是不该为他人谋利，三是不该在工作日饮酒。这是什么性质的行为？对照中央八项规定精神和党的廉洁纪律要求，这都是非常严重的错误了，别以为你只是喝了杯酒，也不要以为是和发小喝。你不仅越过纪律'红线'，甚至还涉嫌失职渎职。"陈述平越说越来气，"失职渎职要追究法律责任，意味着你要坐牢，要被'双开'。'双开'是什么意思，难道你也不懂吗？"

阮海阳听着听着，感觉身上开始冒出冷汗。陈述平了解到，阮海阳其人平时并无大错，但因为好酒贪杯，惹过麻烦，出过洋相，甚至还导致老婆一气之下与他分居，扬言一日不戒酒，休想再和她生活在一个屋檐下。说起来，这也算是阮海阳要求调动的另一个缘由。让人恼火的是，他总认为喝酒是小节，能有多大的事呢。领导上午劝他不能喝酒，他嘴上答应得好好的，到了晚上一端杯子就忘得一干二净，把承诺丢到了爪哇国里。陈述平心想这次一定要给他扭转过来才行，必须让阮海阳真正从思想上受到震动："局里考虑到你还算有孝心，家里有苦衷，满足了你调动单位的心愿，没想到这次捅破天了。你出事属于自作自受，不值得半点同情，可是你想过没有，今后你的老娘谁来管，你的人生污点永久记录在案，还可能因此连累你儿子的前途。他还不恨得你牙痒痒？"阮海阳的确从不曾料想，喝酒会要他承担如此沉重的责任，特别是会影响到儿子。儿子是他全部的精神寄托与希望，也是他心底最柔软的牵挂。为喝酒的事，老婆和他一日小吵、三日大闹，连儿子也不待见他。他有时候想和儿子套套近乎，可儿子总是一副厌恶的表情："别烦，一身酒气，躲远点儿，别影响我做作业。"那时，他觉得儿子年少不懂事，长大就好了。儿子读大学后，确实成熟多了，不再和他怄气，还经常打电话劝他不要喝酒。他口头上答应得好好的，可儿子很快就能从妈妈那里得到真实情况，气得最近两个月都没理他。于是阮海阳又把气撒到老婆身上，直怪她和儿子乱讲乱说，破坏他的形象，离间父子关系。两人大闹一场，这酒已经喝到众叛亲离的地步了。

阮海阳这次看上去似乎清醒了，积极配合潭州市税务局第一稽查局，很快把雅悦石材的退税追缴回来，没有造成更大损失。雅悦石材还被处以一倍罚款。阮海阳写出深刻的认识，检讨自己的错误，受到党内警告的纪律处分，其案件在全系统进行了通报。

陈述平趁热打铁，在全局开展了一次专题纪检日活动。阮海阳现身说法，熟悉他的人说，这态势看来，"酒仙"从此真的滴酒不沾。也有人讲："难说，得走着瞧哩。"陈述平觉得，阮海阳这回敢于站到台前，众目睽睽之下自我揭丑，足以说明他有决心。陈述平向来认为，一个人只要没到无可救药的地步，总归还是有一点儿自尊心，"人要脸面树要皮"嘛。

四十三

艾敬民深知，世上没有任何一种可以保证从订立之时起便完美的制度，只有需要在实践中不断完善的制度。完善容缺办理机制紧跟着提上议事日程。

近来，姜功名的耳朵听得快起老茧了，局里的同事纷纷向他吐槽。说起来也别怪大家牢骚满腹，水府分局辖区内外出务工人员不少，涉及退税的亦多，而他们流动性很强，五湖四海、天南地北。税收管理员为办理一次退税得耗费不少时间和精力，原因是联系纳税人难，纳税人上门难，一次性办理到位更难。好不容易他们上得门来，结果因为不熟悉相关要求，出现纰漏，如此便难免反复一两次。纳税人不满意，嘴里不干不净地骂骂咧咧，还有的更直接说，不退了，太麻烦。你还不能动气，摁下心头不满，赔着笑脸与之周旋。久而久之，税务干部难免怨声载道。

这天，姜功名突然接到文妍电话。文小萌去世后，工作专班的几个小伙伴都找姜功名，本想约了一块去看望文妍，可文妍拒绝任何人登门。这也可以理解，伤痛需要慢慢康复，时间是最好的药，姜功名就打消了那个念头。当看到文妍打来电话，他有点儿意外，希望文妍慢慢走出悲伤境地了。接通后，他不知如何开口，问候或宽慰都显得苍白无力。正迟疑间，文妍省略了寒暄客套，直截了当地说了一件事：她表弟从上海回来看望父母，顺带办理一笔个人所得税退税，可手续不齐全，缺少一份证明材料，税务分局不能给予办理，要求补齐手续。他便向表姐倒起苦水，那份证明材料并不事关紧要，不至于让人隔山隔水地再跑一趟，他堂而皇之地说，他也要核算成本，看看是否划得来。甚至提出要税务局报销路费，给予误工补贴。表弟当然是口无遮拦，玩笑而已。文妍听了却有些啼笑皆非，心头不是滋味。本来退税是个好事，如今倒有点儿弄巧成拙。她觉得龙承县局"容缺办理"机制的工作流程，还可以更加明晰，采取"告知承诺、综合评估、信用记录、建立台账"的模式。在不影响实质性审核的情况下，经纳税人作出书面补正承诺后，可暂缓提交纸质材料，按正常程序为纳税人办理涉税业务。此外，办税时未能提供齐全资料的，纳税人可采取上门报送、电子邮件或邮寄送达的方式补正，这样一来更加方便。这就是她提出的办法，在办理个人所得税的退税中，对于外出务工人员群体，这个补正办法尤其实用。

姜功名一听，连声说好。推出补正办法，至少让纳税人报送渠道多了选择，相应地对于税务人员的一片苦心也多了理解。他马上向县局领导建议全县推广应用。末了，他向文妍表达感谢，文妍说，这也是"1234"工作法推行过程中需要不断完善的内容。姜功名寻思，文妍的心思集中在"1234"工作法上，不失为缓解她痛楚的途径。

同时，艾敬民决定推出一种"容缺信封"，既便于让纳税人明白所要办理的事项，又便于留档备查。"容缺信封"正面写有"龙腾虎跃"四字。艾敬民阐释这个成语有多重含义：一是地域和时代特色，龙承历史沿革上即有龙城之谓，今年恰好又逢虎年，龙虎一体，其势雄，其魄壮；二是体现龙承税务积极探索、大胆创新的纳税服务精神与理念；三是寄寓一份对纳税人的祝福，龙行虎步，事业飞黄腾达。容缺事项"一次办"，落实、落细"最多跑一次"，既提高办事效率，也节约成本。一个成语，在"容缺信封"上竟然被赋予如此多重含义，艾敬民可谓用心良苦。

而且寄件二维码已预填收件信息，纳税人只需填写寄件人信息即可免费寄件。信封背面设置"容缺办理事项"信息粘贴区域，进一步提示纳税人需要补足的材料信息，避免遗漏。按照容缺机制的相关规定，只要向纳税人发放"容缺信封"，在信封上注明"容缺办理事项"，那么本次业务即使在部分材料缺失的情况下，也能顺利办理完成。除此之外，纳税人如有疑问，也可扫描龙承县税务"问办一体QQ群"二维码，在群内提出问题并得到相应回复。

四十四

深夜十一点，陆子诚来到书房，属于自己可以自由支配的时间开始了。他打开电脑，首先进入龙承论坛，浏览最新帖子，这是他的习惯。陆子诚在论坛里注册了马甲，几乎没人知道"陆布衣"就是他这个县委书记。平常他在浏览论坛中捕捉到某些网络舆情，并据此作出批示，交办给相关部门。有时候，他也发发帖或者跟跟帖，给网友留言。

今天论坛里面，关于龙承县税务"容缺办理"的话题，几乎霸屏了。身为资深网民，他自然知道"霸屏"的含义，通常他对这一现象会先在心里研判一番。网络时代，冷静与理智是必不可少的心理素质。他一直往上翻，寻找第一篇挑起话题的帖子。那是一个叫"山重水复"的网友发出来的，足有四百多字，大意讲自己退税的经历。他原本在水府春风智慧园从事信息技术工作，后来因为爱情去了省城。水府税务分局多次联系他办理退税，他一则工作脱不开，二则觉得不划算，非常抵触税务局三番五次找他。最终税务局给容缺办理了退税，收到276元退税后，他觉得自己之前的态度生硬，真是汗颜，由衷为税务点赞！

陆子诚一看，这个帖子说得实在，言词平实，流露出"山重水复"的真实情感，不像是"水军"。接下来二百多条跟帖，对龙承税务局推出的"容缺办理税收事项"赞誉者居多，难得！这回跟帖里，居然有不少人讲到自己办税的经历，不像之前的"喷子"和"吃瓜"行径。他还看到一个叫"穆言"的网友发帖子，自称来自桑德电子，不无自豪地说自己是容缺机制推动者。一言既出，引起一片聒噪，有称道的，有惊讶的，有表示怀疑的，还有的斥之为蹭热度。陆子诚注意到这时候"穆言"却"潜水"了。任凭"口水四溅"，权当视而不见，这就是任性的网络："冒泡"还是"潜水"，都是你的权利。

陆子诚一条一条看着帖子，其中一条引起他的注意。作者网名叫"税月如歌"，讲的是可以为需要办理退税的企业提供业务培训和咨询服务，有兴趣可以联系他，末尾留下了联系方式，包括电话和邮箱。帖子内容很简单，带有广而告之的性质。下面跟帖也有的表现出感兴趣，譬如询问如何培训、咨询具体政策以及收费标准。"税月如歌"回

| 春 风 引 |

复只有四个字：详情私聊。陆子诚记得税务局辟有纳税人学校，辅导纳税人办税。只是不知道这个"税月如歌"是否与其相关，单看网名，似乎与税务沾边。

陆子诚把与容缺有关的所有帖子读完后，沉思片刻，随即拨通县委办主任曹树林电话，让他也去龙承论坛看看网民对容缺办理的议论。曹树林不明就里，以为发生了舆情，心头不免一紧。他知道陆子诚最为关注网络舆情。但今晚陆子诚的口气听起来轻松，他告诉曹树林，县税务局这个容缺办理看来深得大家认可，让县委办好好去总结一下，如可行的话，他的意见是可以在全县各单位进行推广。他认为民意往往就是一根标杆，现在有的领导干部存在不想也不敢担当的心理，艾敬民敢于在税务局推出这种举措，就应该提倡！曹树林说："办公室马上收集网上意见，明天即派人了解情况，再请书记批示。"

几天后，由县委办编发的《龙承要情》，以专辑形式刊载了县税务局推行容缺办理机制的经验介绍文章，并配发县委书记陆子诚的表扬性批文，下发到各县直单位、乡镇。看到自己分管的单位得到认可，钟振声很高兴，特地给艾敬民打了个电话："没想到你不单单会较真，还蛮有办法的哩。"

第十一章

四十五

　　二分局的纳税人学校已经有四个多月没开线下课了,都是疫情闹的。辖区内纳税人意见纷纷,不少人在打听什么时候可以启动。没有上面的明确意见,江少松迟迟不敢擅自"解封",只好要求分局税收管理员,尽可能通过建立微信群等方式,及时向纳税人发布最新政策,通过信息渠道来解答纳税人的疑问。税企沟通虽然保持着无障碍的状态,但仍然存在弊端,一方面纳税人觉得效率不高,另一方面分局干部觉得疲惫不堪。毕竟一个人的精力有限,平均每人所辖户数在五百户以上。二者之间其实有一定因果关系。

　　高上名下所管户头,登记在册的即达到七百二十多户,他为此建了两个群。微信群里一天到晚几乎都有纳税人发问,甚至凌晨一两点还有人"艾特"他。如此一来,难免漏掉一些信息,而一旦得不到及时或者满意的答复,群里面可就有人大不乐意了,客气的发一发表示不满的各式表情包,不客气的则撑上几句,如"建议群主解散此群!""别忘记了税务的公开承诺!"之类弥漫火药味的话语。这些刺激性极强的话让高上烦不胜烦。一次,他实在忍不住,仅仅回了一句"个人精力已近透支,还请多多理解",神风制造的财务主办罗定就怪他"不知道企业生存艰难,作风不实""说的比唱的好""只会唱高调，不会接地气"，一连串发难把高上气得够呛。罗定接着在群里说"博闻"正在办专门的培训班，还不如去那里，免得待在这里耽误了事。让高上觉得更加不可理喻的是，罗定怒气冲冲地甩下一句："待在群里没有意义。"竟然就真的退群了。他这一举动，让高上好不郁闷！高上自以为和神风制造的联系算是比较多的，和方总以及分管的副总打交道的过程中，他都觉得顺畅。前不久，神风内部人事调整，原来的财务经理周华外派华东片区，财会部门交给了罗定。没料到这罗定一上任，就给了高上一个下马威。高上想着，得找个机会去神风沟通沟通。

几天后，江少松分局长接到神风制造公司副总李增祥的电话，问"博闻减税降费专题培训班"是不是税务局出面办的。江少松予以否认，追问怎么回事。李增祥说，这个培训班是收费的，而且要价不菲，听一堂课得交两千元，公司财务主管去报名培训了，回来说"博闻"还可以代理所有退税业务，但是也要收费，按退税金额的比例收取，实行阶梯式标准，起步是2%。他还听说这个博闻与税务有关，这个培训班取代了原来的纳税人学校。"博闻可以办班，税务局的班为啥不能办呢？"他对江少松道。

江少松一听，吃了一惊。

正好高上来找他，建议可以向地方部门反映一下，纳税人学校能不能尽早开课。江少松便把刚刚听到的情况告诉了他，高上于是汇报了神风制造公司财务主管退群的事。江少松隐隐约约感觉这个"博闻"不简单。

高上对于罗定一气之下退群的举动，本就觉得不好理解，群里也有人认为罗定太过分了点儿，一言不合便这样，未免太任性。罗定如此简单粗暴的行径，让他特别反感。纳税服务要优化，毫无疑问，但他说一句"请多理解"，竟然就错到让你罗某人无法接受的地步了吗？所谓的"服务"，本身也存在一个双向发力的辩证关系，看起来税务应当是主动的一方，但俗话说得好，"剃头担子一头热"，只怕于事无补。高上索性向江少松坦陈自己的疑惑，一开始他没想说出来，不想让江少松以为他在吐槽。将两件事串联一琢磨，高上也觉得江少松的直觉似乎不是捕风捉影。怎样才能弄清楚真相，除非"直捣黄龙"。

四十六

不用查验身份信息，向网友"税月如歌"交了两千元费用后，一个周四晚上，七点四十分，高上化名"且行且珍惜"，走进了位于幸福路的一栋十层楼。这座楼叫八方大楼，从外表看新建不久，位置有点偏，在县城西北角。课堂设在顶层第十楼，进入大楼无须扫码，也没有人来测试体温。高上有些意外，防控尚处于外松内紧的情势，像这般畅通无阻的少见。他下意识揿紧了口罩。

在一间五十人规模的会议室内，已经到了约莫三十人。还好都戴了口罩。一个小伙子迎着高上过来，查看他的交费记录，高上选了里面靠窗的位置坐下。讲课从八点开始，授课的是一位中年男子，中等身材，戴了副眼镜，留着板寸头，显出几分精干样。主持的是另一个小伙子，口才不错，首先介绍一番博闻培训中心的基本情况。他说"博闻"是一个全国连锁培训机构，声名远播，业绩辉煌，业务主要在"北上广深"等一线城市，现在因为众所周知的原因，拓展业务范围，来到龙承这样的N线城市。言语里居

第十一章

然含有一种居高临下的意味。介绍今晚授课的付老师时，还来了点儿小幽默，说付老师虽然姓"付"，但不是副教授，而是如假包换的正教授，是包括潭州大学在内几个大学的客座教授，在财税界内属于天花板级的专家学者。

付教授则在一旁面露微笑，亲和里保持一种矜持的姿态。最后小伙子强调，有人质疑收费过高，实话实说，他们这次来龙承已经是破天荒了，若在"北上广深"，那可是五千元一堂哩。听付教授的课绝对物有所值。他打了个比方，上海的萝卜与龙承的萝卜价格能一样吗？这一画蛇添足的比喻显然很不贴切，下面马上有人回答，不都是萝卜吗？课堂里响起一阵窃窃笑声。高上看到付教授面露愠色，主持人赶紧闭嘴宣布开始上课。

尽管高上觉得主持人讲话有点口无遮拦、"不靠谱"，但在他听来，那个付教授讲的课还真是不赖。

付教授今晚主讲的是研发费用的主题。他从企业研发费用所包含的内容、科目设置及账务处理、费用归集管理办法等几个方面，一一道来，逻辑清楚、层次分明。对大家关心的关于研发费用可以享受到加计扣除的税收优惠政策，更重点进行讲解，还举实例说明加计扣除账务处理与企业所得税申报。付教授把所讲内容梳理得有条有理，还专门做了PPT课件，显然不是敷衍了事。高上心想，从授课来看，还是用心了，这个老师不是"水货"。他环视课堂，专注听课的人沙沙地记着笔记。倒是他自己揣了另外的目的而来，表现出心猿意马。

偶然扭头，他看到一个熟悉的面孔。正是穆斯晴。许是来晚了些，她坐在靠外边最后的位置。

自从上次发生不愉快后，两人还没有见面。高上好几次在微信里联系她，穆斯晴干脆不理不睬。唯有一次，他发过去一行文字，写着：人生很贵，每一秒都宝贵，你确定要把时间都用来生气吗？她也只是回了个愤怒的表情，似乎在宣示已经愤怒至极的态度。打她电话，总是提示用户忙。他高度怀疑穆斯晴把他拉黑了。

事后一想，怪自己那天说话太冲，把她给气跑了。换位思考，他也受不了自己的臭脾气。想不到，穆斯晴居然会直接去找艾局长，还把问题解决了。他从心底暗暗滋生了钦佩，她不服输的劲头与平日里那副柔柔弱弱的邻家小妹形象，竟然大相径庭。穆斯晴擅闯局长办公室一事传开后，几乎成了税务局的一个传奇。他俩的恋情尚未公开到众人皆知的程度，高上听到穆斯晴的传奇后，颇有些庆幸，幸亏没人知道，不然的话，人家还以为他在背后怂恿她。他想，一般人觉得女孩子那样做，要么是行事冒冒失失，要么就是胆大包天。这两个界定，对一个涉世不深的女孩子而言，恐怕都算不得褒奖之词。高上是教师子弟，从小到大接受相对传统的家庭教育，他的骨子里面，在为人处世之道上，偏向"不显山不露水"地行事。穆斯晴中断与他的联系后，他心有不甘之余，转念也会想，断了就断了吧，真不知道她以后还会有什么惊人之举，看来可不是他高上的"菜"。

内心却又颇纠结。她那天丢下的一句"你爱和谁订去就和谁订，我管不着"，时不时回响在他耳旁。从穆斯晴的角度来看，她满以为依靠与他这一层关系，能在领导面前表现表现，这点儿小小的虚荣心，其实也不足为怪。有句歌词唱道，"爱情的对错无关是非"，他原来认为那是一句病句，没有对错，何来是非,岂不是前后矛盾,如今细思,挺有几分道理。

手头上工作有点儿多,越近年关,好像许多事情一下子越往面前拱。这是个诡谲的感觉。他懊恼地想,平时自己也没闲着,怎么回事呢?又在心里盘算,等手边空闲了,心静了,还是去找穆斯晴,好好聊聊又何妨,男子汉嘛,能屈能伸。

四十七

也许穆斯晴压根儿没发现高上也在。高上时不时偷瞄她一眼,希望能和她目光对接,但她心思似乎都在听讲和做笔记上面。这让他感到失落,有点儿心神不宁。一个半小时的讲课结束后,课堂响起掌声,他才回过神来。

主持的小伙子走上讲台,问大家付教授讲得好不好,下面异口同声地回答"好"。小伙子满面春风地说,那是必须的,不只付教授讲得好,博闻培训请的都是名师名导。来龙承办班后,为了满足需要,他们周末还将在水府春风智慧园开班,课程安排绝不重复,按税种分别授课。而且还说,按照培训计划,他们在龙承只排了五天课程,还剩下最后两天。他拜托各位广而告之,"请朋友告诉朋友,请大家告诉大家"。

散场了,高上盯着穆斯晴,快速贴上去。可是第一趟电梯他没能够挤进去,在电梯关门的刹那,他和她的目光终于对上了。他赶紧扬扬手,说:"等等我。"电梯自然不会等他,他希望先下去的穆斯晴能在一楼等他。

这座"八方大楼"真抠门,明明装了两部电梯,却只开一部,靠节约电费能发得了财?高上心里愤愤,伸长脖子死盯着电梯门楣上闪烁的数字,十,九,八,⋯⋯三,二,一。总算开始往上升了,一,二,三,⋯⋯八,九,十。高上嘴里嘀咕着,什么破玩意,蜗牛吧。无比漫长的等待过程。好不容易电梯门开了。

等高上第一个冲出电梯,他四顾茫然,街头夜色里,哪里还有穆斯晴的影子。他只得快快地勾着头,没精打采往公交车站走去。幸福路公交站离楼座还有里把远距离,踢踢踏踏的脚步声,自己听着都有点烦。猛然一抬头,他看到前面有个熟悉的背影踽踽独行。那不是穆斯晴还能是谁,他心中涌上一阵狂喜,撒腿追上去⋯⋯

后来,高上傻傻地问穆斯晴:"那天晚上,你一定是故意落在后面等我吧。"穆斯晴反问道:"你以为呢?"接着又幽幽地说:"不然,你觉得那晚你能追得上我吗?"高上憨憨一笑:"我就知道你在等我。"穆斯晴娇羞地说:"还不是你要我等等吗?"高上拥着她,不胜感慨:"好在你真的等了。"他感叹道:"真是命运的安排,没想到会在那里碰到了。"

"噢,对了,你怎么会去上培训班呢?"高上问道。

穆斯晴告诉他,"税月如歌"联系她,极力向她推荐,她看到课程有"研发费用"专题,正是她想要了解的,便心想去听听也好,就来了。"税月如歌"还主动给予她学费八折的优惠。后来又联系她,问是否对培训课满意,表达了希望能与桑德电子进一步合作的意愿。

高上"哦"了一声:"想要怎么合作呢?"

穆斯晴说:"没有具体谈,大概是可以代为办理退税业务。讲了一些收费规定,我不感兴趣,就懒得记了。"

从博闻培训班回来后,江少松问高上,有没有发现什么不正常之处,高上支吾半天,说:"真没有发现,那培训课讲得还行。

只觉得那个叫什么'税月如歌'的有些神秘。"江少松若有所思说："也许吧。"

四十八

博闻培训的那个小伙子没说假话，他们确实在水府开了班。只是没有开在水府春风智慧园，偏偏办到了交通不便的桃花岛上。

桃花岛本是常理打造的"水文章"项目之亲子生态乐园所在地，上面辟有亲子课堂，一间四十来平米的教室，勉强可当授课场所。严冬时节正是旅游淡季，闲着也是闲着，常理盘算让博闻租用未尝不可，于是爽快地一口应承。博闻选择此岛的理由也冠冕堂皇，说是为了方便岛屿上的企业，送培训上门。为此，他们还特地雇了一艘机帆船负责接送岛屿外人员来往，算得上考虑细致，服务周到。

办班时间则定在周六上午九点开始。这个时间点定得也有门道，不太早，也不太迟，参培人员不必如赶早上班那般匆忙，培训完后，有兴趣的可趁机在水府岛屿上游览，然后从容返回。

高上并非冲着博闻的培训而来，他和穆斯晴早就计划来水府游玩。难得的晴好天气，这对热恋中的年轻人，兴致勃勃地来到桃花岛，这是他们今天游览水府的第一站。然后是白鹭岛和盘洲岛。下了游船，高上发现今天上岛的大有人在，陆陆续续上岛的人们，却不约而同进入岛上那栋平房里的亲子课堂。起初，高上没太在意，他现在的主要任务是陪穆斯晴开开心心地游玩。亲子生态乐园其实不太适合恋人们光顾，只不过听说岛上有一只葵花鹦鹉"小白"，聪明机灵，不仅会模仿人说话、做动作，而且会算数。穆斯晴久闻其名，很想眼见为实。看到一袭白雪般羽毛的

鹦鹉滑稽的表演，两人果然被小白逗得前俯后仰，乐不可支。穆斯晴捂着肚子笑得岔气，小白竟然也学她的样子咯咯笑。更神奇的是，它会算十以内加减法。驯鸟师把写有数字的十张纸板摆在桌上，然后出题考它，它竟然能准确地把相对应的标准答案叼出来，还不忘得意洋洋地抖动头冠。头冠呈扇状竖立起来，像一朵盛开的葵花。如此乖巧可爱的小白，一下子攥住穆斯晴的心。

逗留了好一阵，俩人才恋恋不舍地离开。闲逛到亲子课堂门外，透过玻璃窗，高上瞥见里面正在上课。没有小孩，不像是亲子课程。大门虚掩着，高上好奇心顿起，探头入内，往里面细瞧。

这一瞧不打紧，他看到一个熟悉的面孔：罗定，神风制造公司的财务主管。罗定怎么会在这里呢？难不成他专程赶过来听课吗？再往讲台瞧去，上方的投影屏幕显示一行字："六税两费"减免政策专题辅导班。看来是博闻在培训，可听说罗定早在县城参加过了培训班呀。高上正狐疑间，有人拉他胳膊，以为是穆斯晴，回头一看却是秦榛。他和秦榛同一批考进税务系统，在省局一块儿参加岗前培训，自然熟络。秦榛后面还跟着阮海阳，早在局里听过他现身说"纪"。高上把手指压在嘴唇上做了个噤声的手势，拉着秦榛来到房子拐角处，这一番动作有些神秘，让穆斯晴觉得云里雾里。

秦榛轻声问他们怎么来了。

穆斯晴抢着回答："来看小白。"

秦榛笑道："小白确实值得一看。"

高上反问："你们也是来听课的吗？"

秦榛苦笑着说："听什么课啊，想着周末了，好不容易可以睡个懒觉吧，结果呢，被老阮给催起来了。"

事情起因是这样的。阮海阳在水府码头碰到一个做水产品生意的小老板,姓谭,老熟人了,老谭就和他讲了一个事,说他认识了一个叫"税月如歌"的网友,主动加他。"税月如歌"讲起税务的人和事来,让人觉得他就是税务局的人。老谭看他很热心肠,问他是不是税务局干部,"税月如歌"笑而不答,既不肯定,也不否认。以为他不愿意公开身份,"做好事不留名",老谭也就没在意。"税月如歌"而后拉他参加一个退税的线上培训,不让他交一分钱,他进了群,也听了课。后来"税月如歌"给他发了个链接,他轻信了,点击进去,一步步按照提示做了一番"神操作",结果他账户里的15万元存款莫名其妙地消失了。一个石头丢进水里都要响一下,15万元不见了,连响都没响一声。号称"水府老麻雀"的老谭吃了哑巴亏,郁闷得不行。他赶紧报警。结果公安告诉他,已经发生了好几件类似的诈骗案子,让他回去等消息。至于那钱能不能追得回来,只怕是悬,好比柴都进灶膛了,能退得出来吗?即便退出来了,十有八九烧得所剩无几。老谭如做噩梦一般,怪只怪自己被猪油蒙心,天上会掉馅饼吗?

阮海阳听老谭讲完,不好怎么安慰,只能劝几句,让老谭以后有税务方面的事多来问问自己。阮海阳本来想赶回龙家里,近来他和老婆的关系有了明显改善,老婆昨晚还答应一起回娘家去看岳父岳母。可他看今天码头有些异常,陆陆续续来的人,女性居多,却不像纯粹的游客,行色匆匆。一艘机帆船在接人。他拉住一个小姑娘打听,得知她们来参加一个退税培训。阮海阳的神经紧了一下,是不是与老谭讲的事有些关联呢?这个退税培训班肯定不是税务局举办的,他怀疑其中有猫腻,所以拨打秦榛的手机,把她从美梦中摇醒。两人尾随跟着上了桃花岛。

四十九

高上告诉秦榛,博闻的培训班看不出有啥问题,他特意参加过一期,课讲得真是可以。秦榛诧异地问他:"你这算是卧底吗?"高上道:"也可以这么讲吧。"另外,他确实从授课中也温习了一遍业务知识。看起来,博闻也许是借减税降费政策落实之机,利用纳税人的心理需求和业务需要,来拓展自己的培训业务。毕竟,现在减税降费算得上热点话题,蕴藏了商机。至于他们吸引人的手段,吹得过头,他觉得无可厚非,各打各的算盘,只不过博闻的算盘打得更响,更能博人眼球。他倒是对罗定的行径有些琢磨不透,隐隐觉得罗定背后藏着另外的猫腻。但他拿不准,说不清楚的事,不好摆到台面上来讲。

秦榛道:"既然来了,干脆进去听听吧。"穆斯晴说:"恐怕不是那么容易的,你没交费啊。"

秦榛不管,径直往亲子课堂里闯,果然不出所料,被一个小伙子拦住了。话讲得客气,没有交费的,恕不接待。还告诉她,要听讲座可以参加下一期。门口的动静引起了里面人的注意,罗定扭头看到高上,目光一碰,就赶紧闪躲开去。这让高上愈加坚信罗定是心虚的表现。

秦榛见进不去,不好勉强,怏怏作罢。穆斯晴感觉走得有点儿累了,秦榛便提议去旁边的亭子间休息一会儿。高上看到码头处有个小卖店,就说去看看,买点儿吃的喝的过来。阮海阳不干了,说:"出门三步就是客,你们好歹来到水府,该我老阮来,我可是地主哩。"秦榛也抢着要去,被阮海阳制止了:"我是老兄,今天招待一下你们几个小弟小妹，总要给点面子吧。"

只得任由他去了。

秦榛望着阮海阳的背影说："这个老阮呀，不喝酒就是好人。"她招呼着高上、穆斯晴坐下，接着道："出了那事后，他真正变了个人，滴酒不沾，工作上也肯干，责任心也强。你们不知道，我被艾局长批了个体无完肤，在电话里他把我训得稀里哗啦掉眼泪，好在旁边没人。差点想一走了之，回机关去，至少不用多操心。"穆斯晴睁大眼睛望着她："听高上说，当时还是你硬要下来的？"

"就是说啰，我不能自己打自己的脸嘛。幸亏没有冲动，要是一气之下递交了回去的报告，不知道艾局长会怎么看我。嘻嘻。"秦榛笑道。

"艾局长肯定不会同意，别人都讲他是'艾较真'，艾局长爱较真，我也领教过了。"穆斯晴说。

秦榛一拍双手说："对呀，斯晴是税务局的'网红'，鼎鼎大名。我看呀，你干脆转行算了。"

高上听她俩聊得欢，懒得凑热闹，秦榛见他一副漫不经心的样子，主动挑起话题："这个博闻的培训课，真像你讲的那样好吗？"

高上点点头："我在想，这对我们搞税务的来讲，也是一个挑战。为什么企业愿意去听他们的课，还有的愿意花钱让他们代理退税，是不是可以理解为，从另一个层面反映了我们的宣传和辅导还有不到位的地方呢？或者说我们自身业务水平还有欠缺呢？"说到这里时，他的脸色变得凝重。

穆斯晴打断他："又来了，忧国忧民。我看你们那个'艾较真'带出来一帮子的爱较真。"

秦榛接过话头："在商言商，在税言税。减税降费本意为了减负，代理却又增加了支出，的确值得深思。水府税务服务站推出如'税宣角'等特色服务，看来还远远不够。我刚才注意到，岛屿上一些企业会计也在参加培训，高上这么一说，我这个站长可有点儿坐不住了。"

这边在亭子间闲聊，那边阮海阳在小卖店碰到水府岛上派出所的干警大肖，虽然他穿着便服，戴了口罩，阮海阳还是一眼认出来，旁边还有个高个子年轻人。大肖今天没穿警服，不像执勤。大肖把阮海阳拉到一边，告诉他，他们在等一个人。他们？那么旁边那高个子是和大肖一起的了。大肖向他介绍，年轻人姓陈，小陈是县公安局经侦中队的副中队长。

他们要等的人网名叫作"税月如歌"，真名叫作罗定，找他回去配合调查一件案子，这个罗定今天来到桃花岛上了。阮海阳想到骗老谭钱的不也叫"税月如歌"吗？小陈问他是否认识罗定，罗定在县城一个公司任财务主管。说着从身上掏出一张罗定的照片让他看。阮海阳摇了摇头说不认得，想了想，回答道："这个罗定从县城来的，是不是正在参加培训班呢？"大肖点了点头，罗定的行踪他们已经掌握了，现在蹲点守候。阮海阳便说："高上应该认识，刚刚还听他说起过。"他朝亭子里的高上指点着："就是他，我们二分局的干部。"大肖一听，赶紧要他把高上喊过来。

高上快步赶到，大肖和小陈向他亮明了警官证之后，给他照片让他确认。他认出照片中就是罗定，两位干警便请他去把罗定约出来。他们认为这样的方式，比直接闯入带走人更好，毕竟现在只是暗中调查而已。高上一听"税月如歌"竟然是罗定，心里飘荡的那些疑团也就解开了。

罗定很快被小陈和大肖带走了。罗定脸色惨白，经过高上身旁时，狠狠地剜了他一眼。

第十二章

五十

世上最公平的当数时间,它从不会多给谁一分,也不会克扣谁半秒。然而,最无情的恐怕也是时间,没有谁能挽留它,也没有什么力量能阻止它,你永远无法抓紧它,就像面对流水。一年的光景仿佛转眼间无声无息地流逝。随时间远去的,还有忙碌、煎熬、喜悦、苦痛、收获、泪水以及欢笑,一切都在时光车轮无声无息的转动里,如流水般逝去,回眸之处,车辙也许留下了一些浅浅的印迹,也许什么也没留下。季羡林先生说得好:"日子不慌不忙,我们来日方长。"

久违了的那种轻松和充实,让阮海阳觉得每一个日子都充满新鲜感,他脸上笼罩的那一层暗淡的蜡黄,不觉间已经一点点消退殆尽,熟悉的人都说他脱胎换骨。人就是这样,靠精气神支撑起来。

上午参加完县局年终总结会议,虽没有像姜功名、高上一干人等获得减税降费工作先进个人荣誉,但阮海阳是被局长艾敬民在大会上公开表扬的两人之一。这可是他多年来第一次被领导表扬,心里美滋滋的。四十不惑的年纪,竟然还会有这种奇特的心理,说怪也不怪,谁都希望获得认可和鼓励。阮海阳的开心不亚于幼儿园小朋友得到了老师奖励的一朵小红花。

第十二章

在局机关食堂用过中餐,阮海阳准备赶回水府。这时,他接到冯再春的电话。自从那次喝酒事件后,阮海阳再也没有联系过他。一看是冯再春,阮海阳很不快。

冯再春何尝不知道阮海阳的感觉,但今天还是硬着头皮给阮海阳打电话。他说话的语气,已经没了昔日的那种大大咧咧。

"哥,你在哪里忙呢?好久没聚了哩。"口气尽是小心和卑微的味道。

"我彻底戒酒了。"分明是冷冷的回答。

"不讲喝酒的事,我有急事要请哥出面救我一把。不然我真的死路一条。"冯再春急了。

"我可没有那么大的能耐,保得了自己,已经烧高香了。"

三两个月时间,阮海阳就会忘掉那次事件给他带来的打击?冯再春当然不指望,他听说阮海阳确实做到了滴酒不沾。

"哥,我知道你怎么也不会相信我,可我真没法子了才找你。我要是再害你,就不姓冯,也没脸在这世上混了。"

冯再春说完这句,电话里一阵静默。他管不得许多了,说:"哥,我过个把钟头到办公室去找你。拜托哥了。"那头还没回音,一会儿就挂断了。冯再春寻思直接去见阮海阳。

他来到洋潭岛,看到水府岛屿税务服务站里只有田扬在值班,心里凉了半截。他叹口气,避而不见,看来人家对他恨之入骨。田扬问他有什么事,要找谁,他只说没事,随便转转。小伙子便不再追问,主动告诉他,秦榛和阮海阳都去县局开会了,不知道啥时候回来。给他倒了杯水,田扬自顾自地在电脑上忙开了。

冯再春踌躇半天,不知道等还是不等。既来之则安之吧,他估摸时间,阮海阳回来的话,也该快了,便漫不经心地翻阅起文件架上的宣传资料。

眼看半个小时过去。田扬从电脑前抬起头来说:"要不,您有什么事?我可以转达吗?"冯再春说:"没啥事,看样子今天不会回来了吧。"田扬道:"这可说不准,县局通知是半天的会,但是有什么变化也难说。"

冯再春有点儿心灰意冷,上午接连跑了三家银行,事情没搞成,以他平时行事习惯,至少今天肯定不会再去办任何事情了。但事情太急,他只有想方设法再争取。找阮海阳,实为不得已之举,哪怕碰壁,他也得一试。

走出服务站,往码头去,他想在那里等对岸的渡船过来,指不定能堵上阮海阳。

船到了,秦榛和阮海阳随着人流走下船。冯再春一见,赶紧去迎,脸上堆满笑意,阮海阳却爱搭不理,秦榛微笑着问他来岛上有事吗?他看看阮海阳,回答道:"也没啥事呢,好久没看到阮哥了,过来聊聊。"阮海阳没好气地说:"去去去,我们没什么好聊的。"秦榛看不过意,白了阮海阳一眼:"老阮,你这是啥意思呢,人家冯总好心好意地来找你,伸手不打笑脸人嘛。"她朝冯再春道:"走,上站里聊聊,正好想找你了解一下这一年来的生产情况。"阮海阳一脸不痛快,拉长脸几步冲到了前头。

惹得秦榛放不下面子了,冯再春灰头土脸地说:"秦站长你也别怪他,我确实有错在先。换了我也不得舒畅的。"

两人边走边聊,在秦榛追问下,冯再春说了来找阮海阳的事由。

雅悦石材现在欠了员工60多万元工资,马上要过年,他得想法子把欠薪给清了,不然麻烦可大了。一来员工会闹事、会投诉;

二来影响春节后复工，工人流失在所难免。生意再红火，招不到人，公司的门也就关定了。本来经营情况刚刚有所好转，来了几单来年的订单，3000多万元，他还得准备原材料，流动资金也没着落，外面应收账款1200多万元，回笼难度大。今年办企业都不容易。他准备把职工的事情安顿好，就赶紧要账去，能催回来多少算多少，为节后复工做打算。为解燃眉之急，他听说有"税易贷"的事，结果跑了工行、建行和农行都没办成，因为他上次受到税务处罚，纳税信用上抹了一笔黑。他甚至搬出"容缺"制度，人家税务局都能做到这样实事求是，还得到陆书记批示，银行为什么不学学呢。他的据理力争在另一个领域失去了效果。想起来真是肠子都悔青了，搬起石头砸自己的脚，怨不得别个。来找阮海阳，是想托他出面找银行讲讲情，通融一下。

他对秦榛说："站长，我上次一时糊涂，不仅害了自己，还连累阮哥。可是我保证吸取教训，合法经营，遵章纳税，绝对不会再犯。我想明白了，公司要想做得长久，壮大发展，只有老老实实把生产经营搞好，规规矩矩地缴税，否则肯定走不了多远。搞歪门邪道，说穿了那叫自己跟自己过不去，最终结局是把自己给弄死。"他一吐为快，总算把心里话都倾诉出来了。

五十一

秦榛听了颇有感触，停下步子，转脸盯住冯再春，诚恳地对他说："冯总，说起来你的年纪比我大，人生阅历比我丰富，听了你说的话，我觉得应该是肺腑之言了。事非经过不知难，我相信经受挫折后，才能有这样深刻的体会。"她朝前面的阮海阳一努嘴，说："老阮就是这样。没有上回那个事，只怕他还醒不过来哩，所以坏事也能变成好事。"

她接着转到"税易贷"上。"税易贷"，说到底也是国家对企业的扶助政策，一种银行企业信用贷款。既然名称里有一个"税"字，肯定和税密切相关，是为支持纳税申报良好且有良好信用记录的中小企业客户，以客户诚信纳税为核心给予一定信用额度，或在其提供的抵押物基础上给予一定信用放大的短期授信业务。那么为何又称"易"呢，因为无须抵押、担保，申请容易，是以受到客户广泛关注。其服务对象主要针对小微企业群体，可向守信纳税人提供最高300万元的无抵押纯信用贷款。用户只需提交身份证和经营证明即可申请。企业"税易贷"，算得上最受企业主欢迎、申请门槛低、利率超低的银行贷款产品。借款企业的纳税信用、年纳税额、生产经营状况是影响授信的因素。各大银行在此基础上对"税易贷"有一些具体细化的规定，门槛条件有所差异。譬如说有的最高申请额度可达300万元，有的则是200万元，还有的对信用等级规定非常严格，有的则比较在意生产经营的前景等。

冯再春试探着问，像雅悦石材这样的情况，不知道有没有角度能申请到。这是他最关心的事。但他不好意思直截了当向秦榛请求协助。

秦榛说，三家银行已经拒绝，不可能了，说明雅悦石材不符合他们放贷的条件。再去说情，也不可能做到。违背规定的事，她不会出面。秦榛想到还有一家银行，觉得可以去试试。那就是交通银行。她把每个银行的具体条款都存在手机云空间里，便于随时查阅。她从里面找到了交通银行"税易贷"规定，挑出一段念给冯再春听：企业纳税状态正常，当前无欠税行为，没有欠税余额，近十二个月行为罚款和涉税罚款次数不超四次，企业经营稳定，近十二个月销售额同比下降幅度不能超过50%，近十二个月纳税总额大于1万元，近十二个月企业销售额超50万元。

"其他条件好像都没有问题，我还是担心那事。"冯再春依然忐忑。

秦榛说："我觉得应该可以。一年内行政罚款和涉税罚款次数不超四次，而你只有一次吧？"

"一次，一次，绝对只有一次。"冯再春胸脯拍得山响。他似乎从中看到希望的曙光正在穿透厚厚的云层。他满眼祈求地对秦榛说："这是我最后一根稻草，想麻烦站长替我出面，给银行那边通融通融吧，说实话，其他银行倒是打过几回交道，这个交通银行的大门，朝东朝西，都搞不清楚啊。"生怕秦榛拒绝，他几乎是讨好的语气了："人熟好办事，不看僧面看佛面，你一上门人家就不好拒绝了。你往那里一站，一句话不讲，那就是信誉！"秦榛笑他还是一副旧脑筋，以为什么事情都得凭关系托人情。转念间，想到他着实也难，便答应陪他去一趟。为保险起见，她让冯再春带上订单的复印件，指不定能打动银行，让大家吃个"定心丸"。

冯再春心头的大石头终于落地，他如释重负般嘘出一口气。

交通银行信贷部非常爽快，给了雅悦石材"税易贷"最高额度300万元。冯再春激动地握着秦榛的手说："我没说错吧，你来了面子大着哩。这下我总算放下一条心了。"一定要请她去"水府渔村"，他要好好招待，以聊表谢意。秦榛以调侃的口气拒绝了他："难道这么快就忘记了老阮的事？还想把我变成第二个吗？"一句话说得冯再春难为情地尬笑一声。虽是玩笑话，毕竟揭到他的"老伤疤"，秦榛想这话说得"呛"了点，便自给台阶："好啦好啦，心意领了，你雅悦要是能打好一个翻身仗，给国家多创造税收，我宁愿来请你的客哩。"冯再春连连说道："来日方长，来日方长。"

五十二

腊八节后，年味浓郁起来。市场、商场里，急性子的顾客早早挑选年货。人们记忆犹新，去岁仿佛过了一个删节版的大年，没有聚会，没有团圆，没有烟花绽放、欢声笑语，期盼已久的年，被一场突如其来的疫情折腾得面目皆非，气氛寡淡。大年只剩下一个时间概念。没有寒冬不会过去，没有春天不会到来。阴霾渐渐褪去，疫情如阳光下的残雪，正在一点点地肢解、消融。戴口罩已然成为习惯，却遮不住脸上松弛的表情，挡不住心底迸发的热情。

一年一度的春节团拜，一直是龙承县税务局的保留节目，机关干部自编、自导、自演，把气氛渲染成一片欢乐的海洋，家属们都会自发来参加。去年准备就绪的晚会，不得已宣告"流产"。今年局工会早就筹划，艾敬民稳妥起见，不肯松口。其实他的心情和大家一般，希望得到释放，团拜的方式不失为聚人心、促交流、振精神的好渠道。工会主席向地方请示，结果得不到肯定的答复。与其心挂两头，不如就此罢休。任何一个集体或个体都不是生活在真空中，大局观念和组织观念，在艾敬民脑子里始终占据难以撼动的地位，应该说这也是成就了"艾较真"的一种内力。虽说他的心情失落，还是毫不犹豫地决定暂且"叫停"。没两天，在地方新闻

春风引

里看到一个通告，呼吁市民在春节期间非必要尽量不外出，鼓励在龙承工作的外乡人就地过年。措辞和口气不似以往那般严厉，传递出来的信息却耐人寻味。

经受过病毒一波又一波来袭，人们看惯了天空的阴郁，然而，比天空更加阴郁的是心情。

这无疑是场考验，人们的调适能力在考验中淬火，平常心在这个时候尤为紧要。艾敬民欣赏本地一句民谚，"事不平看淡，路不直拐弯。"事情往往如此，多一点理性，多一点思辨，一切问题都会迎刃而解。具有积极心态的人，不管遇到什么事儿，都能以乐观的态度去面对。"文明，总是在瘟疫中穿行"，不知这是谁说的，仔细一想，纵观历史还真是那么一个规律，可以说每一次人类的进步，每一次文明的繁荣，都见证了人类克服困难的历史。

让艾敬民欣慰的是，儿子艾知在水府春风智慧园的云知道信息软件科技有限公司应聘了一个IT岗位，小伙子如鱼得水，在新岗位上干得游刃有余。他自主开发的一款公共区位停车场智能管理系统信息软件，进入市场后颇受欢迎。他接着一鼓作气研发出小区停车场管理软件，投放市场，亦大获成功，用户反映实用方便，博得公司上下一致好评。这出乎他的意料，连儿子自己也改变了原来的一些认知。路就是这样闯出来的。艾知对父亲说，他琢磨"路"字的构成，左边是"足"，右边是"各"，说的是各人的道路得靠自己才能走出来。艾敬民一听，心想儿子到底成熟了。

为儿子感到欣慰，艾敬民却从未当面夸奖过艾知。这一次，趁着过小年，恰值周末，艾知从省城搞市场回访顺路回家时，他和妻子楚玉昭特地做了儿子最爱吃的"龙承蛋糕花"，要好好犒劳犒劳儿子。艾敬民平时难得下厨，一大早，两口子就忙开了，他负责粗活，剁肉、和馅。剁肉便是将精选五花肉切成小块，用刀剁成肉泥。剁肉虽是粗活，也讲究细致，要不断改变方向，以确保肉质不会过于粘连，从而剁得更加均匀。和馅则是将红薯坨粉，与鸡蛋和少量水混合，揉成糊状。然后将肉泥放入，加入适量的盐、鸡精以及个人喜好的胡椒粉等调料，搅拌均匀。这也是个力气活儿。妻子则负责烫蛋皮和卷蛋卷，她手脚麻利且手法纯熟，烫出来的蛋皮平整如展，卷的时候要将烫好的蛋皮包裹住肉馅，从一边开始卷起，直到收口处朝下放入蒸笼。蒸制前，妻子还不忘在蛋卷表面用牙签戳几个气孔，以便蒸制过程中能够更好地排气，避免蛋卷内部塌陷。先大火蒸约二十分钟，再转文火继续蒸约十分钟，最后焖五分钟即可取出。

新鲜出笼的蛋糕花色泽金黄，清香扑鼻，让艾知闻着垂涎欲滴，蛋糕花趁热吃特别香，香甜酥软又不油腻。在龙承的酒席家宴上，有"没有蛋糕不成席"的说法。热气腾腾的蛋糕花烫嘴，艾知一边吹着，一边大快朵颐。楚玉昭在一旁笑道："瞧你那贪嘴样儿，别烫起泡了呦，少吃点儿，后面好吃的还多呢。"艾知嘴巴不停，含混不清地说："还有大餐呀，过小年都过成大年了。"艾敬民道："往年过年都要回老家，陪你爷爷过，今年爷爷不在了，不用跑了。你在外几年都没回家过年，今年终于好好团聚，可惜爷爷不在了。"他心头一阵伤感，家里的人只能增，不能减，减少一个便会带走一份热闹。他望着儿子意味深长地说："你都快而立之年了啊。"楚玉昭赶紧接过去说："是呀是呀，你得成家了,明年一定要让我抱上孙子。"艾知连忙求饶:"又来了,我的事你们别操心了,缘分一到,门板都挡不住。"

做娘的最关心的莫过于此事,妈妈逮住机会,自然不依不饶:"一说哩,就是这句老话应付你爹娘。缘分缘分,会送上门来吗?你还真的打算守株待兔,世上只怕难得碰上这样的兔子了。艾知,你得主动出击。要给你下个硬任务,明年我必须抱上孙子!"

艾知嬉皮笑脸说:"我的亲娘哎,你没听到外面在喊,近期没事千万不要乱跑。转角不一定遇到爱情,但可能会遇到疫情。还主动出击个'毛线'哩。"他打了个嗝,揉搓了一下肚皮说:"得留下点空间,等下还要试试硬菜,别枉费了老爹老妈一片好意。"妈妈被他逗得一乐:"懒得跟你磨嘴皮子了,你给我好好记住,我要抱孙子。越快越好。"

五十三

艾知吃过饭准备走。妈妈不满地说:"老的一样,少的也一样,都把家里当旅馆。饭含在嘴里还没吞下,就要走了。"艾知一听,知道妈妈又要开始爷儿俩一块儿数落了,冲妈妈诡秘地眨眨眼道:"先还在讲要我主动出击,我这要出击了呢,您老人家倒好,拖起后腿来。"妈妈信以为真,凑到儿子面前,一把拉住他的手问:"真的吗?有了目标了吗?赶紧跟妈讲讲,她是哪儿的,干啥工作?"艾知自知一旦撩起妈妈的兴趣,势必会被步步逼问。他一边示意父亲出来解围,一边嚷嚷道:"没见过你这样着急的,十万个为什么啊?查户口也得一个一个来吧。"

母子俩唱戏,艾敬民本来乐得袖手旁观,现在只好站出来对妻子说:"好啦,好啦,别添乱了。艾知还有重要工作要做,前天我碰到了他们公司的夏总,说艾知又在研发一个新项目,咱们儿子现在可是人家眼里的香饽饽哩。"他转脸对艾知正色道:"年轻人虽然要以事业为重,但你妈妈说的事也要抓紧才行,成家立业,相辅相成,一点儿也不矛盾。"他这一打一拉,让妻子也不好纠缠下去。说实话,他对儿子的这份敬业心颇感欣慰,拍了拍艾知的肩膀,说:"看来找准定位了。不比你在国外差吧。"这回艾知正正经经地回答他:"的确,归属感太重要了,归属感能带动成就感。和你打个比方说吧,好像导航,搜索到一个地方容易,到达目的地可能有多条路线供你选择,最快捷的那条才是最优方案。海外转了一圈,结果我在家门口找到了方位,找对了坐标,也找到了快速抵达的捷径。"他显然深有感触。

艾敬民对他研发停车智能管理系统颇为赞赏,这才是把所学知识与实际结合起来。前人早就讲过,学问必须有益于国事,所谓经世致用者也,不切实际的空虚之学,无异于纸上谈兵,学问做得再好,书读得再多,还不是"书呆子"一个。

艾知找到一条正确的路子,艾敬民忍不住鼓励他几句,艾知却听得不耐烦了:"从来没听过你会说这样好听的话咧,真是不太习惯,啧啧,都起一身鸡皮疙瘩了。告诉您吧,老爹,你儿子我才没有你讲的那么本事通天,十全十美。我开发这款软件,还真有贵人相助。我可不想掠人之美,将功劳统揽于一身。"

艾敬民哈哈一笑,跷了大拇指道:"这才算有君子之风。"他一脸微笑地看着艾知:"我倒是很想见识一下你说的贵人,究竟是何方高人,能让自视甚高的艾知放下架子呢?"

| 春风引 |

艾知说:"真是服了你们俩,一个一个都热衷于'刨根'。我再次严正声明,我不是三岁细伢子了,你们别掺和我的事好不好,拜托啦!"说着冲爸妈作了个揖。

妈妈听了不乐意:"你这家伙怎么越来越不讲道理。你爸没说错啊,人家帮到你了,感谢也是理所应当的。"看到儿子一脸不爽,赶紧岔开话题,说:"这样吧,哪天你把贵人请到家做客,让他尝尝你老妈做的蛋糕花。这总可以吧。"

艾知爽快地应承:"这个当然可以有。可贵人是男是女,是胖还是瘦,东西南北哪一块儿,我还一无所知,你说让我怎么请?"妈妈又被艾知白白摆了一道,噎得不作声了。

这时,艾敬民的电话响了,本地号码,却是陌生的。一接通,对方自报名号,一听"冯再春"三个字,艾敬民的眉头立马锁紧。艾知不明就里,心想父亲碰上什么麻烦了。

艾敬民没和冯再春有过任何交集,听到他的名字却倍觉刺耳。只是还得耐着性子,忍着不快,用不热不冷的语气问他什么事。冯再春哪能感受不到艾敬民的态度,忙说他要反映一个情况。艾敬民耳朵一竖:"反映情况?当然欢迎。"他的电话号码是面向社会公开的,接过纳税人缴费人和市民不少反映情况的电话,多是投诉,或者建议,还有咨询业务的,极个别无理取闹的也有过。可这次冯再春反映的,实际上是表扬秦榛,他怕艾敬民不待见自己,于是先祭出来个噱头,也算是用了心机。冯再春在电话里,把秦榛帮他出面争取到"税易贷"的事情原原本本地讲述了一遍,言辞恳切地表达了谢意,末了,还向艾敬民道歉,说自己做错了事,连累到阮海阳受处分,保证以后不再打歪主意了,云云。艾敬民耐心地听完,脸上缓和了,无疑他听出了冯再春的诚意。挂了电话,自言自语道:"没想到,这个秦榛还不错哩。上次被我一顿狠刮,嘿嘿,响鼓也要捶,该捶就得捶,捶不响那就麻烦大了。"

艾知好奇地问:"什么响鼓啊,别人都来表扬了,还捶?"

艾敬民心情舒畅,话语也多了,他说秦榛死皮赖脸地硬要下基层,本以为安排她到偏远的水府,能让她知难而退,结果她卷起铺盖真去了。到那里可不是那么好玩的,一个女孩子家还真扛下来了。他其实也有过想法,只要秦榛和他提一提,就会把她调回机关,可她硬是没讲半句。他望着艾知说:"她学的是经济统计分析,留在机关收入核算部门也算人尽其才,偏偏硬要到征管一线去。我真是搞不懂你们这一代年轻人哩。"

艾知一听经济统计分析,这个专业让他分外敏感。他口中所讲的"贵人"就研究这门学科。他们在一个朋友圈里成为微友,"贵人"的名字有点怪,甚至有点土,唤作"渔娘"。他研发停车场智能管理系统时,少不了以经济统计分析为支撑,那恰恰是他专业上的短板,于是在"万能的朋友圈"里发出求助信息,正是"渔娘"为他解难。他深为"渔娘"的专业水平所折服,有求必应,有疑必释,所以他开玩笑说应把"渔娘"改成"度娘"才实至名归,"有事问度娘"嘛。他和父母说的也确是实话,至今没和"渔娘"见过面,除了专业上的交流外,他对"渔娘"的了解堪称一张白纸。

车上,他先在微信里给"渔娘"发了个调侃信息:"小年属于小朋友,小朋友可有小快乐?"后面附上笑脸和花朵的表情包。

"渔娘"很快回复了一个笑脸,加上一

句:"知否知否,快乐无比。"

"知否知否"正是艾知的昵称。

看来今天"渔娘"心情不错哩。艾知顽皮心顿起,有了恶作剧的心思:"我吹过你吹过的风,我们算不算相拥?"

"算,属于密接。""渔娘"回答得直接。

"哈哈,"艾知看了笑出声来,一不做二不休,又发过去一句,"那我走过你走过的路,算不算相逢?"

"算,属于次密接。""渔娘"还是那般干脆。

艾知发动车子,在突突的马达声响里再回了六个字:"怕了吗?我期待!"

这次仅收到一个"想得美"的表情。他暗笑一声,收拾心情,正准备起步时,又听到微信里"冒泡"的提示音,一看,还是"渔娘":"一事相求,可否?"艾知赶紧回过去四个字:"乐意效劳!"

"前时承接了单位一风控模型研发项目,现碰到技术难关。"文字后面是一个"流泪"的表情,看来"渔娘"真是急了。

艾知一看,想了想,回道:"技术难不倒我哩,资料可以先发我看看吗?我正在路上,回去攻关。"一副大包大揽的架势。"渔娘"这回却迟疑了。艾知何等敏感,他问:"不方便透露吗?至少得告诉一个大范围哩,我得事先熟悉。"

"关于税收风控的。""渔娘"终于还是告诉他。

他不禁诧异,"渔娘"难道是干税务的?他心怀疑问,驾车往公司而去,一个有关"智能安防"的研发项目正在等着他。那是与"平安城市"建设相关的课题,艾知关注多时。

第十三章

五十四

　　艾知心想，没有注定的人生，所有事情几乎就是一连串的巧合。他绝没有想到"渔娘"就是秦榛，一名税务干部。相信"渔娘"也绝对想不到，典型IT男"知否知否"会是一个税务子弟。世界真是太奇妙。因为秦榛觉得不便透露更多项目信息，时间又很紧迫，她不得不接受艾知的建议。两人在水府镇上的"老时光"咖啡馆里第一次见面。一聊底细，都不禁莞尔。

　　早在半个月之前，兼任潭州市局减税办主任的货物和劳务税科科长文妍，面向全市系统发布了第二个招募令，这是继"1234"工作法后又一个攻坚项目。

　　文小萌遽然病故，让文妍仿佛从云端霎时间跌入了冰窖，眼泪流干了，心如一地破碎的玻璃，不知道该如何修复，家里整日弥漫着一片愁云惨雾。身为医生的李光明，尽管见惯生老病死与悲欢离合，但一旦落在自己的头上，依然感觉天塌地崩。只要一闭上眼睛，女儿的音容笑貌就不可遏止地浮现在脑海中，但他得强忍悲痛，不断告诉自己一定要挺住，挺住。小萌走了，一家子不能没有主心骨。半个月过去，眼看妻子日渐消瘦的脸庞，任何开导无济于事，一切安慰无能为力，他心急如焚，向院里申请的半个月假期即将结束,他知道,特殊时期不可能弃工作而不顾。于是他试探地对妻子说,院里离不开,要不他再申请延长假期吧。文妍摇了摇头,弱弱地说:"上班去,都上班去。"他慌了,以为文妍在说气话,她这个样子怎么上班? 赶紧说,他就打电话再休十天吧。可文妍却是认真的。她说:"家里到处都有小萌的身影,这样下去不行。小萌没了,还有小茁得养育啊,必须想法子走出来。"说这番话时,李光明看到她眼里的坚毅,转念一想,也许上班不失为一条让文妍走出现状的途径。他惴惴不安地问她:"能行吗?"文妍用力地点了点头:"不行也得行!"李光明心疼地搂紧妻子。

文妍要上班了,在失去心爱的女儿仅仅半个月之后。面对文妍的坚决,市局局长程中川无奈地说:"你呀,真是个'拼命三娘'啊。"他嘱咐副局长孙大联,一定要密切关注文妍的身心健康。

在邓燕看来,文妍无异于用繁忙的工作麻醉自己,她像上紧的发条,很快回复到平时的状态。看着她忙碌的身影,邓燕既心痛,又不知如何劝阻,只能和办公室的伙伴们加倍努力,尽量多为文妍分担一些工作任务。办公室里经常出现这样的镜头:邓燕和同事主动向文妍讨任务,甚至不由分说将她手中的工作抢走,一个个都说,这事我来! 这事你放心吧! 文妍何尝看不出大家一片好意,她感到了集体的温暖。慢慢地,李光明看到她脸上有了血色,变得红润。

增值税留抵退税本是实施系列减税降费政策的重要举措。留抵退税政策落地实施,有助于缓解企业资金压力,让企业获得资金的时间价值。从长远看,可以支持企业扩大投资规模,促进技术装备升级,有效激发市场活力;从现实性来说,则可以帮助企业渡过难关。可是如此利好的政策,却成了某些不法分子牟取私利的工具。江洲省已经发生多起骗取留抵退税的案件,文妍看到内部信息通报后,便开始琢磨,预判风险是防范风险的前提,把握风险走向是谋求战略主动的关键。增强风险意识,下好"先手棋"、打好主动仗,才能做好随时应对各种风险挑战的准备。她想到必须从源头管控,把住审核关口,于是又祭出自己的"宝典",一头扎进征管一线进行调研,思路渐渐清晰……这才有了第二次发布"招募令"。"1234"工作法采取的工作方式,让人有耳目一新的感觉。文妍首创的"招募令"因为其择优性、灵活性,容易被人接受,成为其后不少专项工作争相效仿的方法。但这次招募的方式有所不同,只是提出一个关于留抵退税风险防控的课题,招募最优方案,研发项目的可以是团队,也可以是个人。对征集上来的方案,将进行集体论证,择优确定。

秦榛参与招募是出于三个方面考虑。第一,她对水府辖区内企业的留抵退税情况进行了摸底调查,觉得可以为项目研发提供"活体";第二,她对自己的经济统计分析专业知识充满信心;第三,之前她间接地从微友"知否知否"的研发过程中,对程序模式有了一定的了解。总而言之,文妍发布的"招募令",激起她浓厚兴趣。

秦榛要研发的项目为"增值税期末留抵退税风险验证指标防控实操模型",关键指标设置、重要数据逻辑、风险可能性分析、防控措施以及实际操作规程等,她都一一规划清楚明白,但是在信息技术建设层面,却碰到了难题。毕竟她对技术专业性很强的IT行业知识没有精深的储备,平时虽然凭着兴趣爱好有过学习了解，如今用起来却捉襟见肘。这让她怀疑自己当时是不是草率了。俗话说"没有金刚钻，不揽瓷器活"，现在她身临其境，但已无退路。正在苦恼之际，想到了"知否知否"，她决定向他发出求助信号，顾不上是否唐突了。

老时光咖啡馆旁边就是一条小溪，清洌洌的流水缓缓地淌，让秦榛有一种时光慢下来的感觉。艾知说，现代人生活节奏太快，所以他有时候到这里寻找一份舒缓，也算是心情的释放吧。

对于IT男艾知而言，秦榛遇到的技术问题不过是小菜一碟。他听了秦榛介绍，看了资料，心里已有八成把握。他还从技术层面提出完善建议，即增加模型的逻辑比对和自动检验功能，听得秦榛一愣一愣的，看他的眼光都闪耀着清亮亮的光泽。

一轮冷月映照小溪，流水的脚步轻轻盈盈，生怕惊扰到"老时光"里的宁静。

五十五

县公安局经侦中队通过侦查，查实罗定并不是实施诈骗的"税月如歌"，但他的网名也叫"税月如歌"，而且，陆子诚在龙承论坛里关注到的那个"灌水"者正是他。可他的确与诈骗的"税月如歌"毫无瓜葛。他替博闻培训站台是出于利益关系。每动员一家企业进入培训，或者企业最终委托博闻代理退税业务，博闻都给予他一定比例回扣。博闻之所以选中他，据他的交代，是因为他是本地人，和企业会计人员熟悉，能博取大家信任。他干那些事自然为了钱，"天下熙熙，皆为利来；天下攘攘，皆为利往"。这样的理由听起来并非说不过去。但经侦中队的陈方副队长总觉得事情没那么简单。两个"税月

如歌"的出现，让案情变复杂了。现有事实显然不足以给罗定定罪，陈方只得将他教育一通之后，解除对他的侦查。案件一时失去了侦破方向。

事情的转机出现在第二天。峰回路转，让人豁然开朗。

话说在艾知助力下，秦榛很快完善了留抵退税风险指标验证防控实操系统。其理想模式可以监控设备制造、建筑房地产、商业服务、医药制造等几个重点行业。项目研发完毕，她没有马上向文妍交差，认为既然是指标验证系统，针对以往在实践中遇到的疑难问题，那不妨先来一次检验，权当战术预演。

她在系统里编录好语句，小心翼翼地走完实操流程，结果有意外发现。系统显示腾宇建筑工程公司四季度进项税额畸高，明显异常，她不敢贸然下结论，赶紧查看比对模块，亦是同样的提示。再看其进项来源，主要有来自广东、广西和贵州的企业，从中还发现两份本市企业神风制造有限公司开出的增值税专用发票，所开品目为"钢材"和"砂石材料"，价税合计金额为84.75万元，税款为9.75万元，已申请退税。直觉告诉秦榛，腾宇建筑工程公司存在较大税收疑点。她不再犹豫，马上把情况向文妍详细报告。文妍立即会同风控部门一块儿进行分析研判，觉得应该将该户企业移交稽查部门。

潭州市税务局第一稽查局局长何安达接到移送资料后，头都大了，他手下已经无兵可调，四个检查组全部扑到稽查一线，各组都想尽快把手头的案件了结，安安心心过大年。没有另外的力量可调，何安达只好亲自披挂上阵。他询问了一下各组案件检查进展情况，三组的一个虚开发票偷税案已近尾声，便一个电话把副组长严正之调了过来。

他无疑是调查这个案件的不二人选。严正之果然不负所望，提出从神风制造所开具的两份专票入手。以往经验告诉他，以专票的源头为突破口，往往能够取得意想不到的成效。而且，在这样的时间节点上，外调也有点儿麻烦。神风制造的事核实起来几乎没有难度，也没有遇到障碍，因为事情很简单，公司从来没有经营过建筑材料。副总经理李增祥面对严正之的询问，首先一头雾水，继而暴跳如雷，他骂道："这是哪个没良心的陷害栽赃呢？老子要把他手剁了才解恨。"发票的事，他平时根本不过问，全凭财务主管罗定作主。何安达告诉他，定性为虚开发票可不是闹着玩的，得入刑。李增祥更急眼了，赌咒发誓绝不知情。想了想，向何安达他们提供了一条线索，罗定刚刚接受了公安局经侦队的调查，不知道和这事有没有关系。何安达和严正之听了，简短商量后，拨通陈方的电话，向他通报在神风制造调查的情况。那边陈方正因此而郁闷，听了眼前一亮，马上安排干警去调查罗定的银行户头，叮嘱道："把他所有户头都查个底朝天。"不查不知道，这一查，发现罗定半年多以来，四个实名制银行户头都有大额资金进项，达到163万元。以他在神风制造所任职务，显然不可能有如此大笔的收入。

罗定有重大作案嫌疑！陈方和何安达进一步沟通后，作出了判断。神风制造向腾宇建筑虚开发票的行为，所有疑点皆指向罗定所为，他具备特定条件，也有从中牟取暴利的事实。于是，警方迅速对罗定采取控制措施，加紧对他的侦讯，罗定的防线一步步被击溃，案情取得重大突破。

一个传统虚开骗税团伙转向骗取留抵退税的犯罪集团，由此揭开了盖子。

陈方冲何安达胸口一擂，兴奋地嚷道："老伙计，咱们又得并肩作战啦。"

何安达则朝严正之不无歉疚地说："兄弟，真没想到，一下子捅开了一个大窟窿。这下可好，过年只怕也清静不了咧。"

报经上级批准，调配精干力量，江洲省公安、税务部门立即成立联合专案组，将行动命名为"利剑护航"。税警携手，兵分四路，其中三路人马直扑两广、贵州，一路驻扎龙承细查。

五十六

博闻其实是一家黑中介，该团伙通过支付费用，购买十一户虚开企业的法定代表人、监事、股东身份信息，进行登记注册和办理银行卡。根据公安收网后对骗税企业挂名法定代表人做的笔录，他们对幕后团伙的真实姓名、购买身份信息的用途不知情。幕后团伙同时获取这些挂名法定代表人的银行卡，用于完成虚开的资金回流、缴税养壳等业务。以税务代理为掩护，虚假注册十一家空壳公司，违规办理实名认证、变更登记、领用发票、代理记账，违法套用支持疫情防控和经济社会发展税费优惠政策并对外虚开发票，数名独立从事涉税服务人员与虚开团伙相勾结，虚开发票1.7万份，价税合计金额15.94亿元，并从中非法牟利。

在传统暴力虚开案件中，虚开企业往往利用"自编"或"自主申报"等地址虚假注册。本案团伙企业的注册地址基本都是从物业管理公司固定租赁，注册地址门口均有挂牌，且定期取得租金发票。但经过专案组对十一户企业的注册地址进行实地逐一核查，租赁期间基本无人办公，并且没有水、电、天然气等方面的成本发生，地址和租金发票只是为了应付税务等部门的检查。

本案第一户申请留抵退税企业——广州A贸易公司，在留抵退税政策出台之前已经连续虚开八个月的增值税专用发票，为最大化虚开发票牟利，申报表几乎没有留抵税额产生。当大规模留抵退税政策出台后，这家公司在四月二十五日申报三月所属期增值税时，账面形成了12.23万元的留抵税额，并在四月二十八日申请了留抵退税，行动非常迅速。同时，该团伙控制的另外八户企业也已具备留抵退税资格。警方抓获了以韦东、陈北为首的犯罪嫌疑人二十二人，查处犯罪窝点六个，查获电脑、账册、发票、公章等证物一批，冻结涉案资金2000余万元，实现了从虚开企业到下游受票留抵退税企业的全链条式打击。

经查询金税三期系统，龙承县共有十四户企业开业至今接受广西B商贸有限公司及C电器有限公司两户企业开具的增值税专用发票共121份，金额合计0.73亿元，税额合计0.2亿元，价税合计0.93亿元。其中七户企业曾向税务机关申请增值税留抵退税合计68.30万元。

在目前实施大规模增值税留抵退税政策下，建筑安装行业存在买票虚抵、套现现象，导致骗取留抵退税风险高。腾宇建筑公司即如此。

一个精心策划、组织严密的骗取留抵退税团伙，终于被连根拔起。

陈方没想到，神风制造两份发票成了撬动案件的支点，恰恰因为罗定的侥幸和贪婪，原本扑朔迷离的案件露出破绽，层层黑幕最终被揭开。陈方在审讯中听到主犯韦东懊恼地说，真没料到会在龙承这个小地方翻船，他怨恨罗定"不按套路出牌"，犯了"兔子不吃窝边草"的大忌。罗定自作聪明，为腾宇虚开了两份增值税专用发票，从中捞取了6万元的好处，在韦东看来，简直就是"金弹子打麻雀——赔本生意"，致使他们精心搭建的"财富大厦"轰然倒塌。陈方笑道："翻船只是迟早的事，你们做的就是违背法律的事。正义从来不会缺席。"

可是"税月如歌"的谜底并没有随案件的告破而水落石出。全部落网的涉案人员中，除了罗定，再无另一个"税月如歌"的任何蛛丝马迹。看来实施诈骗的"税月如歌"另有其人，这事像一块石头沉重地压在陈方的心上。当然，此乃后话。

罗定的案情一经曝光，方向前大吃一惊。公司管理人员出了这档子丑闻，方向前感觉脸上啪啪挨了两记响亮的耳光。他甚至不好意思迈进税务局的大门，去面对那些熟悉的面孔。回想起公司在最困难的时候，是税务局送优惠政策上门，三番五次地解了燃眉之急。他内心对税务局充满感激，而今却出了罗定这样的事，尽管属于个人行为，与公司无关，但损害的却是神风制造的形象。方向前向来注重公司形象，他笃信品牌是公司最重要的资产，形象是事业成功的一半。奥斯卡·德·拉伦塔的一句话"形象是一种力量，而不是一种虚荣"，他特别欣赏。树立形象何其艰难，而要毁坏，只在须臾之间，哪怕一件小事，譬如一句话、一张纸都可以让形象崩塌，遑论出现像罗定这样恶劣的行径。方向前进行了痛彻心扉的反思，在公司上下开展了一场关于个人形象与公司发展的大讨论，并开始对公司管理体制进行改革。为什么身边发生了这样的问题，他却一无所知？他觉得管理上出现了真空地带，现今公司实行的层级管理方式有值得完善之处。

第十四章

五十七

  这个春节,周遭不乏街谈巷议,年的味道好像越发淡薄,天气倒变得温暖如春。在寒冬里温暖如春按理是好事一桩,但与人们潜意识里由来已久的瑞雪丰年的印象形成了强烈反差,有人大发感叹,这世界怎么变得不遵循常理了。

  高上没有回南海边的老家。节前龙承这边疫情缓解了不少,地方有关部门提倡就地度过新春佳节。穆斯晴没回西北老家,她也是龙承企业公益协会的项目部部长,在春节期间,她要牵头筹划和安排一系列公益活动,不能一走了之。高上见状,想到要不要陪着一道留下来。可他去年春节没有回家,独自留在异乡,越近年关,思乡之情越浓烈。他还是计划回去的,来到龙承五个年头了,头三年他都飞回去,陪爷爷奶奶和爸爸妈妈过年,那份其乐融融的亲情,抚慰着游子的心。这时爸爸却打来电话,不让回去,因为老家这一向风声偏紧,担心高上回去万一感染,岂不是得不偿失吗?与其冒风险,不如慎重为好。父亲说:"儿子,家里人都好,你照顾好自己就行,再说,打开视频都看得到,跟亲眼见着了一般。"高上知道父亲谨小慎微了大半辈子,以他当年叛逆期的性子,没少撑过父亲的那种小心谨慎,但在这事上,他忖度过后,还是听从。即便自己没感染,如

| 春风引 |

果旅途中有过密接，也够折腾一番了。于是他把订好的车票退了，安安心心留下来。他告诉父亲，等爷爷八十大寿时，他再赶回去。

县局工会和后勤中心按照艾敬民吩咐，要把留在龙承过年的十多个外地户籍干部的生活安排妥善。他们都是年轻人，有的第一次在异地过没有亲人陪伴的春节，难免有些孤单。

大年三十晚上，艾敬民独自迈进"税月静好"清吧。年轻人正在聚餐，一大桌菜满满当当，大家见到艾敬民进来，都有些吃惊，齐刷刷地看向他。艾敬民赶紧说："都别停，吃好吃好。"高上站起来问道："大过年的，您怎么来了呢？"

"我顺便来看看，你们过年都吃啥好东西呢？"艾敬民笑道。

秦榛说："艾局，您看这样够丰盛吧。"

艾敬民靠近餐桌，弯腰一瞧，嘴里"啧啧"地称道："呦，龙承的招牌菜都齐全了哩，蛋糕花、酱板鸭、梅干菜扣肉、海鲜也有，还有饺子啊。"

"饺子是我们自己包的，有鲜肉馅和素菜馅。"艾敬民循声一看，答话的是穆斯晴。他呵呵一笑："爱较真的小穆也来了啊，好，好，税企联谊。"

"是税企联姻哩。"秦榛抢先回答道，引来大家一片笑声。

艾敬民也笑了："我差点儿忘了，早就听说你和小高谈朋友了。怎么样，快吃喜糖了吧。"他环顾一圈，问道："怎么没看到潘主席呢？这个老潘怎么回事，到哪里去了。"

大家七嘴八舌地告诉他，工会潘主席被他们赶回家去了。大过年的，不想因为陪他们而耽误潘主席回家团圆。这可不能批评潘主席，他陪了他们整整一天，组织大家写春联、唱卡拉OK，还亲自动手为他们准备年夜饭，忙得脚不沾地，屁股不挨板凳。小伙伴们过意不去，硬是把他"轰"走了。艾敬民看到每间屋子的门框边果然都贴上了大红春联，门上贴着大大的"福"字。其中一副对联引起了他的兴趣，他轻轻念出声来："家和万事兴，税盈百业旺。"艾敬民指点着说："税务就是大家庭，我们都是其中的一分子。"

田扬展开一副写好的对联，腼腆地说："这是我写的，您批评批评。"

艾敬民一瞧，说："呦，还挺长哩。"他一字一句地读着："取之于民，用之于民，国脉民情原一体；征也为国，纳也为国，民强国富共千秋。"一读完，他大声叫好。"既有情怀，又有格局。怎么不贴出来呢？"田扬说："这联字有点儿多，再说，您看每个门上不都有了吗？"艾敬民道："也是，我看干脆贴到机关办公楼的门柱上去，那里正好空着。"又自言自语着："可是还缺一个横批呢。"小伙伴们便哄抬着让他拟一个。艾敬民脱口而出："我看就叫'国之大者'吧。"大家鼓起掌来。

艾敬民一看手表，连忙说："我一来，倒是影响大家吃年夜饭了。"穆斯晴调皮地说："所以嘛，我们今晚也不让您来陪了，您还是赶紧回去陪陪家人去吧。"

"难怪，我在这里站了半天，也没人喊我坐。"艾敬民佯装不高兴，"怎么，这就要赶我走吗？我本来还想跟你们热闹热闹。"

高上却说："您就别客气了，说实话，您一来，我们可热闹不起来啦。"艾敬民一听，一拍脑袋装出一副恍然大悟的样子："明白了，这叫代沟，哈哈。"

穆斯晴端过来饺子递给他："别让您空

来一趟,尝尝我们的手艺。"

艾敬民也不客套,拿起筷子夹了一个送进嘴里,边吃边说:"地道,好吃。"

"那我就不打扰,提前祝福你们新年大吉,事业有成!"他缓步转身。高上跟着送到门口,说:"我们刚才还议到一件事,打算组织一个'蓝丝带'志愿者服务团队,趁着春节假期,做一些公益活动。"艾敬民拍着他的肩膀说:"这主意好呀,做公益很有意义,'蓝丝带',名字也挺好。"

他心里默想,谁说现在的"90后""00后"只以自我为中心呢。

五十八

这个冬天说是暖冬,一点也不为过,二十六七摄氏度的气温,差不多让人从箱底翻出春秋时节的衣裤了。

阳光大把大把地洒泼,毫不吝啬,山坳里的桃树许是在睡梦中被白花花的阳光陡然刺醒,以为自己错过了开花的季节,竟然就忙不迭地打起花骨朵,手忙脚乱地要献上一季花事了。

正月初五早上六点零三分零三秒,即立春时分。"立,始建也。春气始而建立。"雪却遽然来临。这在龙承,是罕见的春雪。

尽管这场姗姗来迟的雪让高上"大跌眼镜",连呼意外,总算也可弥补他心中的缺憾。南海边长大的他,对雪有一份莫名的期待。迟到的雪从正月初六上午开始酝酿。当雪粒猛地叮咚叮咚敲打着窗,他脑海里倏忽跳出一个念头,这是老天爷偷偷准备了许久的一个天大的"阴谋"。

当然,这个"阴谋"给予他难以言说的愉悦。

他站在窗前,听着雪粒清脆的击打声,东一响、西一响、左一下、右一下、紧一阵、慢一阵,霎时耳朵里满是动听的音符。这真是美妙而富有节奏的声音。他且将目光从窗口往外拉长,再拉长,虽只看到一块巴掌大的天空,但天上低垂的铅云,让他感觉老天爷这个沉沉的"阴谋"布局,只不过掀开小小一角,却让他人充满期待。

可他不能守候在这场期待里。今天他要和"蓝丝带"的小伙伴们继续一个还没有完成的走访。

"蓝丝带"税务志愿者组建团队后,高上和小伙伴们觉得这个春节过得充实而富有意义,"蓝丝带"日志上记载了他们的足迹:

大年初一上午,他们来到县光荣院,给参加过抗战、抗美援朝的老兵送上新春祝福,听老兵讲烽火岁月的故事。下午,到特殊教育学校陪孩子们过节,和他们一起包饺子、做游戏。

初二整天,他们来到大街小巷,和环卫工们一道清扫街道。

初三上午,他们在卫健部门统一安排下,深入社区和公园宣传防疫知识。下午,慰问敬老院的孤寡老人,为他们动手做一顿丰盛的晚餐。

从初四开始,他们准备做一个走访企业调查的活动……

说起来,对企业的走访,还是穆斯晴最先提议。她在做龙承一些企业的公益活动项目中,看到了企业在生产经营中的实际困难。因马上面临节后复工,她建议"蓝丝带"志愿者去听听企业界的心声,多为企业传递和反馈信息,畅通交流渠道。

小伙伴们都觉得这一提议很好,"蓝丝带"应该成为一座桥梁、一条纽带。穆斯晴

| 春 风 引 |

在企业公益组织的身份,为"蓝丝带"的走访活动提供了不少便利。两天下来,他们受邀已经走访十五户企业,涉及行业有化工、医药、商贸及餐饮服务等。明天正月初七该正式上班了,今天上午做最后走访,按照计划,他们下午回来碰头,汇总情况,并形成一个文字报告。

走访分成两组,高上和秦榛各自领队。本来有三个组,但他们看到天气恶劣,难打到车,临时决定留下田扬和小焦在"税月静好"清吧整理资料,其他人员则上街头协助环卫工人清扫积雪。叫"滴滴"等了足足十多分钟,才来第一辆车。

一头扎进纷纷扬扬的大雪,高上一组三人先行上车,他们此行的目的地是经开区的神风制造。高上和方向前算得上老熟人了,听说他们要来公司,方向前特地推掉一个老同学的聚会等他们。

"滴滴"司机师傅四十岁出头,鼻梁上架了一副眼镜,样子斯文,一上车,他就客气打着招呼说:"新年好。"接着反复叮嘱大家把安全带系牢。挂挡起步时,车轮在雪地上打滑,师傅赶紧一脚踩住刹车,打开车窗探头看看地上,嘴里嘟囔了一句:"这雪越下越大了。"转头冲副驾驶座上的高上笑了笑,有点儿歉意。高上看他举手投足间,不像技术娴熟的专职司机,便说:"没事,慢慢来,安全第一。"师傅重复着说:"是的,安全第一。"车子小心翼翼地出发了,让高上想到自己第一次走在雪地里的感觉。师傅说他头一回在下雪天出车,高上忍不住地问他:"您不是专业的司机吧?"他瞪大眼睛专注地看着前面的路,车子蜗行中,慢条斯理地回答道:"我出来兼职,厂里不是效益上不去嘛。"在一路有一搭没一搭的闲聊里,高上才知道,

这个姓刘的司机是市内一家仪器仪表厂的质检员,这两年厂里不景气。"差点就关板儿了。五百多员工要养家糊口,厂里压力也真是大,厂长还算得上条汉子,扛下来了。厂长在职工大会上讲,同舟共济的时候到了。大家勒紧裤带挺一挺,说不准就能挺过来。厂里降薪没裁员,也算是有担当吧,有几个月只发了生活费,但总算留住一口气,多亏国家退了几千万的税。"他说,后来厂里情况慢慢好转,但毕竟伤到了元气,做员工的也不能光考虑自己,还得有点儿格局吧,现在待遇上不去,也得相互理解。自然也有生活压力太大,选择离开另谋出路的,但他不想走,自己辛苦点儿出来兼职贴补家用。像他这样的大有人在,还有的晚上到街头巷尾摆起了地摊。"一切向前看吧,'道路是曲折的,前途是光明的',还是老人家说得好啊,厂里正在朝好方向发展。"他乐观地说,"只是这'滴滴'车开得神经紧张,出不得半点事,否则白干一场。"

平时不到半个小时的车程,走了四十多分钟,高上他们下车时,老刘不好意思地说:"耽误你们时间了。"高上笑着说:"安全第一嘛。"

大冷天里,方向前早在公司门口迎接,这让高上他们甚是过意不去。方向前说:"应该的哩,你们顶风冒雪多辛苦,我这算啥?"他握住高上的双手道:"一看到你,我就想到了自己那桩糗事,至今都感觉特别不好意思。罗定那事,就更让我无脸见人了。"高上忙道:"我那算什么事呀,都过去那么久了,方总还记它干吗。再说不是纯属误会吗?罗定那是咎由自取哩,人上一百,形形色色,也怨不得方总您了。"

方向前反映了一个情况,引起高上关

注。神风制造出现离职较多的现象，这让方向前感到十分棘手，公司需要的技术工数量如果得不到保证，正常生产都会是大麻烦。昨天人力资源部向他报告了一个初步统计数据，保守估计有二十多名员工将会离开神风制造。他分析了其中原因，一股"用人荒"在悄悄地席卷沿海经济发达地区，吸引了部分人员流入，特别是有一技之长的熟练工备受欢迎。另外，疫情的不稳定影响到了正常生产，导致时忙时闲，员工更愿意在离家较近处选择工作。他发现二十多人中绝大部分是外地人。方向前愁眉苦脸地说："公司本来明天开工，这样一来，难呐。"

高上问他是否有什么办法。方向前摇摇头说，要吸引工人，不流失，单纯靠某一家公司，只怕现在环境下很难做到。像他们神风制造刚刚走出困境，处于发展壮大的关键时刻，想过提高员工待遇的办法，可是以公司目前财力根本无法承受。

临告别时，方向前拿出三个红包，郑重地说："新春佳节，一点小意思，图个吉利。"说着将红包塞给高上。高上忙不迭地拦住他，说："方总，这可使不得，谢谢啦。"

方向前坚持要给："绝没有别的意思，你们是外地人，不懂得龙承的风俗民情，这可是老祖宗流传下来的规矩。新年大节的，必须意思意思。何况你们还牺牲了自己的休息时间来走访，我心里非常感动。"

高上笑道："龙承还有这样的风俗习惯吗？还真是没听说过。方总，老祖宗的规矩不一定都要遵从，老规矩也可以变一变、改一改嘛。再说了，你是客气，可也会害了我们哩。"

方向前的确只想表达一下心意，听高上把话说到这个份上，只得作罢。

五十九

回去等车时，高上接到和秦榛一组的史亚男打来的电话。她哭着告诉他，出车祸了，车子翻了。高上一听头都炸了。他焦急地问史亚男在哪里，人怎么样了，报警没有。史亚男吓蒙了，哭哭啼啼半天讲不清楚，一个劲儿地只叫他快来、快来，还说什么"秦榛姐快不行了"。高上这一下吓得不轻，他脸色煞白，网约车左等右等不见影子，只有漫天雪花在眼前飞舞。

三人急得跺脚，方向前赶紧叫司机小陈把车子开出来，这个时候来不及拖延了。高上一躬身上车，连"谢谢"都没有和方向前说一声，就催促小陈快走。方向前追着车大喊："注意安全！"

秦榛这组去的是万家香生态食品厂，一到厂门口，就感受到节日的浓浓气氛，大红灯笼高高挂，喜庆春联两边贴，左右两旁写的分别是"千秋大业千秋颂，万家食品万家香"，连厂里绿化带的树木也挂上小巧的红灯笼。过年正是"万家香"食品网络直销的大好时机，是以，万承宝一如往日地坚守在厂里面。秦榛一行到来时，看到的是火热场面，与外面的冰天雪地构成强烈反差。

万承宝抑制不住兴奋地直呼："过瘾。"每天销售额突破了20万元。过年时，"万氏年糕"销量尤其好，他提溜着几包食品，对秦榛说："小产业也有大文章可做，哈哈，没想到我万家祖传的玩意儿，曾经是四两当归开药铺——小本生意，竟然在我手上发扬光大了。"万承宝现在已成为直播的行家里手，"老万有口福"即由他自己主播的视频号，半个月涨粉上十万了。他得意洋洋地说："我一糟老头子，还有那么多人喜欢，你说这怪不怪呢？"史亚男捂着嘴窃笑。秦榛奚落他："你家名字取得好呀，越老越香，香飘万家。"说得万承宝爽朗地大笑起来，笑声里满满的快乐幸福。

万承宝拿出新近开发出来的两款食品，"桐叶香粑"和"凤凰绿蛋"，非得让秦榛她们尝尝味儿。架不住他的热情，几个人便尝了尝。"桐叶香粑"吃起来有一股桐树叶和糯米的清香，里面卷着片糖，香糯清甜。"凤凰绿蛋"则是清一色的绿壳鸡蛋，经配方卤制而成，别具风味，富于营养。

万承宝对自家产品如数家珍，一一介绍起来，让人听得口舌生津。秦榛感慨地说："一辈子能把一件事做到极致，也真是不易啊。"史亚男吐了一下舌头，惊讶地说："吃起来是享受，却没想到里面还有这么多文章。"万承宝说起他新年的打算，主要精力放在新品种的开发上面，原来几个老品种已经不能满足市场需求了。"这就叫与时俱进吧，人们口味越来越刁钻，所以也得不断变。光讲口味远远不够，还得讲究营养学了。"他说面临的难点是新品种开发和扩大再生产的问题，"民以食为天"，天地宽广，规模要扩大，融资又是一个拦路虎。秦榛专注地听取着，认真地记下了他的意见，生怕漏掉一个字。

从"万家香"出来后，秦榛她们奔赴下一站——经纬物流，却在去的路上发生车祸。

当高上火急火燎地赶到S32道上出事地点时，交警已经到现场勘查，人民医院的120救护车也停在路旁，医务人员正把秦榛抬上车。高上趋步上前，见秦榛脸色苍白，双目紧闭，头上包扎的白色纱布沁出了血迹。高上的心被刺痛了，他喘着粗气问医生，伤到了哪里，重不重。没人回答他。他继而看到秦榛她们乘坐的出租车侧翻在路边，幸亏被一棵高大的香樟树挡住，不然肯定掉进一条两米多深的沟渠中。史亚男只是擦伤，并无大碍，另一个小伙子小唐和出租车司机都伤到了，一个伤到胳膊，一个伤到腿脚。让高上奇怪的是，车祸现场却再无第二辆车。

史亚男惊魂未定，在高上询问下，才还原出惨剧发生的经过：当出租车行驶至此，迎面驶来一辆大货车，因为路面积雪，货车突然打滑，司机显然老成持重，他没有狠踩急刹，而是依靠经验，熟练地调整方向，才稳住阵脚。出租车司机眼看大货车左扭右摆地冲过来，情知不妙，紧急避让，结果车轮不听使唤，咻溜溜地朝路边沟渠滑去。司机慌乱中一脚急刹车，只听得"咣当"一声巨响，撞到大树上，震得树上的雪花顷刻簌簌砸落。车子猝不及防侧翻，秦榛坐的一侧恰恰倒在底下，史亚男的身体则全压到她的身上，秦榛登时晕厥过去。大货车倒是有惊无险地逃过一劫。史亚男恨恨地说："大货车司机真是个无良的家伙，明明白白是因为避让他才酿成的车祸，他竟然不闻不问，扬长而去，可恨！"

艾敬民获悉秦榛她们车祸的消息后，心急如焚，赶紧前往医院。他找到主治医师，千叮嘱万拜托。医师告诉他，伤胳膊的小唐没有多大事，软骨组织挫伤，只要注意休养，年轻人恢复得快。史亚男也只是皮外伤。比较严重的是秦榛，脑袋上裂开一条五厘米的口子，好在不深，已经止住流血，正送去做CT，查看脑组织受伤情况。初步分析脑震荡的可能性很大，至于何等程度，还得等片子出来确诊。艾敬民问她醒过来没有。医师说，已经有了意识，秦榛受的惊吓不轻，神经处于高度紧张状态。另外，脑震荡也会引起短暂性意识障碍，患者会呈明显嗜睡或昏睡状态。也用了安神镇静方面的药物，如果大脑里没大问题，估计很快就会苏醒过来，但如果脑组织受损严重，就不好说了。医师的话，让艾敬民神经绷紧，眼下只能坐等检查结果。

艾敬民给工会老潘打了电话，让他安排干部来医院轮流值守，照顾受伤人员。

看到高上神不守舍的样子，艾敬民安慰他说："别急，事情已经出了，医生在抢救。"高上懊恼地说："早知道这样子，不如待在局里，都怪我没有考虑到下雪天会出事。"艾敬民道："不要自责，谁也预料不到这样的事发生。你们'蓝丝带'活动搞得蛮不错的。"他轻轻拍了拍他的肩膀："你们也辛苦了，回去休息休息，我还等着看你们的走访调查报告哩。"高上不愿意走，想等着秦榛的检查结果出来。艾敬民有点儿生气了："都守到这里有什么用啊，显人多吗？回去！我在这里就行了，等会儿局里就会派人过来。"高上才神情落寞地离开医院。

等了个把钟头，秦榛的检查结果总算出来了，诊断为一级症状脑震荡。艾敬民听得心里一紧，医师赶紧告诉他："你不懂呢，一级是最好的结果。患者意识会出现轻微错乱，可能有点儿迷糊，但经过调整会很快恢复正常，不会发生昏迷现象，不会留下后遗症。"原来如此，医师的简单科普使艾敬民松了一口气，他本来以为一级最严重。医师说："轻微的脑震荡不需要特殊治疗，只需要静养休息几天，进食清淡食物，适当使用一些镇痛药物，患者就可以逐渐恢复正常。如果发生并发症，则需要密切观察患者的体征和精神状况，及时检查，使用副作用少的药物

来镇痛和镇定患者神经。"这样一说，艾敬民弄明白了，也放心了，捆扎在心上的一团乱麻，终于可以松绑。但医师接下来却说："伤者最严重的伤不在脑部，检查到撞断了一根肋骨。"艾敬民刚刚放平的心瞬时又悬起来。他焦急地问要怎么样治疗，是不是得手术。医师说："一根肋骨一般可以选择保守治疗，采用胸带固定，再辅之以促进骨折愈合的药物。麻烦的是固定时间必须有一个月，得休息好，保养好。"

艾敬民一琢磨，这事还得等秦榛自己做主，她家远在千里之外的东北，父母不在身边，换了谁也不好自作主张。

六十

眼看天都擦黑了，城市灯火次第绽放，艾敬民还没有回家。妻子楚玉昭给他打电话，饭菜快准备好了。艾敬民这时刚好裹了一身风雪进家门，他边拍打着身上的雪花，边说："雪没有停的意思哩，天老爷也是有味儿，冬天雪都没下一粒，这立春了，倒是下得结实。好像来还债似的。"楚玉昭说："老天爷的主你还做得了啊，管它呢，爱下就下吧。"她一打量，艾敬民的屁股有一大块泥渍，奇怪地问他："呦，你这水一身泥一身的，怎么还摔跟头了。"艾敬民苦笑着说："一出医院，出租车都打不到，站在街边半天，冻得冰棍一样，干脆慢慢走路回来。心里想着，千万别摔了，这把老骨头可经受不起，结果呢，嘴里念着'莫摔莫摔'，脚下一滑，哐当一声就摔了个四脚朝天。"楚玉昭围着他转起了圈："看看，别摔着骨头了吧。"艾敬民手一挥："去去去，摔着骨头了还走得回来啊。你别转了行吧，晃得我头都晕了。我先换衣去。"

妻子去厨房端饭菜，艾敬民换了衣服去

| 春 风 引 |

敲儿子的门。艾知这个假期足不出户，亲戚家拜年也全都没去，一直在忙他的智能安防软件。楚玉昭心疼得不得了，几次和艾敬民嘀咕，这样下去，年纪轻轻别闹出什么颈椎、腰椎病来。再说了，找对象的事娃一点儿也不上心，早几天还说给他下命令了，他当耳旁风，全给大风吹走了。

艾敬民听到里面没有动静，推门进去，见儿子充耳不闻，在电脑上忙乎，便近前拍了一下艾知的肩膀。艾知冷不丁一激灵，扭头一看父亲站在身后，他才把心思从程序设计上拉回。

饭桌上，妻子问起车祸的情况，艾敬民叹气道："我正犹豫要不要告诉秦榛她爸妈，告诉吧，怕人家担心，不告诉呢，没谁能给做主。"听了艾敬民讲的情况，妻子说："做父母亲的哪能不担心，一个姑娘隔家千山万水，也是不容易。依我说呢，亏得姑娘没有危险，伤情稳定了，还是得告诉家里。人家把孩子送到你税务局了，就要照顾好。幸好我家艾知回来了，不然的话，隔了千山万水的，我还不要担心死了？"说着，她把一块热腾腾的蛋糕花夹到儿子碗里。艾知始终都埋着头，心不在焉地扒拉着饭，那神情分明还在惦记他的软件。妈妈拿筷子故意叮叮响地敲了一下碗边，艾知抬头看看父亲，又望望母亲，不着边际地问道："你们是说'渔娘'受伤了吗？"妈妈奇怪了，反问他："谁说'渔娘'了，'渔娘'是哪个？"艾知情知失言。他没有告诉过他们"渔娘"就是秦榛，秦榛即"渔娘"，便不好意思地笑了笑："没什么，我是问谁受伤了。"心里想，难怪今天他有一个统计学问题想要咨询"渔娘"，"艾特"她一直都没有回音。楚玉昭冲艾知不满地说："看你这是不是魔怔了。还什么'渔娘，渔娘'的，你的亲娘，没听到你问半句。"艾敬民白了她一眼："就你整日五迷三道的，吃饭都塞不上嘴巴。"

艾知却又问父亲到底是谁出了什么事，艾敬民就把事情和他讲了。艾知再三追问伤得重不重，艾敬民有些不解，儿子怎么回事呢，对一个陌生姑娘这么关心。得知"渔娘"没有生命危险，艾知寻思着，得空到医院看看她去。

第十五章

六十一

正月初七上班时,高上把走访企业的情况汇报材料报送给了艾敬民。艾敬民粗略地翻了翻,对高上说:"这份材料凝聚了你们的心血,'蓝丝带'志愿服务做了一桩很有意义的事。"

他带上材料去县政府参加"聚心会"。所谓"聚心会",是县政府的一个老传统,上班第一天召集大家,强调一下要尽快凝心聚力,进入工作状态。在车上审阅材料是艾敬民多年来养成的一个习惯,看看材料,正好可以消磨掉窝在车里那一段无聊的时光。《来自企业的五点呼声》只有薄薄两页纸,三千多字,文字简洁,没有陈词滥调,没有弯弯绕绕,干货多多。艾敬民看得兴起。他喜欢这种反映情况、直奔主题的文风,报告里列举了企业目前存在的实际困难,概括提炼出五点:其一是焦点。企业非常关注减税降费政策,普遍认可国家扶持措施对企业发展的积极作用,但减税降费获得感不强。近来的减税降费政策出台背景,主要是为适应经济下行压力增大的现实,部分企业受经济下行影响,导致企业利润率下降,相关政策产生的利好被利润下降冲抵,作用不明显。部分优惠政策门槛高。部分受惠企业的认定标准较高,或资格认证时间长,抬高了减税降费政策门槛,使减税降费的宏观预期效果与政策本身的微观效率不符。

小微企业具体认定标准根据所属行业制定，涉及企业从业人员、营业收入、资产总额等指标，并且在纳税方面另有三项指标需要同时满足。又如高新技术企业的认证条件涉及科研人员比例、研发费用比例、自主知识产权数量、成果转化能力等，并且认证需要科技、财政、税务三部门同时审核，从企业提交申请到认证标准审核需一定时间。另外，高新技术企业资格证书有效期为三年，企业还需在期满前三个月内提出复审申请，否则，其高新技术资格失效。其二是难点。疫情给企业发展造成的损失显而易见，同舟共济，齐心抗疫，一步步地走出困境确实不易，企业目前更关注后疫情时代如何崛起，而不少企业面临着融资难、技术更新难等亟待解决的难题。其三是堵点。即将复工的企业，遇到产业工人难招的问题，技术熟练工人流失严重，已经影响到企业正常运转。其四是盼点。中央减税降费政策出台后，地方在实施过程中有部分配套政策并没有及时同步，这也降低了减税降费的效果。企业热切盼望能有更接地气、更切合本地企业生产的利好扶助举措出台。其五是拐点。调查中分析，来势汹汹的疫情如今已呈穷途末路之态，这是战疫的一个拐点，也是企业发展的拐点时期，挑战与机遇并存。报告呼吁要一心一意谋发展，尽心尽力解难题，做好冲刺的一切准备，不能在事关发展时期错失稍纵即逝的关键拐点。

艾敬民读完，觉得这份报告虽然有些提法不尽成熟、得当，但通篇材料观点鲜明，有调查、有数据、有事实，可见下足了功夫。

简短的会议散了，县长张若飞朝艾敬民招手，一走近，他就问："听说税务局有几个干部出了车祸，具体是什么情况？"张若飞关心的是安全问题。在年前的会议上他着重强调过，"两节"期间，要牢固树立"100-1=0"的意识，始终做到警钟长鸣，绝对不能在安全生产方面发生事故。艾敬民向他说明了事情的大概经过，张若飞一听，说："年轻人想干事、肯干事、能干事，这是大好事，后续的治疗要做好保障。"艾敬民思索一下，还是拿出了那份《来自企业的五点呼声》，说："这就是那些年轻人调查的材料，还不够成熟。"张若飞一把拿过去，马上浏览起来，不一会儿就看完了，他扬着材料说："这很好嘛，掌握了第一手材料，最具说服力。"他略加沉吟，继续说："文笔好不好倒是次要的，我更看重内容实不实在。我和子诚书记商量一下，这种深入调查研究之风值得在全县大力倡导。这几个年轻人牺牲了和家人团圆的机会，甚至可以讲，是冒生命危险才弄出来的调查。让我高兴的是，他们反映的情况正是我们需要了解的。这份材料我留下了，作为我们马上要研究经济工作的参考。"艾敬民听了心里倍觉欣慰，这真是意想不到的一个结果，也算对高上和秦榛他们的一份认可和鼓励。

走出政府大院，艾敬民踩着一地积雪，感到步履轻盈，脚下发出"咯吱咯吱"的响声，那么富于节奏感。他钻上车，朝司机说："走，去人民医院。"

六十二

医院的骨伤科设在住院大楼的十一层。

艾敬民首先去找了主治医师。医师告诉他，秦榛昨天晚上已经醒来，从观察的情况看，脑震荡不用过多担心，大概率不会引起并发症状。肋骨的恢复时间肯定得长一点，现在不宜活动。他说如果手术治疗也

第十五章

可以,看伤者和家属的选择。艾敬民道谢,说已经通知家长了,不是今天也会在明天赶到。

来到1107病房外,他先敲了敲门,里面一个男人的声音说:"请进。"听起来却那么熟悉,艾敬民心想,这个老潘怎么搞的,理当安排女干部来陪护啊。轻轻推门进去,一眼看到艾知正坐在病床边,端了杯子,拿着汤匙,在喂秦榛。他倍感意外,咦,怎么是艾知来了呢?心头狐疑。

秦榛挣扎着动了动,却痛得咧嘴,嗞嗞抽冷气。艾敬民忙制止她:"别动,千万别动。"秦榛虚弱地说:"谢谢艾局。"艾敬民宽慰她说:"刚才问过医师,只需要静养就好。没有大碍。"又告诉她已经和她家里打过电话了:"你爸爸妈妈会赶过来,让他们亲自看看也好,看过就放心了。"秦榛有气无力说:"我怕让他们担心。"艾敬民说:"做父母的心情得理解,我做主告诉他们,就是免得他们整天挂念着。他们一来看到没大事,不就行了吗?再说,你也有两年没回去过年了,爹妈只怕想你想得疯了。见见正好。"他接着说:"张县长都在表扬你们哩。"

艾敬民一转脸问儿子:"你这又是怎么回事?你们认识?"他的手来回指了指两人。

艾知说:"认识啊,都有好久了,她就是'渔娘'呀。"

"'渔娘'?没听你说过啊?"艾敬民一头雾水。

艾知撇了撇嘴巴,回道:"我又不是你的下属,还什么事情都要报告吗?就算是下属,也有自己的隐私吧。"

艾敬民不再纠缠这事,问道:"局里不是安排了人吗?人呢?"

秦榛轻声回答道:"是办公室赵俏来了……"

艾知抢过来替她回答:"她刚才去一楼办手续了,还要续费。"又关心地对秦榛说:"一说话就会痛,你要尽量少开口。"

艾敬民看在眼里,心里说,呵,这还知道体贴人了哩。

他点点头,对秦榛说:"不用操心其他事,只管好好养伤。年轻人恢复很快的。"他扯了扯艾知的胳膊,示意去走廊上,有话说。

父子俩一前一后出了病房,艾敬民问他:"你咋没去公司呢?"

艾知解释道,公司说他可以在家实行弹性上班制,就是说有必要可以去,否则可以在家搞自己的研发。天气不好,也怕路上不安全。他不无嘚瑟地对父亲说:"瞧瞧,你儿子现在成了公司的'大熊猫'哩。重点保护对象。再说了,公司那边只问结果,不管过程,他们才懒得管我在家里还是哪里,只要到时候出成果就OK了。"

艾敬民问道:"那你现在进展得怎么样了呢?"

"我不是碰到难题了吗?要来向'渔娘'求教,可是她这个样,我还真是开不了口。"

"什么'渔娘''渔娘'的,多俗气,人家有名有姓,叫秦榛。"

艾知半举双手讨饶:"好了,好了,你不懂。不跟你扯了,没有新的指示,我可进去了。"不待艾敬民答话,他转身进了病房。

在十一楼电梯口,艾敬民注意到,雪白的墙壁上贴着的楼层标示——11。他觉得颇有意思,这两位数字,越看越像两条站立的腿,站得笔直,显得刚劲而有力。这是骨科,躺着抬进来,站着走出去。他心里暗自笑了。

返回时，雪突然停了。艾敬民透过车窗抬头一看，老天爷开眼了，雪霁天晴。他对雪有一种特殊情结，近乎固执地认为，一个没有雪的冬天不能称之为冬天。这一场立春之后姗姗来迟的大雪，好像就是来弥补他的遗憾的。看来，等待一场雪的到来，需要一点儿耐心。一场雪依着人的心意飘然眼前，是否也需要宿命的安排呢。

本来想去云台山上踏雪观景，没想到出了这么一档子事，无奈作罢。现在，窝在车内，却不妨碍他驰骋想象，思绪蹁跹：

站在云台山上，看着雪在天地间舞蹈，天女散花般，飘舞在眼底，好一派瑞雪兆丰年！他一脸悠闲自在，仿佛因为一场雪的降临，已将所有心事放空。茫茫尘世间，纷纷攘攘中，有太多太多东西可遇不可求。仿若一片雪花，从容入世，飞入你的视野，却终将留给你一个淡然出尘的身影，融入清涧澈溪，转身而去。

而他愿意永远站在梦的云台山顶上瞭望，在广阔无垠间，一梦千寻，期待下一场雪的绽放。

六十三

"蓝丝带"志愿者服务的事迹，三天后在央视新闻节目中播出。万承宝看到后，带着两名员工，捧着鲜花，提着一个"万家香"礼品包，来人民医院慰问秦榛。秦榛的爸妈已经从老家赶过来照顾女儿，他们一到，就催着赵俏回局上班。万承宝见到秦爸爸，使劲握住他的手夸个不停。直夸得老秦有点儿手足无措，不知怎样应对才好，只得一个劲儿地说："客气啦，客气啦。"秦榛看着这一幕，想笑却不敢笑，万总这夸人都夸成职业习惯了，不愧是在直播间锻炼出来的。万承宝何等精明的人，一看秦榛的表情，便猜了个八九不离十，对秦榛道："别笑呢，我说的可都是真心实意，像我直播时说的一样，没一句假话。如假包换，哈哈。"

闲聊间，方向前和财务部的董晓进来了。万承宝一见，朝老秦笑道："怎么样？我说话不掺水分吧，我保证方总要说和我一样的话。"方向前不明就里，一脸疑惑地问："你这老万，我进门来还没开口，就晓得我讲啥呢，你成神仙哪。"万承宝拱拱手，嘴里"嘿嘿"地笑着："我不打扰小秦休息了，先行告退。"转身就要走。老秦看着他留下的礼品包，望望女儿，征询她的意见。秦榛说："万总把东西拿走吧，心意领了。"万承宝回头佯装生气地说："你这小秦，不给我老万这张老脸一点儿面子啊。都是自家产的，不值钱，让你爸妈尝尝味道。"话撂下，径自走了。

老秦双手一摊，秦榛便无奈地说："爸，你把包里东西分一下，送给病友们吧，也算替'万家香'打个广告。这个万总呀，和他难得讲清。"

方向前对董晓说："看到了吧，我多次领教过，所以我说水果也不用带了。"他说着从董晓手里拿过那束康乃馨，放在床头，说："祝小秦早日康复。"秦榛有些不解地看着他，她在县局收核部门工作时，和神风制造的方向前不过一面之缘，点头之交。方向前说："出事那天，高上正好在我公司调研，昨天又看了新闻，我发自内心地佩服你们这些小年轻，所以一定得来看看。"

这时，小护士进来了，她皱眉说，病人需要休息，不能过多打扰，毫不客气地下了逐客令，"赶"走了方向前。她跟着走出病房，在门口却又撞见两个扛着摄像机、手持话筒，记者模样的小伙子正要往里闯。小护士年纪虽轻，却泼辣得很，她身子往门口一横，柳眉一竖："干吗呢，不能进！"一头卷发的小伙子说："我们是市电视台的，受团市委和台里委派，要来采访。"小护士毫无商量的余地："谁的委派都不行，你们这还要不要病人快点儿康复了？"穿着牛仔服的小伙子央求道："我们还是从潭州市里来的，来一趟也不容易，通融通融吧，美女。"小护士不为所动："你们这是工作，我也是在工作，互相尊重一下行吗？拜托了，大哥。"绵里藏针，毫不让步。俩记者面面相觑，僵在门口不是个事，只好商量先去采访其他对象。小护士冲他们的背影喊道："要来就等下午四点半后再来吧。"

秦榛冲她微笑着跷起了大拇指。小护士偷偷一乐，对秦榛说："你可成网红了，我在网上都刷到你好几遍哩。"她建议，再住几天可以回去静养，免得在这里总受到"骚扰"。老秦一听，连连点头说，这个主意好，省得俺也难对付。

下午四点半的时候，俩记者准点出现在十一楼，不过这次还有高上陪着一起。

秦榛无厘头地想到一个段子：一个朋友发生车祸，在现场半昏迷等救护车时，突然感觉有人在轻轻但很坚持地一直捅她，挣扎了半天好不容易才张开眼，一杆话筒立马支到面前，问她感觉如何，她登时又翻白眼晕过去了……虽说是调侃，但也不得不佩服记者的敬业，职业养成了条件反射。

高上显然和记者混得熟了，同年代的人嘛，容易对上眼，他对秦榛说："我可不愿意带他们来，说了会影响你养伤。可是这两块牛皮糖黏上我了，甩也甩不脱。"他朝秦榛一眨眼，又道："说好只拍几个镜头，你躺着坐着靠着都行，不用说一句话，我才带他们来的。"卷发小伙子点点头说："是的，我们不会影响你的恢复。这次我们主要任务是采访'蓝丝带'的事，你们两位都是当然的主角。我们小台不能跟人家央视比，但我们要做深度报道，这就是独家了。"高上连连摆手："不关我的事，怎么又扯到我身上来了呢？""牛仔服"小伙子狡黠地说："我们特地请你过来，正好可以一块儿做采访。这就叫'同框'。"

秦榛摇头："不关我的事，'蓝丝带'的创始人正是他。"她一指高上。

卷发记者说："拜托你们别谦让了。听说龙承县委、县政府新近专门出台了一个扶持企业生产的'二十条'，你们的调查起了很大的推动作用。"

秦榛问高上："出了个'二十条'吗？"

"是的。我们在调查中提出的绝大多数建议，已经被采纳，列作了二十条扶持措施。"高上老老实实地回答，"可是，这是县委、县政府出的，你们该去找陆书记、张县长才对路啊。"

"牛仔服"说："肯定会去的，先从你们开始。'蓝丝带'一炮打响，成了志愿者服务品牌。潭州团市委要求好好宣传。"

高上吐了一下舌头："乖乖，不就做了这点儿事，这就一炮而红了吗？红得太容易了吧？我们压根儿没往那方面想，只是做点自己觉得有意义的事而已。这下可好，把我们赶上架了。"

卷发记者笑道："所以说呢，千万不要低估舆论的力量。反过来看，也是一种作用力与反作用力的关系，推动事物一直向前。'蓝丝带'不仅是税务服务品牌，也是社会形象，时代正需要。"

六十四

鉴于对水府岛屿保护性综合开发的考虑，水府地区纳入了江洲省和潭州市新一轮发展规划，和水府特色经济园区深度融合开发，县委、县政府要求各职能部门珍惜这来之不易的机遇，未雨绸缪，坚持服务优先，无缝对接。

秦榛住院，县局党委决定由姜功名暂且兼任水府岛屿税务服务站站长，同时任命阮海阳为副站长。艾敬民和班子商量后，另给服务站充实了四名骨干力量，并根据实际需要，拟向上级申请成立岛屿税务所。对于阮海阳的任职，班子里面一开始意见有分歧。有的党委委员认为阮海阳受到过党纪处分，这个时候委以重任，不适宜。艾敬民因此征求纪检部门的意见，陈述平说："阮海阳的党内警告处分，一年期已过了，原则上不影响提拔，只是必须走提拔程序。"艾敬民说："阮海阳的确曾经犯过错误，也受到过处分，但他后来的表现，足以证明了他是个有错就改的同志。我们党培养干部向来要'惩前毖后，治病救人'，不能因为某个同志犯过错误，就一棍子打死，让人永世不得翻身。"他认为，应该给阮海阳一次新的机会，这也可以向其他干部释放一种信号。大家议论良久，最终一致同意，通过选拔程序后，任命阮海阳为副站长。

姜功名心挂两头，为落实县里"二十条"在分局和服务站两头跑，分局长杨巍君看在眼里，深知他不会拒绝的性格，便对他说："阮海阳情况熟悉，不妨让他多担负一些服务站那边的工作，你的重心还是在水府分局这边为宜。"姜功名道："我一开始也跟局里提出来了，可是局里担心阮海阳没有带队经验，新安排了干部过去，还是要我带一带。稳妥起见，等新手上路，再适当放手。"他的确是个不懂得拒绝的人，不但表现在工作上，日常生活中也是如此。妻子可没少吐槽，说他活脱脱就是小品《有事您说话》里面郭冬临扮演的"死要面子活受罪"的翻版。譬如近来下雪那天，姜功名在办税服务厅值班，上午九点，一个企业会计办完税，一时半会儿没打到车，因要去赶十点的高铁，便向姜功名提出能不能送她一下。他交代了一下工作，开车就送，结果却在返回时被一辆小货车追尾，车子撞得进了修理厂。

这个从来只把憋屈埋在心底的实诚人，这一次却面临被追责。

潭州市局督查内审部门在进行内部审计时，运用"1234"工作法中的一个风险控制模型，发现水府春风智慧园的云知道信息技术有限公司，未按规定享受增值税加计抵减优惠政策的情况。"云知道"从事应用软件开发，四项服务销售额构成的销售总额，当年已提交适用加计抵减政策声明。在所属期的7月，其当期可抵减进项税额为8.37万元，但未享受加计抵减政策，按适用的加计抵减率10%计算，少抵减税额0.837万元。这家企业的退税资料经姜功名之手审核过，当他看到审计反馈的结果，不由得暗道一声：糟糕！潜意识里，自己以怀疑的眼光看待纳税人时候居多，平时关注得更多的是不该享受的享受了。颇具戏剧性和讽刺意味的是，这个问题的发现，自己主持开发的"1234"工作法可谓功不可没。

"云知道"的财务部林部长因此觉得过意不去，他向督察内审部门反映，事出有因，不能怪到姜功名头上，是他们财务部对政策理解不透，没有认真对待。他甚至把姜功名到"云知道"送政策上门、"点对点"辅导的照片,都从手机里翻出来作为证据。县局最终责成分局领导对姜功名予以提醒谈话,事情才算了结。

姜功名倒无所谓,不就是一个提醒谈话吗?他反思,自己毕竟在认识上没有足够重视,工作上也有失误。但此事却在干部中引起纷纷议论,他们为姜功名鸣不平,认为事情做得越多,难免越会有这样那样的失误,差错发生的概率自然相对要高一些,像"洗碗效应"一样。既然对纳税人都可以实行容缺办理机制,为何对内部的税务人员不能容错呢?也有人觉得有点小题大做,该退的税最终补退到位,何必还要对干部追责?于情于理都有些讲不通,这样做的后果,显然不利于保护干事者的积极性。大家的议论传到市局局长程中川的耳朵里,引起了他的沉思。他一直倡导一种观念或一种风气,努力营造干部干事创业的良好氛围,为干部积极作为提供良好平台,让想干事的有机会,能干事的有舞台,干成事的有地位。"讲关系、讲人情"的时代已经渐行渐远,一去不复返,新的时代,是拼能力的时代,是任人唯贤的时代,因此营造干部干事创业的良好氛围,相当于培育涵养一片干部成长的土壤,有助于他们健康成长。回头看,姜功名是大家公认的勤恳务实、敬业爱岗型干部,现在发生了这样被追责的情况,具有一定的代表性和倾向性。作为市局,如何做到支持那些敢于担当、敢于负责、敢于创新的干部,为之撑腰,放手让他们开展工作,的确要引起重视。程中川决定在全局开展一场"姜功名现象"的大讨论,广泛收集意见,特别是征集那些能破解"干多干少一个样,干好干坏一个样"怪圈的"金点子",激励想干事的人更好地干事,督促不干事的人积极做事。

姜功名一时间竟成为全系统关注的焦点。这让他始料不及。

六十五

正所谓一波未平,一波又起。

审计署江洲特派办在减税降费的专项督查中,检查出龙承县税务局存在未及时发现一般纳税人不应享受而享受"六税两费"减半优惠的情况。一户名叫新特新置业发展有限公司的企业,其一般纳税人资格于2020年1月1日生效,该纳税人在2020年12月7日申报2020年12月征收品目为产权转移书据的印花税时,计税依据2300万元,税率0.5‰,应缴纳印花税1.15万元,但纳税人实际缴纳税款0.575万元,少征税款0.575万元。

年前,龙承县局的减税降费工作还受到市局通报表扬,年后竟然接连发生两件无异于"打脸"的事件,艾敬民不由得心情郁闷。姜功名的事已然引起市局"一把手"的高度关注,现在看来,倒也能由坏事变好事,至少对于探索完善管理有一定的推动效应。但后面出现的,不该享受税费优惠问题的发生,让艾敬民颇为恼火,他觉得这完全是因为工作人员的责任心不强而导致的,更让他没料到的是,直接责任人竟然会是二分局的高上。他摇摇头,到底年轻,心智远未成熟。二分局局长江少松找到他,讲了一通客观情况,诸如工作量太大,不是主观故意,造成的损失已经追回等,目的是为高上开脱。艾敬民正在气头上,直冲冲地反问他:"那这个责任该由谁负?你吗?"

江少松的外号人称"江咬筋",龙承本地话的意思是喜欢认死理。艾敬民的话一下子点燃了"江咬筋"的脾气:"我负就我负!"

艾敬民火气更大了:"你以为这是担当吗?是爱护干部吗?"

江少松也是豁出去了:"难道干部不要爱护吗?你口口声声讲要爱护年轻人,关心年轻人,给年轻人锻炼的机会,哪个年轻的时候不犯点儿错?我看你说的比唱的好听。"他一较上真,不逊艾敬民半分。两人这次的争论,后来演绎出一段笑谈,有好事者编了两句顺口溜,道是:"爱较真"碰上"江咬筋",一团麻纱扯不清。

两人谁也说服不了谁,正僵持着不好收场,高上给艾敬民发来一条信息,大意是自我检讨,这次因为自己的工作疏忽,给县局带来不好的影响,诚恳接受任何处分。艾敬民一看,得意地对江少松说:"你听听,人家高上是怎么说的,小年轻的姿态,比你这当领导的还要高得多了哩。"

江少松一脸讪讪:"这臭小子,倒弄得我里外不是人咧。"此时不走,还待何时。临走,他冲艾敬民甩下一句:"你爱怎么着就怎么着吧。"

心里堵归堵,艾敬民只希望年轻干部能从中长点记性,尽快成长。

第十六章

六十六

接到新冠病毒疫苗临床试验者体检合格的正式通知，姜功名滋生了一种复杂的情绪，在微信朋友圈写下一句"在参与中体验，在体验中感悟"的感言。

明天就要去疾控中心注射第一针试剂，姜功名当晚失眠了。他在床上辗转反侧，怎么也睡不着，旁边的妻子易红东却睡得香香甜甜。妻子也和他一样接到了通知，明天夫妻俩将一块儿去接种疫苗。他知道，这不仅是妻子心宽的性格使然，更多源于对他的深信不疑。他愈发感到不安，记得当时报名当这个志愿者时，旁边有人多嘴，"试验者"不就像实验室里的那些小白鼠吗？他自然在电视上见过那样的场景。想到这儿，他的心更紧了。要知道，临床试验万一出个什么状况，不只自己的事，还牵扯上妻子，那他真是百身莫赎啊。尤其宝贝女儿姜好好正准备考大学，对于他们一家人来说，幸福的日子正在揭开新的一页，女儿永远是他心尖上最柔软的牵挂。

姜功名感到内心煎熬，像一团火在炙烤。他干脆披衣下床，蹑手蹑脚，却还是惊醒了妻子。易红东弹坐起来，揉着睡得惺忪的眼睛，不满地问他怎么啦，半夜三更还在折腾。姜功名在家总像个闷葫芦，这下，

| 春 风 引 |

更觉得不好回答妻子。知夫莫若妻，易红东大大咧咧道："不就是打个针吗？你每次献血都要抽那么多，没看到你睡不着。真是的，想多了吧。多大的事儿，医生都讲了，安全得很咧。你还不睡，我可要睡了。"妻子说完，真的蒙头躺下，似乎已懒得和他唠叨。

姜功名始终没有作声，他琢磨妻子讲得也在理。夜深天更寒，姜功名打了个哆嗦，连忙钻进温暖的被窝。这一次，他踏踏实实睡到了大天亮。

他当然没注意到，其实易红东再也没能入睡，几乎睁着眼睛迎来窗前第一缕晨曦。

时间回溯到一周前，初春一个周末的晚上，姜功名和妻子像往日一般在街头散步，碰上卫生系统的一个朋友。闲聊中，朋友说疾控中心正在招募新冠病毒疫苗临床试验者，可志愿者不多，朋友摇摇头说："看来都被这场疫情给吓着了。"

一场疫情的肆意蔓延，给了人们当头一棒，一时间人心惶惶，好在一群最美的逆行者，用自己的血肉之躯，筑起了一道保卫人民生命的长城！

这个时代，我们其实并不缺少英雄与勇士。有句话说得好——哪有什么岁月静好，只因有人替你负重前行。

但事实证明，这场战疫若想毕其功于一役，何其艰难。科学防控与精准治疗相结合，成为抗疫中一个重要的命题。新冠病毒疫苗的研制和临床应用，在老百姓焦急的盼望中，迅速提上日程。

在如此一种"谈疫色变"的情境之下，以常人的心理，只怕"避之惟恐不及"。新冠病毒疫苗临床试验者的身份，无异于第一个"吃螃蟹"者，其勇气的确值得为之大大点赞，其精神更值得大力褒扬。倘若没有大爱的格局，没有担当的胸怀，没有敢于自我牺牲的气概，谁又能挺身而出成为这第一个"试验者"呢？

朋友的话像一颗沉重的石头砸在姜功名的心湖里，激起千重浪。他低头沉吟了一会儿，然后闷声闷气地说："我想去试试！"易红东的脑子里闪过一道错愕的闪电，她不由得抓紧姜功名的手，仿佛一松劲儿，他就会从她身边溜走。朋友脸上漾起微笑，但还是劝说道："莫冲动，你不妨深思熟虑，怎么也得家里人赞成才行。"他瞄了一眼易红东。姜功名果断回答："考虑好了。我身体棒棒的，保准没事。"深知丈夫性子的易红东这时缓缓地说："去，去吧，我也和你一起去。"她把丈夫的胳膊挽得更紧了。

她用满含柔情的目光望着姜功名，看到了他坚毅的眼神，在昏黄的街灯下熠熠闪亮。

事实上，当女儿姜好好得知爸妈都要去做"试验者"时，她坚决不同意。是时，当疫苗问世后，很多人对于到底去打还是不打，尚在观望、犹豫着。一些关于疫苗不良反应的传言，以及爸妈不再年轻的身体状况，让女儿深深担忧，何况去做"试验者"呢！可女儿的反对无效，姜功名和妻子干脆达成了"秘密协议"，瞒住在学校的女儿。当木已成舟，姜好好也只有无可奈何了。

这天，乍暖还寒的初春，冷雨纷飞。姜功名夫妻双双来到疾控中心，他们随手翻阅着一沓厚厚的告知书，上面写满注射疫苗后各种可能发生的后果。这些虽然是必经程序，在姜功名看来却成了多余的手续，但他还得耐下心听完医生的详细介绍，然后在文书上签上自己的名字。妻子易红东因为血糖指标偏高，只得放弃。这让姜功名暗地松了一口气。

姜功名的第一针试剂在期待和忐忑中打完了。十五天后，他又来打第二针，将在三个月后，再来打完最后一针。这是后话。同样必不可少的抽血检验，同样不能省却的必经程序，夫妻俩的淡定从容，让医生刮目相看。当时，已有不少志愿者中途悄悄退出。

六十七

姜功名意外地在"试验者"中看到一个熟悉的面孔——快递小哥"旋风小侠"。回想半年前，在潭州夜以继日研发"1234"工作法的半个月里，"旋风小侠"俨然成了他们专班团队的编外队员。那时，"旋风小侠"是税务大楼十三楼的常客，经常给姜功名他们送来外卖。疫情一度紧张时，他还兼顾给文妍家里送去蔬菜水果等日常生活物资。大家都喜欢这个阳光开朗、心地善良的快递小哥。

那天，正好打完第二针试验针，姜功名来到留观室休息。这时"旋风小侠"进来了，他眼尖，惊喜地喊了一声："姜哥。"姜功名正在闭目养神，一睁眼："'旋风小侠'。"大半年没见面，俩人好不亲切，一聊，得知都是来当"试验者"的。姜功名打趣他，不愧是"旋风小侠"，一股风从潭州刮到龙承来了呢。"旋风小侠"不好意思地说："姜哥你就别打趣我了，'旋风小侠'已成过去式了。我现在应聘到神风制造公司做模具工了。从今往后，你就叫我杜鹏吧，小杜。"

两年前，杜鹏从技工学院电动模具专业毕业后，在江洲西南老家一家民营企业从事模具制作。仅仅工作了不到一年，嫌工作太单调，且不自由，离职到潭州做了快递。在社会上闯荡一番后，还是觉得要有一技之长，才是立身之本，何况他在技工学院学的专业再荒废下去，真的就要全部还给学校老师了。春节回家后，他在网上参加了龙承县政府人才中心牵头组织的春季招聘会，抱着试一试的态度，投递了简历，没想到就被神风制造聘用了。正月初八，他从老家来到龙承。

"我的车费都由政府报销。到了龙承高铁站，还有专车接我到公司哩。吃住安排得妥妥当当。"杜鹏说，"我一打工仔，能享受到这样的待遇，真是意外。"他来当"试验者"，也是偶然间看到招募信息，想着自己身体素质好，如果能被选上，倒也是一桩有意义的事。趁着年轻，让人生多些不一样的体验，在体验中感受成长的滋味，他这样想着。

姜功名对杜鹏的选择甚感欣慰。社会的多元性让年轻人有了更多的机会，关键是找准属于自己的坐标。

杜鹏笑道："真是他乡遇故知啊，不亦乐乎。"两人说起专班的那些人和事，爱吃小龙虾的小胖子唐旭、长得一副林妹妹样子的叶霜，还有总喜欢以大姐大派头自居的王俏梅，以及高大帅气而沉稳的高上，一个个说起来，杜鹏记忆犹新。而提起文妍，杜鹏敛起笑容。那天他正好给文妍家买了孩子们爱吃的零食送去，文小萌已经人事不省地躺在沙发上，嘴角吐着白沫，她的外婆在一旁急得手足无措，只是一个劲儿地打文妍的电话。他赶紧叫了"120"，这才帮着把孩子送到医院去。"可惜还是没有抢救过来，让人太痛心了。"杜鹏说，"小萌聪明乖巧，好长一段时间，我一闭上眼，眼前就是她的模样。"听得姜功名鼻子酸酸的。杜鹏问他："不知道文姐怎么样了，我好几次想问候一声，又怕勾起她的痛苦回忆，都不敢打电话了。"姜功名道:"小萌去世,对她打击太大了。说真的,我挺敬佩她的,她为了缓解失去女儿的痛苦,用工作来麻痹自己,现在应该好些了,这伤是需要时间来治疗的。"杜鹏说:"哪天我还真想见见文姐。希望她早日走出来。"

姜功名便和他约定,适当时,他会找机会约好文妍,再叫上高上,大家一块儿聚聚。相会于龙承,也是缘分,他让杜鹏有什么需要帮忙的只管找他。杜鹏连连点头:"一踏上龙承,就感觉到那一份亲情般的温暖,说不定我还真在这里安营扎寨了。"姜功名拊掌大笑:"那太好了,到时候姜哥给你介绍对象,龙承的姑娘可是出了名的漂亮、温柔,还贤惠。"

杜鹏呵呵笑着说:"那是,那是,我早就听说了,不是有句话叫'龙承山水好养人,姑娘个个水灵灵'吗?"

姜功名惊讶道:"这话你都知道呀?"

"那当然,名声在外嘛。和你说,我来龙承可不是误打误撞的,那是进行充分了解的。不然,我还不一定非得来龙承哩。"杜鹏不无得意地说,"当然啰,我可不是奔着龙承的漂亮姑娘来的,那是开玩笑哩。说实话,这里干事创业的氛围让我心动,我在抖音里看到县长都在招募人才,喊出来的口号叫作'选择龙承,成就自我'。"

姜功名一听,说:"这句话我们也知道。只是怎么就吸引你了呢?"

杜鹏道:"说得实在啊,不是讲大话,也不是讲漂亮话,实话最能打动人。我是这么想的,我要考虑的是适不适合个人的发展,只有首先成就了自己,才能谈其他可能性。否则都是空话、套话。一来龙承,我着着实实地体会到龙承的实在,证明县长的话的确没含水分。"

诚如杜鹏所言,县委、县政府这次为了复工复产,出台了"二十条",条条都是实打实的"硬核"措施,譬如为企业减免房租、降低社保缴费负担,对其银行贷款给予贴息或延迟付息,明确要求金融机构"不得盲目抽贷、断贷、压贷",并启动线上续贷机制。缴纳房产税、城镇土地使用税确有困难的,"可申请房产税、城镇土地使用税困难减免"。对一些业务活动还可以给予直接补贴,如员工培训、电子网络建设等。毒株不断变异,对疫情绝不可掉以轻心,免得让付出的巨大努力功亏一篑。政府还建立了适合中小企业的防疫体系、在线服务网络、工业互联网平台等。

陆子诚书记说,中小企业不仅是发展经济的重要主体,在很多情况下还发挥了拾遗补缺、雪中送炭和出奇制胜的功能,而且是安排就业的主体。中小企业在疫情面前无疑最为脆弱,所以救中小企业不仅是救经济,还是救就业。龙承出台"二十条",就是要对中小企业高看一眼、厚爱三分。发展到哪里,服务到哪里;创业到哪里,保护到哪里。张若飞县长则二话不说,"赤膊上阵",为招揽人才、留住人才站台。

此情此景,难怪让杜鹏感受至深。

六十八

而身临其境的常理,自然要比杜鹏感受更深。

心无旁骛于"水文章",春节回到深圳后,他打了一个如意算盘,要竭力说动妻子姚遥一块儿来水府创业。他有一个新的计划,却有些破釜沉舟的意味。深知妻子秉性,常理不敢造次,等待向妻子亮出底牌的最佳时机。

第十六章

姚遥原来打算一家人去香港过年，被常理劝阻了。疫情还没有真正解除，外部输入风险加大，不怕一万就怕万一，在常理列举的这一条条理由面前，姚遥只得悻悻作罢。常理张口闭口都围绕着他的"水文章"，三句话离不开本行，姚遥笑他都可以录成一部《水经注》了。

大年三十晚上，趁着岳父母都在，一大家子其乐融融，常理下决心抛出自己酝酿已久的计划。

话题还是姚遥首先挑起的，因为父亲身体不好，早就闹着要回中原的老家去。姚遥本意是希望常理能劝劝父亲安心住在深圳，可常理一开口却变成了一句"老爷子想走，拦也拦不住"。岳父一听可高兴了："就是，腿脚长在俺身上，谁拦也不中。"妻子不满地白了常理一眼。父亲对女儿说："知道闺女心疼俺，可住在这高楼大厦里，心慌得甚。门也不敢出，那车子多得像乡里的蚂蚁，看着就不敢迈腿。"母亲也接着说："回去好，空气好，又清静，住得也宽敞，村子里随处瞎逛。乡里乡亲的，一块儿唠嗑唠嗑，一天天那过得一个自在。"

常理笑道："我不是说赞同你们回老家去。"岳父一听，不知他葫芦里卖的什么药，歪着头奇怪地看着他。他舔了舔嘴唇，说："我是说，你们跟我住到水府去。那里环境好，好到什么样呢，这么说吧，就是神仙住的地方。"

常理翻出手机里的相册，一一指点介绍：狮子山、鹅婆山、日照台、猩儿礁、乐耕岛、白鹭岛、青龙潭、桃花岛……还有白鹭、灰鹭、红脚隼、蓝喉蜂虎等各种珍稀鸟类，以及刁子鱼、鳜鱼、棍子鱼、银鱼等鱼类。他如数家珍，娓娓道来，"天下水府，人间瑶池"那真是一点儿不假。岳父岳母听得一脸神往。妻子听了，眉头一皱，瞪着他说："常理，你这是啥意思呢，给咱爸妈洗脑来了吗？"

常理赔着笑脸："哪儿跟哪儿呢，我这不是觉得爸妈住水府，肯定有利于他们身体健康嘛，这样神仙居住的地方，去哪里找呀。"

他转头对老两口说："你们要是愿意住那里，也方便一家人照顾，免得我们心挂两头。而且那里的环境真是没的说，要是不相信，过完年就随我去考察考察，一切都由二老说了算。"他又冲妻子嬉笑着说："只是建议，仅供参考。"

姚遥半挖苦半当真道："常理，我看你越来越耍奸溜滑了哩，别把我当傻子。你一开口，我就猜到了你背后肯定藏着'大阴谋'。你有种就从实招来，别跟老人家玩那些套路。"

常理装出一副受到天大冤屈的神情，不肯认账："爸妈，你们看看吧，我可是一片好心，姚遥把我看成啥子了？"

"泰山"大人终于说话了："常理孝心可嘉，俺看你说的地方，还真是不赖。"岳母在一旁不停地附和："是哩，是哩，真个是漂亮得很。"

常理心知第一步目标已经实现，暂且按下不提，心急吃不得热豆腐。他忙说："您二位先别忙着下结论，亲自去看看再说不迟。"这一提议，马上得到老两口的回应，特别是"泰山"老丈人的胃口吊起来了，恨不得立马出发。姚遥本是个性格独立而强势的大女人，但在父母面前，又会变成没有原则的小女子。见父母来了兴致，她只好说："反正香港去不成了，正好去水府溜达一圈也行，别白耗了这个春节。"以往每年的春节假期，她们全家会一起度假，而且早早就规划好了。

| 春 风 引 |

平时她哪有时间和闲心去游山玩水，趁着春节，借机释放一下自己，陪伴陪伴家人。

大年初一，阳光灿烂，一家人来了一场说走就走的旅行，目的地——水府。一路走走停停地观光，途中歇息一晚，第二天中午时分抵达，倒也不觉得舟车劳顿。常理早已联系好"水府渔村"安排一桌全鱼宴，委托"水文章"值班经理，将乡下老家的父母及大姐一家悉数接过来，这才是全家真正的一次团聚。"水府渔村"老板蔡笑九带着两名盛装的员工在门口等候，还亲自在店外边燃放了一挂鞭炮，入乡随俗，这是欢迎贵宾的礼节。水府人纯朴热情的举动令姚遥感动。常理和蔡笑九老熟人了，他道了辛苦，过年都没歇业，店子生意应该不错。蔡笑九说："郁闷了好长一段时间，现在总算可以缓一口气，不过还是伤了些元气呢，刚性支出少不了，负担不轻，但愿生意红火起来，能尽快走出困境吧。"

两边的亲家也有三年未见面，这次相聚，自然有说不完的话，南北两地方言交流饶是费劲，但连蒙带猜，兴趣盎然。老人们说话，姚遥看着都有趣。

"水府全鱼席"是以水府所产十五种鲜鱼为原料，采取煎、蒸、炸、焖、熘等多种烹饪技法，佐以江南风味的各种调料精制而成的二十余道鱼肴。水府人吃鱼花样多，同一种鱼由于刀法不同、制作方法不同，顷刻间变成不同花色、不同风味的佳肴。比如，一条草鱼去掉头、尾、骨、刺，分成两片，用刀在肉片上切成许多菱形，然后放到油锅里一炸，卷成焦黄的"麦穗"，再浇上鲜红的茄酱，就成了又香又甜，引人垂涎欲滴的"麦穗鱼"。一条红鲤鱼去鳞后，在皮上割好些小口，嵌以白色鱼丸，经油炸捞出，在肚内塞上火腿、香肠、香菇、鲜肉丁等几种佐料，放到笼子里蒸熟，便成为"八宝珍珠鱼"。一条四斤以上的鲢鱼，分头、肉、骨、脏单独煮制，或以烧、熘、炆、炖为一组，或以蒸、煎、炸、烩为一组，做成色、香、味各个不同的四种菜，那就叫"水府四绝"。还有诸如"清蒸水鱼""松鼠鳜鱼""怀胎鲫鱼""铁板鱼""葱煎鳊鱼""糖醋全鱼"等五花八门的菜式，琳琅满目，香气袭人，且营养价值极高。一饱口福，或滋阴补肾，或润肺生津，或强身壮骨，或延年益寿。而"瓦块鲤鱼""香酥鲫鱼""冰冻鱼胶""油炸青鱼"，色香味均为上乘。至于"龙女斗珠""蝴蝶飘海"，那就不但是美味佳肴，而且是艺术珍品了。难怪人说"倘来水府不食鱼，人生少得三分趣"。

姚家老爷子吃得赞不绝口，连呼"开了眼界，享了口福"。

当最后一道菜"鸡汁水府绿茶鱼片"上来后，蔡笑九特地介绍道："这是我们按常总建议开发的新菜品，尝试过的客人都说好，所以今天这道菜不收费，由小店奉送，算是表达对常总的感谢。"姚遥一听，偏头看了一眼常理："咦，那真是奇了怪哉，你什么时候还研究起美食来了。"常理道："大家别小看这道菜，看起来不稀奇，无非是鸡汤茶叶加鱼片，但奇就奇在这茶叶上了。"姚老爷子好奇地夹起一片茶叶放在骨碟里，左瞧瞧右翻翻，没看出什么门道。常理卖足了关子，他说："这茶叫'水黄金茶'，水府独有，茶叶的清香遇上鸡汤、鱼肉的鲜香，那主打就是一个字：鲜。而且这道菜颜色有三种，黄、白、绿。你看，这鸡汁熬成了黄汤，鱼肉白嫩嫩的，茶叶又翠绿翠绿的。看着就让你口水直流。"姚遥说："听你吹得天花乱坠，不如一试。"她送一块鱼片入嘴，只觉得齿颊生香，再挑起一片茶叶细嚼,满口一股天然清香,她止不住夸道:"的确是原生态的味道。"常理呵呵笑道,下回这道菜就该叫"鸡汁水黄金茶鱼片"了。

常理即席发挥,听得蔡笑九一愣一愣的,暗道,这"水黄金茶"怎么叫出来的呢,不就是几片水府黄土茶叶吗?

一顿全鱼宴下来,端的是水府特产聚一桌,鲜香风味在其中。

六十九

常理带着一大家子乘坐一艘游船,在碧波荡漾里穿梭。先是看了这两年他一直在精心打造的三个岛屿——桃花岛、盘洲岛、白鹭岛,看到已渐成气候的三个岛屿,姚遥打心眼里认可了常理的辛勤付出。

天色不早了,常理把他们带到一处看起来有些荒芜的岛上,上面生长的便是一丛丛茶树,树高不过半腰处,却一树一树苍绿着。常理介绍,这就是他讲的"水黄金茶"茶树。姚遥说:"这茶树毫不起眼呀,没见有什么独特的。"常理接着进行了一番科普:独特的是这黄土壤,属于一等砂壤土,有机物质为2.0%~3.5%,土壤酸碱度为pH4.5~5.5。陆羽《茶经》中说:"其地,上者生烂石,中者生砾壤,下者生黄土。"因为砂壤土有利于保水保肥,通气良好。沙性过强或质地过黏的土壤都不理想。沙性过强的土壤保水、保肥力弱,干旱或严寒时容易受害;质地过黏的土壤通气性差,茶树根系吸收水分和养分能力降低,生长不好。茶树虽然喜湿润,但是怕渍水。若土壤水分过多,通气不良,会使茶树根系发育受阻,严重时会引起烂根或死根。茶树为深根作物,根系庞大,故要求土层深厚疏松为宜。

姚遥吐了一下舌头,说:"乖乖,你不仅会念'水经',还会念'茶经'了。什么时候钻研起这么专业的学问来了?"

常理笑道:"我哪有钻研,不过是现学现卖。"他告诉姚遥,龙承县县长张若飞亲自给他牵线搭桥,请来江洲农业大学教授,勘察了这里的土壤,得出适宜种茶树的结论。

姚遥说:"那你说的'水黄金茶'也是农业大学教授命名的吗?"

常理狡黠地一笑:"这可是鄙人的杰作了。属于常某专利,呵呵。"

岳父问道:"里面又有啥道道呢?"

姚遥歪着头,等着常理说出答案。

"这个嘛,其实说复杂也简单,说简单呢,却不那么容易。"常理道,"水就是水府啊,水之王国也。黄,不就是脚下这黄土地嘛。金,讲的就是土里生金嘛。"

姚遥一听,笑着往他胸口轻轻擂了一下:"这不是纯粹忽悠人吗?搞得神秘兮兮的,却是这个说法。"

常理正色道:"你这就外行了吧,在名字五行里,'水土金'组合是最好的。土能生金,金多土变;金能生水,水多金沉;水能生木,木多水缩。一种茶,可是蕴藏了玄妙的学问。关键是这茶的好处多多,'幽而不冽,啜之淡然',消暑清热、醒脑提神、生津益气、健脾利胃。据农大教授考证,'水黄金茶'中含有大量钾元素,能及时补充身体流失的钾。而且,它在美白护肤、抗衰抗老方面的作用已被确认,保留了鲜叶内较多的天然物质,如茶多酚,能补充水分、紧实肌肤、延缓衰老。今后还可以开发美容产品——绿茶粉。你一定不会相信,这茶还有很好的瘦身减脂功能。你别笑,唐代《本草拾遗》记载'久食令人瘦',那时候就知道绿茶具有减肥功效了。你说古人的聪明智慧,神奇吧。"

姚遥突然察觉到,自己一直被常理带着节奏走。她警惕地对他说:"这吃也吃了,看也看了,逛也逛了,你该亮牌了吧。"

常理涎着脸道:"都说我们家姚遥冰雪聪明,真不是白夸的。"他指着那一大片茶园说:"这岛就叫黄金岛,我准备来岛上挖金了。足足有近万亩茶园,我想承包下来。县政府也很赞成,要把'水黄金茶'开发打造成一个乡村振兴的品牌项目,给予我的支持力度足够大,帮我请来了专家论证,派来了技术指导,而且协调处理周边矛盾。县长亲口承诺,后续还有具体的扶持政策。别看这岛上没有人家,其实这些茶树归属于几十户村民所有。但他们不懂茶,栽下树,就任其野蛮生长。"

他撸了撸袖子说:"我做好了加油干的准备,不仅仅自己赚钱,还要建成'水黄金茶'产业链条,带动村民致富,把水府建设得更加漂亮。茶园搞起来,能安排村民就近就业,土地流转也能给每家每户带来收入。马上就是出新茶的时候了,这第一桶金,可不能任它白白流走啊。但只欠夫人这股东风了。说实话,这两年来,'水文章'投入多,搞涉农经济,不比其他产业,产出时间自然要长得多,所以,我现在手头紧,一次性盘下这万亩茶园得400多万元资金,拿不出来呀。再加上茶园改良,缺口更大了。你看,咱们把深圳的公司转让了,一家子都过来如何?我的确精力不济,也需要你过来帮我呀。"常理眼里满是诚恳。

姚遥道:"我知道了,你这一步步地安的什么心。我且问你,放弃深圳公司,说明什么?那我们一家人就没有退路了,你玩的可是破釜沉舟啊。你真有这么大的把握,能把你那个'水经''茶经'给念囫囵了?"

常理头一昂:"你应该相信,你老公从来不是那种豪赌做派啊。"

姚遥沉默不语⋯⋯

第十七章

七十

秦榛的伤势在父母照料下恢复得不错。待了一周,见女儿伤情稳定,只需静养,两人一商量,留下母亲陪护,父亲先行返回老家。

秦榛从没这样闲下来过。她一时感到无聊之至,除了刷手机,便是看书。眼看一个月了,感觉已无大碍,生活上基本能自理,便催促母亲回去,不放心父亲一个人在老家。

秦榛住的院子有个诗意的名字,叫作"蓝港湾"。这是局里专为单身的年轻人准备的地方,原来是南郊税务所的办公地址,紧邻县城,地理位置方便,机构改革后,空置出来。近几年,天南海北的年轻人通过国考到龙承工作的越发多起来,他们在龙承安心,就是让远方的父母家人放心。艾敬民相中这处闲置的小院子,拨了专款,把四层的办公楼改造成了宿舍。后面原本有一栋住房,只要稍加修缮即可,原有的食堂、宿舍、澡堂、图书室、文体活动室,"五小"设施一应俱全,再聘请食堂师傅及勤杂工,这样一来,三十多个年轻干部的吃住问题迎刃而解。

院子后面是一条弯弯的小河。当地老人讲,这条河够神奇的,一年四季水声潺潺,即使枯水季节似乎也没有见它干涸过。老人们说,这条小河肯定是从地下跑出来的。是以它有个奇特的名字,叫"跑泉河"。河水清澈，水草丰茂，春夏秋冬景致更迭，各有韵味。院子恰好坐落在小河的臂弯里，小年轻们闲来无事，给院子取名字，有叫"税务小院"的，有叫"月亮岛"的，有叫"温馨园"的，不一而足，最后大家一致认可秦榛取的"蓝港湾"。

秦榛妈妈这是第一次来到"蓝港湾"，耳闻目睹之下，她也就放心了。小年轻们一下班回来，总有人上门，或陪秦榛聊天，或帮这帮那，她倒显得像是多余了。见到秦榛与大家相处甚欢，她知道女儿已经很好地融入这个集体，尤其欣慰。唯一让她不放心的是女儿的终身大事，老大不小的年纪了，在老家和秦榛一般大小的女孩子，几乎都已成家生子。可她只要和女儿提婚事，秦榛就不耐烦，不给她好脸色，让她别管，再一勉强，秦榛干脆回答三个字"不嫁了"，唬得她赶紧闭嘴。

一天晚上，她在医院里见过的那个小伙子来找秦榛，两人守在电脑旁，一块儿探讨什么软件开发之类的事情。小伙子就是艾知，长得文质彬彬的，也很有礼貌，秦妈妈满心欢喜，把从老家带来的零食一股脑儿地搬出来，一个劲儿地劝他吃。秦榛却故意嘟囔道："妈，你也给我留点儿呀，还说是给我带来的哩。"弄得秦妈妈一脸尴尬地笑道："你这小妮子，好不懂事，人家小艾可是客人哪。"边说，边往艾知手里塞一把开口大榛子。秦榛说："好啦好啦，你忙你的去，我们可还有正事要做哩。"反正他们谈的，她一句也听不懂，秦妈妈识趣地出门溜达去了。

几天之后，艾知又来过一次，两人叽叽咕咕地又在电脑旁待了老半天。等艾知走后，秦妈妈问女儿："小艾家里是本地的吧，他是哪里读的大学呢？你们是怎么认识的

呢？"秦榛一听不耐烦了："这又开始查户口了，拜托您老人家，别'咸吃萝卜淡操心'好不好。"秦妈妈还有若干疑问有待解答，眼巴巴地望着秦榛。秦榛干干脆脆地说："知道你又想啥子了，我们只是朋友，他来向我请教问题。"转而搂住妈妈的肩膀柔声道："怎么样，很不错吧。"秦妈妈忙说："不错，很优秀的小伙。"秦榛朝妈妈撒起了娇："我是说我呢，妈，你扯到他那里干吗？你女儿确实够优秀吧，不然人家也不会向我请教哩。"

"不过呢，他也勉强够得上优秀吧，和他说啥，一点就通。"

"就是说嘛，妈的眼光从来不会看错人的。这小伙一看就知书达理，长得也帅气。"

"我妈典型的'外貌协会'，人家帅不帅关你啥事。"

"说真的，妈看呀，这小艾和你挺投缘，你的终身大事可是妈心头压着的一块石头。"秦妈妈套起了近乎，"咱闺女啥时候把这块石头给妈搬开了吧。"

"不跟你说了，听得我耳朵起茧子。你别担心，你这么聪明漂亮的女儿，难道会嫁不出去吗？"

"你呀，就知道跟我贫嘴。"

秦妈妈没多久回了老家。临走，她特意托院子里的小杨找了几份《龙承报》带回去，上面刊登了报道秦榛的新闻稿件。

周六这天的下午，艾知来找秦榛，告诉她"智能安防"系统已经通过专家评审，老板特地放了他半天假。他满心高兴，说要请秦榛一道小小庆祝一番，表达对她的谢意。他担心秦榛的伤，秦榛轻轻活动了一下腰肢，没有感觉到不适，嘴上说在家一待就是这么久了，下周得上班去，却并不明确接受艾知的邀请。艾知玩笑道："正好出去放放

第十七章

风吧。窝得久了,心里只怕也发霉了呢。"秦榛一甩长发,笑道:"那好吧,本姑娘今天就'屈驾'了。"艾知大喜,说:"爽快,到底是'渔娘'!"

秦榛便问准备去哪里,艾知却卖起关子。"暂且保密,"又说,"是一个充满温馨的私人会所,特别定制了足够非遗级别的传统美食。"秦榛调侃道:"私人会所可是敏感词语哩。"艾知怕她心生变卦,忙解释,他有分寸,放心好了。秦榛看着他澄澈的眼睛,说:"那本姑娘可期待着了。"她让艾知先下楼等,她马上下去。艾知出来赶紧给妈妈发了条信息,告诉她:"事已定,速准备。"

当车子驶进滨江嘉园时,秦榛感到有点儿异样,她问怎么到这小区来了呢?艾知说:"私人会所嘛,就在这个小区里面的十楼。"

滨江嘉园临涟水河,在龙承属于开发较早的楼盘,一河美景,尽收眼底。来到1001房间门口,艾知刚敲了一声,里面有人立马答应"来了来了"。秦榛看见一位年过半百的阿姨,笑吟吟地打开了房门。进得门来,秦榛一打量,第一感觉这不像会所,分明就是居家的布置,虽算不得奢华,但收拾得干净整洁。阿姨忙不迭地请坐、泡茶,茶几上摆放着水果及各式零食,秦榛疑惑了,心想自己被艾知给摆了一道,不由得脸上愠怒,艾知已扯着阿姨的胳膊介绍说:"这是我妈妈。她就是'渔娘'。"慌得秦榛连忙鞠躬说:"阿姨好。"楚玉昭笑眯眯地看着秦榛,说:"好好好,别客气,坐下吃点水果。我这就去准备,很快就好。"

待她进了厨房,秦榛脸上没了好看,她低声责怪艾知为什么要骗她,艾知笑嘻嘻地说:"没有啊,我说得清清楚楚是私人会所,充满温馨的会所。"秦榛瞪了他一眼:"还狡辩,难怪有人说,千万不要相信网友的鬼话。"艾知装出一副无辜状:"冤枉哉也。"秦榛感觉现在骑虎难下。以她的个性,真想一走了之,她生气的是艾知瞒了她,直接带到家里来,未免太唐突。可是,许多时候由不了自己的性子,这就是生活中的无奈。妈妈了解女儿的脾气,走时还反复叮嘱她凡事要多思考,不能任性。妈妈特别强调,在外面不是在家里,对别人不能像对家人。她不能拂了艾知妈妈的一片美意,让她下不了台。艾知自然捕捉到她的不快,为了缓和气氛,他想了一招,向秦榛一本正经地请教起统计分析知识,这是他经常要接触到的专业。

楚玉昭从厨房出来,看到两人交谈甚欢,心里乐开了花。她忙着做蛋糕花,这是她早就向艾知说过的,一定要请这个叫"渔娘"的姑娘来家里品尝她的拿手菜。她想这姑娘明明生得漂漂亮亮的,怎么取个土里土气的名字呢。

晚上六点半左右,艾敬民回来了,一见秦榛,愣住了,秦榛也愣了,脸上飞起浅浅的红晕。

艾敬民对秦榛出现在家里感到意外,事先没听艾知透露半点,他说:"小秦来了呀,欢迎欢迎。"秦榛想解释,艾知抢先说:"她是我骗过来的,不过声明一下,不是绑架。"艾敬民笑道:"来了就是客。听艾知多次讲过,你对他的帮助很大,我觉得这很好,成就别人,也是成就自己嘛。"转而对艾知说:"你别认为自己开发了软件就了不得,人家小秦可是全县的楷模,团市委都发出号召要向她学习。"说得秦榛不好意思,脸上更红了。

丰盛的菜端上了桌,艾知夹起一块蛋糕花放到秦榛碗里,表情夸张地说:"这是我妈的招牌菜，我说非遗级别的，真不是吹牛，蛋糕花已经被人申请省级非遗食品了，舌尖上的非遗美味。"

七十一

秦榛决定正式上班。去水府前，她到县局机关一趟，碰到收核股股长刘丽宁，她悄悄告诉秦榛，听说局党委想要她回机关担任团委书记，几多好的事呢，下基层也够了，正好借机回来。秦榛不愿意，她坚持回到岛屿税务服务站，理由是她刚熟悉那里的情况，还有许多自己想要做的事情没来得及做。刘丽宁说："见过犟的，没见过像你这样犟的，九头牛拉不回。"秦榛到底回了岛屿上。

因为疫情延期安排的新进公务员，通过省局的岗前培训后终于上岗，龙承县局新来了二十五名。艾敬民松了一口气，人手紧迫的问题可以缓解一下了。经党委研究，进行了人事方面的微调，税政股股长宋宝华任职年限还有半年即满，他主动提出退位，便将姜功名调来主持工作，高上调县局减税办，兼任局团委书记。

转眼间，春暖花开，四月的田野上，春意盈盈。淅淅沥沥的雨声里，一轴色彩斑驳的乡村风光图画在眼帘次第展开，缤纷的紫云英、嫩绿的野草、金黄的油菜花、被风吹皱的一池春水、在屋脊上悄然滑过的鸟鸣，这一切，让人目不暇接。空气清新甜润，霏霏春雨把人的五脏六腑仿佛都清洗了一遍，目光湿润，脚下却无端地轻快起来，众人来到离休干部汪青松的家。一栋二层小楼伫立在乡间宁谧的版图上，房前屋后拾掇得干净、整洁，质朴中氤氲着一派祥和、安静。

午暖还寒的天气，老人端坐在堂屋的电暖桌边，等候大家到来。这是县局团委和"蓝丝带"志愿者们开展的一次主题教育，高上带着新入职的青年干部去看望百岁老人汪青松，让年轻人接受传统教育。他双目失明已经三十余载，眼窝深陷，表情一如既往地平和。老人早两天才从住院部回家，声音依然那般洪亮，开口便是满腔的感激之情，那一双老树皮般粗糙的手握紧高上的手，爽朗地应答着他的问候："如今是丰衣足食过日子，心情愉快度晚年哩。"他孩童般"呵呵"地笑着。

汪青松曾经是地下党员，那一段尘封在历史烟云中的荣耀，焕发出让人敬仰的光芒！

岁月如风雨飘摇之中的行船，历经生活磨难的汪青松顶着风霜雨雪，在一路跌跌撞撞之中书写自己的人生。

抗日战争时期，他做过国民党军队的情报员，负责搜集入侵龙承日寇的情报。脱离旧军队后，因为生计所迫，在"民社党"所办的刊物讨过生活，那一段日子于他来说，如在黑暗中摸索，看不到奔头，也没有方向。迷茫之中，他被地下党组织吸收为中共党员，他永远忘不了1948年8月的一天，他举起右手，宣誓加入中国共产党。提起当年那庄严的时刻，眼前这位百岁老人沧桑的脸上，写满了神圣。汪老说到了他入党宣誓的誓词，他情不自禁地朗声背诵："为党服务，奋斗到底，服从组织，执行决议，团结群众，努力学习，遵守纪律，严守秘密。"这八句话显然已经深深烙在这位世纪老人的脑海里，三十二个字的每一笔每一画，一定如刀刻斧凿般楔入了他的骨髓中。老人念完誓词，清癯的面容上舒展着愉悦，露出开心的笑容。

高上和小伙伴们仿佛看到他紧闭的眼睑后面，目光如炬，闪烁着坚定、乐观。

新中国成立后，汪青松成为共和国第一代税务人。

那时候，在龙承县第四区的税收征管工作，让汪青松记忆犹新：四区有二十个乡，只由两名税务人负责征管，汪青松负责十一个乡。四区每月的税收收入有三万元至四万元，币制改革后，每个月的税收收入有三百元至四百元。税收主要是屠宰税、对土纸征收的货物税和商品流通税。其中，屠宰税征管无疑难度最大。各乡都安排了一名经济委员协助征收屠宰税。经济委员负责派购牲猪的"先报后宰、先票后卖"税收控管以及非派购牲猪的屠宰税征收工作，并及时向税务人员结算上缴票款。经济委员收不上的税款，报告税务人员后，由税务人员上门催收。因为管辖区域大，没有交通工具，入村入户纯靠走路。入村查看、上户调查、进户催缴，有时为了收哪怕一元钱的欠税，也得多次上门往返奔波，一天爬山涉水几十里，成为征管工作的"家常便饭"。

汪青松牢记要团结群众的入党誓词，想方设法发动群众，提高群众认识，取得大家的支持。比如处理偷税漏税问题，他动员群众检举。一次，有个姓王的农协组长，特意从潭州喊了屠户，躲在山坳里头偷杀了一头猪。有群众向汪青松报告了此事，汪青松马不停蹄紧赶二十余里山路，前往实地察看。汪青松对其进行批评教育，使农协组长认识到了错误，追回了国家税款。

汪青松把每一分税款看得比自己的生命还重要，尽职尽责地按时足额上缴，守护税款安全。一次，他发现酒铺乡有个姓苏的经济委员，挪用收取的屠宰税，难以追缴。汪青松立即报请高级社王主任协助督促上缴。苏某迫于缴清税款的压力，却又打起歪主意，到酒铺沙塘湾合作社偷钱把税缴了。后来，苏某受到应有的处罚，被予以撤职。另还有一个彭姓经济委员，开票"大头小尾"（发票联数额大，而存根联、记账联数额小），也被汪青松及时发现查处。

他总是不厌其烦地在年轻税务干部耳边敲警钟，轻言细语地教育他们，要廉洁奉公，一刻也不能放松自律。

"峥嵘岁月稠"，他深信自己"为党服务，奋斗到底，服从组织，执行决议"的信念不会错！人世间的坎坷在汪青松老人平静的叙述里，变得风轻云淡，像窗外飘忽的绵绵细雨。大家不禁从心灵深处折服于这位老人的淡泊宁静，无论遭受多大的打击，遭遇多重的冤枉，他的意志丝毫不曾动摇！他始终不渝地坚定心中的信念，那一道信念的火花，仿若他心中一盏不灭的明灯。虽然视网膜病变导致老人双目失明，可他心里永远亮堂堂的，每天必收听电台，对国家大事特别是新的税收政策尤其关心。他说，最近中央出台减税降费的新政策，你们可不能打半点折扣，听得大家咋舌不已。这个眼睛看不见的老爷爷，心里跟明镜似的！

高上心想，因为他心中永远高擎着一盏明亮的灯！

他突然间仿佛明白了很多道理。是的，就是那种醍醐灌顶的感觉。

七十二

老前辈的口耳相传，给年轻一代上了生动的一课，效果远胜枯燥的说教。汪青松老人的人生轨迹，给了大家良多启迪。

高上趁热打铁，回来后组织大家谈体

会、谈感想。他特意请来艾敬民参加座谈，本来还担心局长坐在旁边，大家会不会有所拘束，没想到气氛出奇地活跃，小年轻们争先恐后地发表各自的看法，交流彼此的想法：有的说，从前辈身上看到了信念坚定的光芒；有的说，这是第一堂职业教育课，感受到爱岗敬业的精神多么重要；有的说，不论遇到多大的坎坷，不能轻言放弃；有的说，想想前辈走过的路，再看看自己，觉得真是太幸福了，要好好珍惜当下；还有的说，汪老的学习精神值得弘扬光大，如果专业知识不强，那就谈不上胜任本职工作，而且老人家践行了"活到老，学到老"，不仅关心国家大事，而且关注新的税收政策，连现在出台的减税降费新政都了解不少。更多的则表达了对老一辈的敬佩，结合自己的人生和职业规划，畅谈今后的打算。

有一个叫李智的小伙，却自问道，假如自己受到那么多磨难，甚至遭到不公正待遇，会不会做到像汪青松老前辈一样初心不改呢？他老老实实地说，现在的自己，没有作好这样的准备。

李智的自问自答，像是一场心灵拷问。他的话让大家一时间陷入沉思。

艾敬民一直面带微笑听大家发言，现在的年轻人，的确不可同日而语。他们知识面广，综合素质好，敢于表达，只要好好加以塑造，假以时日，必将成为税收事业的中流砥柱。他同时深感到一份沉甸甸的责任，怎么带好这支队伍，他作为一局之长要认真审视。

艾敬民的脑子里突然冒出一个新想法，实施一项"青蓝工程"，开展"以老带新"，尽快帮助年轻人成长成材。昔有"程门立雪"，立志于学。唯有青出于蓝胜于蓝，长江后浪推前浪，才会形成江山代有人才出的气象。

"老宋工作室"即在这一背景下新鲜出炉。宋宝华从税政股股长的位置上退下来后，强烈地表达出退位不退志的意愿。他敬业心强，又是业务老手，给他一个崭新的平台，他仿佛焕发出第二青春，他的工作室像一块磁铁石，将十三名近两年里新进的年轻干部吸引过来。看到年轻人勤学肯钻，老宋打心眼儿里感到欣慰，但同时，他也感觉到肩上的责任，毕竟学无止境，谁也不能保证自己就是一个"学术完人"。宋宝华思来想去，决定在工作室推行导师制，延请有专长的税务干部作为工作室的导师，这样能突出专、精，博采众长，针对性、实战性更强。他的想法得到艾敬民首肯，认为这不失为一个活跃学习氛围、提高业务技能的好办法。老宋制定了工作室规划，根据不同时期的工作重心，对工作室成员分步骤予以针对性辅导。当前重点无疑是减税降费，宋宝华为此向文妍抛出"橄榄枝"，诚挚邀请她担任工作室减税降费业务导师。他不无歉意地告诉文妍，这完全是义务的，不仅没有一分钱报酬，还要耗费不少精力哩。文妍听他介绍，来了兴趣，说这是个好主意，既能培养人，又能解决实际问题，一举两得，何乐而不为呢？她爽快地一口应承，只要有需要，随喊随到。

工作室平时以线上交流为主，宋宝华和导师们随时为大家解难释疑，每周适时集中一次交流。这样的方式，让李智尝到了甜头，学到了书本上学不到的实操经验，他很快地进入了角色。他发挥自己信息专业优势，开发出一个减税降费计算器App，纳税人只需输入企业基本信息，App就能自动判断享受哪条优惠政策，并计算减免金额，仅

第十七章

仅几秒钟,让复杂的政策,一举转化为实实在在的减免数字,能省多少钱一目了然。一开始,纳税人满怀疑虑,不知道这样算出来的靠不靠谱。那天,正好穆斯晴来申请退税,她好奇心顿起,动手试了试,结果让她大吃一惊,App算出来的数据和她的申报数毫厘不差!于是乎,减税降费计算器App迅即蹿红。

"老宋工作室"试水成功,县局制订了"青蓝工程"计划,在全局系统推行"师徒制",规定师父与徒弟结对的相关要求,并特地组织了一个富有仪式感的拜师活动。二十位经过严格筛选的师父,接受三十一位徒弟敬献的"尊师茶",师父则回赠给徒弟一句寄语和两本税收业务书。简短的仪式,既体现传统尊师重道的古典味道,又兼具时代创意,散发着庄重而热烈的气息。当高上得知自己也被确定为师父时,他的头摇成了一个拨浪鼓,他和秦榛两人是师父团队里面最年轻的,高上连连说"才不配位"。艾敬民找他谈话,说"三人行,必有吾师",希望年轻的师父能和徒弟相互成长,帮助别人,也是成就自己。高上只好领命,没想到田扬竟然选择当他的徒弟。高上觉得田扬简直是在让他难堪,单从年纪上来说,他比田扬大不了几岁,无非早三年参加工作而已。可田扬认真地说,他最应该学习的,是高上对工作的那份热情,干啥都投入的那股拼劲儿。话说到这份儿上,看着田扬一脸的真诚,高上不好拒绝了,心想,相互成长,相互成就吧。却分明感受到了一份压力,要知道,"师徒制"可不只是一个徒有虚名的噱头,还有一系列的考察规则,譬如开展师徒擂台赛、评选最美师徒等。拜师仪式上,艾敬民要求,"青蓝工程"不搞花架子,要搞就要较真,搭起"逐梦台",让"逐梦人"唱大戏。

税收宣传月来临后,"老宋工作室"牵头组织了一次全县减税降费知识专项竞赛,税企同台竞技。钟振声对这个活动很感兴趣,他对艾敬民说,税收宣传不是"独角戏",而是"大合唱"。他特地安排,把政府大礼堂作为一百名税务干部和一百名企业财务人员的笔试考场。

四月八日这天,竞赛如期举行,县电视台进行了现场报道。那场面可谓蔚为大观,参赛者一个个专心致志,笔尖沙沙作响。考试成绩出来后,穆斯晴夺得财务人员序列第一名,高上摘取税务干部序列桂冠。月底时,又在县广播电视台直播厅进行了减税降费知识电视直播抢答赛,八支队伍分别由税务局、神风制造、"万家香"、经纬物流、"水文章"、水府春风智慧园、鹏展新能源和桑德电子组成,每队三人。经过必答、抢答、风险题三轮角逐,最终由穆斯晴领衔的桑德电子队一举夺魁,由高上、秦榛和田扬组队的税务代表队和神风制造并列第二名。看着常务副县长钟振声亲自给桑德电子队颁奖,高上心里闷闷不乐,他心想这次栽了,连企业队都没赢,很没面子。钟振声却不这么看,他说企业队获得第一名,反倒是他最希望看到的结果,体现出龙承的纳税户对国家的减税降费政策关注度颇高,说明财务会计对税费业务钻研得深、理解得透。他强调,税收宣传月虽然是税务局主导的宣传活动,但应该全社会广泛参与,把"独唱"演绎成"大合唱",把"独奏"演绎成"交响乐"。

第十八章

七十三

文妍在时隔八个多月之后再次踏上龙承的调研之路。

那次从龙承匆匆赶回潭州的记忆,让她感到路程是多么漫长。她永远无法抹去抱起女儿冰冷的身体时,那种撕心裂肺的痛楚。她也不止一次地想,如果那时自己在女儿身边,也许就能及时送医院抢救,女儿今天一定还活蹦乱跳地站在自己跟前。

理智告诉她,与其沉沦其中,不如尽快走出来,她选择用工作去麻痹神经。秦榛揭榜研发"增值税期末留抵退税风险验证指标防控实操模型"时,特别邀请她来龙承指点迷津。她委婉地回绝了,两人只在微信或电话里交流沟通。后来秦榛遭遇车祸,她本想过来看望,可秦榛却坚决不让她来,说她爸妈都从老家来照顾了,只需要静养。文妍也就作罢。

这次来龙承,却是她主动请缨。

鉴于疫情对市场经济的冲击,在抓好国家减税降费政策落实的基础上,潭州市政府拟进一步出台地方性扶持措施,因此分别交给市税务局及财政、建设、人力管理等相关职能部门一系列调研任务,如延期缴纳税款、重点项目建设、减免涉企行政事业性收费、企业办公和厂房租赁成本问题,以及潜在的企业裁员问题等几个具体方面。文妍承接了其中一个关于"社保等正常缴费困难问题调研"的课题。这次调研将作为政府决策的重要依据，文妍自然掂量出了其中的分量。

她选择去龙承，则是因为根据她平时掌握到的情况，缴费问题在这边具有代表性。她要做的就是深入企业，在重点解剖、综合分析的基础上，提出建设性的建议。

来到龙承的两天时间里，她马不停蹄地走访了龙承经开区的几户规模企业，如神风制造、"万家香"、经纬物流、桑德电子，也走访了几户小规模纳税人，了解到有的企业确实还存在短期现金流负担较重的现象，制约了企业的生产经营。减税降费政策的推行，无疑对于提振企业信心、缓解资金短缺的矛盾，起到了积极作用。但毋庸讳言，一些体量小、产品滞销、抗风险能力弱的小微企业，现金流负担压力更为突出。走访中，她听说一件事，鹏展新能源公司被职工告到劳动仲裁委员会。她打电话去劳动仲裁询问具体缘由，却被告知正在审理之中，无可奉告。文妍较上真了，干脆直接联系当事人——鹏展新能源的董事长龙驰。

龙驰一见她提起这事，不禁大呼冤枉。他详细说明事情的始末：鹏展借助水府春风智慧园这个"高精尖"平台，研发的气凝胶、碳纤维增强陶瓷基/碳基、树脂基复合材料等，可以广泛应用于新能源、5G基站、航空航天、海洋工程、节能减排等领域，前景广阔。

"新材料领域的应用非常广阔。疫情对制造业是一次洗牌。全面恢复经济秩序后，各行各业对新材料的需求会越来越多，其中也蕴含着许多商机。"龙驰说，"如果说去年是坚持，今年就是要突破。我们和江洲省社会科学院正在商榷，打算共建先进复合材料产业研究院。这样能更有效地把这些新材料企业聚在一起，一方面可以产生规模效应，形成产业链，另一方面还能共享客户。春节期间，本地人还没放假，实行轮班，二十四小时不停产。"人才是科技创新的关键。公司正在不断吸纳新材料领域的优秀人才，因为公司投入较大，资金已经很紧张。龙承县政府三月初出台了稳岗返还上年度失业保险50%的政策，龙驰便耍了个心眼，先只缴纳一半的失业保险，向职工承诺，余额在政府返还部分到位后补齐，职工们基本没有异议。导火索是春节加班工资的发放。以往公司基本上不需要加班，按两班或三班轮，偶尔有加班，休息日加班费都是按两倍计算，老员工习以为常。没想到新招进来的一个陈姓职工这次提出了反对意见，认为应该按三倍计酬。这个员工是龙承本地人，春节安排了他上班，不巧的是，他春节后即准备辞职去上海工作。龙驰委托鹏展的副总经理曾继新负责处理这事，本来按三倍也不是大事，可是曾继新却认定这名员工是以辞职为要挟，两人谈了个不欢而散。陈姓员工一气之下向劳动部门投诉，附带捅出失业保险只缴50%的内情。政府返还部分还在走流程，因而尚未到位。这事搞得龙驰尤为被动。他懊恼地说："我现在可后悔了，千不该万不该打小算盘，因小失大。现在的员工可不好管理哩，维权意识强得很哟。"他告诉文妍，他已经和劳动部门进行了深度沟通、衔接，并筹措经费全额补缴了欠费，事情有望得到调解处理。为此，他还抽回了和常理的"水文章"合作开发"水黄金茶"项目的股金。"那也是忍痛割爱，迫不得已啊，"他摇头苦笑道，"我一直心心念念要做一篇水府黄土茶的文章，还是别想那满天麻雀都抓到的好事了，先老老实实把眼下的事情干好吧。"

对于今年，鹏展还有个小目标。"我们已经计划冲击科创板！"龙驰说，"由于新材料研发周期较长，希望政府相关部门要对初创企业多一些宽容和支持，支持企业长线发展。"文妍点点头，觉得他说到了点子上，看来这一趟她没白来。

第三天，文妍还想走访涉农企业，这样几大行业就基本上都包括了。恰好秦榛得知她来龙承的消息，打电话过来邀请她去水府。文妍对她说："我可是来调研的，不是来休闲的。水府属于旅游区，还是等哪个周末过来吧。"秦榛道："那你只知其一，不知其二。水府现在还有生态综合开发呀，'水文章'你知道吗？就是与农业紧密相关的涉农企业。"文妍将目光投向旁边的高上，高上点点头。文妍便回答秦榛说："'水文章'倒是听说过，不就是一个从深圳返乡创业的企业家弄起来的吗？我早在市电视台看过他的报道。只是不晓得'水文章'具体经营什么。"那边秦榛继续鼓动她："听高上说，你不是要调研涉农行业这一块吗？正适合了。早两天常总还在对我说，他新搞了一个项目，叫啥子'水黄金茶'，有一些税收问题，希望我们去了解一下。你过来我们一起去，市局的专家来了，更有权威。"高上轻声地对文妍道："我也觉得您去调研挺好的。"

文妍不再犹豫，和高上乘车直奔水府而去。

七十四

正是春末夏初。没有刚入春的料峭之寒，也没有盛夏的炎炎燠热，五月，温和而不疏淡，热烈但不拘束。一场霏雨刚过，五月的阳光绽放着温柔的笑容，明媚得纯粹而惬意，天空沉静，草木欣然。车窗外一掠而过的田野里，绿油油一片，五月的大地，脚下延伸出无边无际的翠绿。文妍的心情跟着蜂飞蝶舞起来，她透过窗子遥望远山如黛，苍翠如濯，漫山遍野翠色盈盈，风光如画。文妍想象那一垄一垄的深邃里，汗水洒落下一地春华秋实的喜悦。五月的心思，迈着不紧不慢的细碎步子，款款走进她的心里。

秦榛和常理已在水府码头等候，相互介绍过，秦榛望着文妍，张口说："不是搞迎来送往，为着节约时间，常总开自己的快艇，接我们直接去他的企业看看。"文妍笑道："瞧你这快嘴利舌的。"高上冲她眨眨眼，打趣道："秦榛莫不是你肚子里的虫子吗，对你想的啥了如指掌。"

常理引导一行人登上一艘白色快艇，有六个座位，前排、后排、中间各两个。常理介绍说，疫情解封后，来水府休闲的人日渐多了，他今年新购买了三艘快艇。文妍说："那可以享受留抵退税呀。"常理回答说："当然，早就办好了。"秦榛笑文妍，真是三句话不离本行。

穿上救生衣，系好安全带。快艇速度并不快，应该是常理特意交代了驾驶员。文妍和常理坐在中间的座位上，她一边欣赏岸上风光，一边和常理聊起来，看似随意的话题，其实围绕着她想要了解的内容展开。常理说，随着"水文章"公司规模扩大，今年职工人数增加了一百三十多人。许多公司眼下难招到人，用工困难，他的公司之所以招到新员工，其中一个原因就是返乡潮的出现，不少人回到老家后，便就近择业。而公司要想留住人，首先要确保待遇一分不少，除正常工资外，如养老保险、失业保险和工伤保险等几项常规性社保也必须到位，否则就算员工不闹事，相关职能部门也会找上门来。疫情刚刚有所缓解，实话讲，公司压力不小。他讲到前不久发生在鹏展新能源的一起劳动纠纷。受此影响，鹏展把入股"水黄金茶"开发的股金硬是给抽走了，龙驰一直念叨着水府黄土茶的开发，不是迫不得已，不会走到这地步。但是这样一来，常理明显感觉到资金压力陡然增大了。

河面宏阔，清清的河水倒映出另一片蔚蓝的天。这时，文妍的目光被一只白鹭优雅的身影拉长，白鹭展开翅膀，仿佛从一片天空上起飞，到另一片天空中翱翔，或上下盘旋，或左右滑翔，在蔚蓝色的背景上，绘出一条灵动而优美的弧线，如一根纤绳，一点点地将她的目光朝对岸的岛屿拉过去。

这时候，秦榛说："文妍姐，你难得来一次水府，要不要体验一下水上飙船的感觉呢？"

高上早已按捺不住了，他说："正是咧，坐快艇都坐成了散步一般，不过瘾。常总，你这艇能快得起来吧？"

常理回头一笑："当然能，不然怎么叫快艇呢，不好意思啊，刚才只顾着和文科长聊了。"他伸手在驾驶员肩膀上拍了拍，说："小郭，看你的了。"

文妍叮嘱了一声："安全第一。"

"好咧。坐稳了。"小郭眼睛盯住前方，脆爽爽地回答。

话音刚落，快艇就像离弦的箭一样，贴着水面飞驰起来。水面像被一把利剑劈开，浪花沿着快艇两边翻滚。

文妍第一次坐这样的快艇，惊了一跳，神经立刻紧张起来，心跳急剧加速，心似乎就要跳出来了。常理注意到她的神态，大声给她壮胆："别害怕，放心吧，小郭技术棒棒的。"

一朵朵棉花般洁白的云，悠闲地飘在蔚蓝的天空中，金色的阳光穿过云朵，洒了下来，湖面波光粼粼，远处群山连绵起伏，若隐若现，让人心旷神怡。

船突然颤悠起来，一圈一圈的波浪不知道从哪个方位传递过来，眼看着近了，近了，再近了，眨眼间就扑到跟前，一排一排、一波一波，喑哑地嘶鸣。越近，气势越大，咬噬着船舷，咬出满嘴的水花来。油画一般凝重沉静的风景，随着船只的摇摆而晃荡。

水花飞溅，原本水平如镜的湖面变得波涛汹涌。突然，一个浪头打来，快艇一下子"飞"起来。文妍不由得尖叫一声。突然一个左转弯，快艇向左漂移，她感觉要被甩进湖里了，不禁捏了把冷汗。船一会儿向左倾斜，一会儿向右倾斜，让人在快速转弯带来的刺激感中，发出阵阵惊呼，仿佛坐上了水上"过山车"，耳边只能听见呼呼的风声。快艇左右摇摆，就像在浪花中行走……小郭操纵自如，左拐右拐，神龙摆尾，真就像在飙车一般。

快艇直奔黄金岛。文妍一看，分明是绿油油的一片茶山，没想明白怎么会叫"黄金岛"这个名字。常理说："你看这满山长出来的不都是真金白银吗？"文妍笑道："说得好，这就是一座金山银山哩。"

茶山上采茶正忙。常理介绍道，这是采的正春茶。清明前后，经过一冬的蛰伏，茶的嫩芽纷纷冒出头来，将芬芳悉数献上。清明前的茶叫早春茶，即人们常说的明前茶，清明后的茶即正春茶。早春茶采摘季节一般

| 春风引 |

在公历三月五日左右,就是从农历二十四节气中"惊蛰"这一天开始。茶树冬眠了整整一个冬天,经过春雨那么温柔的轻轻一浇,苏醒过来,吐出嫩芽。大规模采摘则在三月二十日左右,也就是农历二十四节气中的"春分",那时茶树大部分都在萌发第二茬芽了。早春茶的采摘在"清明"过后十天左右结束。采摘正春茶的时候紧跟着到来,这个时节正是二十四节气的"谷雨"。随着降雨量的逐渐增加,茶树再次发出新芽,直到"小满"的前一天春茶才宣告全部采摘结束。一年四季都可以采茶,但以春茶最佳,也就是纯毛尖。

常理讲起茶经一套一套的。文妍心说,这真是个干实业的。

被修剪过的茶树齐整有序,茶树丛中人头攒动,女人们边采茶边唠着家常,互相打趣,欢声笑语掉落一地。墨绿的母茶树上长着一层花儿一样的嫩芽,文妍信步来到一位采茶大嫂的身边,看她如何采茶。只见她动作麻溜娴熟,伸出拇指捏在食指的第二指节位置,将茶芽根部夹到中间,轻轻一用劲,茶芽就断了下来。然后顺势将茶芽推到其他手指虚握的手掌中,再去采摘下一颗芽。手不停地在茶树上点击,鸡啄米般,很快手里满满的一把茶叶。手往肩头一扬,五指一松,茶叶就散落进背上的背篓中,再接着采摘下一把。由于茶树不高,大部分时间都得弯着腰,表面看挺轻松,不用费多少气力,其实也不好受,容易疲惫。文妍看到采茶大嫂的额头上,早已沁出一层细细的汗珠。常理说,采茶可得抢时间呢,所有茶树同时发芽、同时长大,同时需要采摘,那是采茶最忙碌的时候,耽搁一天茶叶就长大了一些,质量就下降了。

文妍的视线跟着采茶大嫂的指尖上下左右跳动,远远地飘来悠扬的歌唱,声音清亮婉转。常理笑说,这是茶园里的"百灵鸟"在唱歌,她叫叶子,一个渔家姑娘,原本在广州打工,今年回来照顾患病的母亲,很有孝心的姑娘哩。文妍仔细谛听,"百灵鸟"唱的是:

…………

三月里采茶茶发芽,
织个背篓采春茶。
左手采来阳雀叫,
右手招来蝶采花。
叶子来自水府家,
背篓渔歌背篓情。
黄金岛上拜月老,
冤家桥下摸鱼虾。
采呀采呀采嗨哟

…………

踏着一路歌声,从茶园出来,走到生产车间,全自动智能化生产线,机声隆隆。车间里一尘不染,弥漫着淡雅清香。"水黄金茶"属于长炒青绿茶特珍序列,形似眉毛,外形紧细圆直,有锋苗,色泽绿润。在品茶室里,常理泡好一杯明前茶请大家品味。这是最先冒出的茶叶,称为头道茶,是一年中最好的茶叶。果然如此,一片片"水黄金茶"肥嫩紧实,芽毫丰满,香气高鲜持久,茶汤入口,滋味浓醇爽口。

中午,一行人在茶场的食堂就餐,一道"鸡汁水黄金茶鱼片"色香味俱佳。文妍问道:"你们职工食堂会有这么好的伙食吗?"常理坦率地说:"这道菜是特意吩咐师傅做的,其他菜和职工的一模一样。'鸡汁水黄金茶鱼片'是依我的创意开发的,请客人尝尝鲜。"饭后,文妍执意交100元的伙食费,常理愕然，自然不肯要。秦榛打圆场说："伙食费肯定要交，但不用交100元啊。'鸡汁水黄金茶鱼片'又不是你一个人吃了，大家平摊才合情合理。"文妍说："还有交通费，快艇带着我们畅游水府，可不兴免费的。"最后每人交了餐费和交通费共70元，常理让财务打了收据，才算了事。

刚吃罢，天色陡然阴下去，太阳躲进厚厚的云层，刮起风来。文妍着急地说："昨晚看天气预报就说今天有暴雨，看来讲得准，得赶紧走了。"

常理则以见惯不怪的口吻道："这个季节有雨再正常不过了，春天的天，娃娃脸嘛，说变就变，一会儿哭一会儿笑的。水府这一块水土涵养好，雨水也好像更多一些。"一边吩咐小郭赶紧去准备快艇。

七十五

快艇驶出不到一刻钟，天上乌云翻滚，似乎要向水面挤压下来。下雨了，一开始只是小雨，霎时间，电闪雷鸣，暴雨如注。狂风乍起更是令人惊慌，越刮越大的风和雨水搅拌在一起，像密集的子弹"噼噼啪啪"射来，打在人的脸上针刺一般疼痛。顶风逆雨的快艇颠簸得异常厉害，文妍已经感到透不过气来。常理显然也有点儿恐惧，他大声疾呼让小郭把速度降下来。要命的是，他话音刚落，豆大的冰雹倾泻而下，砸在舱里，乒乓作响。这场暴风雨来势甚猛，快艇变成一头惊慌失措的小鹿，在黑茫茫之中乱撞。高上被一颗冰雹击中额头，痛得叫出声来。秦榛大喊，让文妍学她把手提包举到头上护住，徒劳地抵挡冰雹的攻击。

常理强睁眼睛，打量一下四周，突然发现快艇竟然误打误撞到卧虎洲水域来了。这是水流最为湍急的地段，而且水下暗礁遍布，像张牙舞爪的老虎，随时都准备吞噬生灵。是以被人称为卧虎洲。船老大们熟悉这里的水势地形，平日里吃水深的货船，一般不会选择从此经过，其他的船只也尽量绕行，必经者自然也是小心翼翼的。

常理赶忙从座位上起身，躬腰朝小郭那边挪动步子，一股大风袭来，把他搡得脚步踉跄。他附在小郭耳边大叫道："靠岸去，靠岸边去。"偏偏快艇此时熄火了。小郭猫腰手忙脚乱地摸索了一阵，好不容易才重新发动起来。小郭还算冷静，他不敢全速前进，死死地握住方向轮，朝岸边一点点挨过去。在暴风骤雨无情的碾压下，巨大的恐惧像一张密不透风的大网，笼罩住这一叶飘摇的小艇，每个人心里塞满了近乎绝望的惊恐。

秦榛偶然一抬眼皮，依稀看到前面有一艘机帆船正在艰难跋涉过来。她大喊道："有大船。有船来了。"常理闻声眺望，果然见到黑黢黢的船影。他正想呼救，随着半空中一声震耳欲聋的惊雷炸响，一个巨浪掀过来，把快艇吞没了。

艇上的五个人悉数落入湍流之中。

文妍感觉自己坠入了一个无边的深渊里，"旱鸭子"的她脑子里面一片空白，好在救生衣还牢牢地系在身上，身体在波涛里上下沉浮。这个时候哪怕有一根稻草漂过来，她都一定会死死地攥紧，可她双手下意识地胡乱扑腾，什么也抓不着，鼻子里呛了水，像灌进辣椒水，刺得她咽腔火辣辣地疼。可是眼下直抵肺里的疼痛似乎也算不了什么，比疼痛更惊骇的是无助之际的绝望，恐怖像一浪高过一浪的波涛，张开血盆大口，随时准备生吞她。

秦榛也不会水，她见识过水府恶劣的天气，但没有见过今天这般极端，飓风暴雨，还有冰雹，不分青红皂白地直砸下来。她比那几个落水的显然幸运多了，快艇被浪打翻的一刹那，无意间一把抓着了右舷边沿，她听船架佬讲过，落水后只要能抓到任何漂浮物什，都可能给自己带来一线生机，不至于让不习水性的人马上溺入水底。她死命地抠住不放，身体紧贴着快艇漂浮，这样便节省了力气。一个凶猛的浪头打过来，她赶紧吸气闭嘴，待浪峰过去，再从水里探出半个头来，看到文妍正在波涛中一沉一浮，双手无力地摇晃。她撕破嗓子朝文妍喊，向文妍靠拢，可文妍显然已经精疲力竭。秦榛心急如焚，哭喊起来："救命啊，快救文姐啊。"泪眼迷茫，她终于看到风高浪急里有两条身影奋力地游向文妍。她腾出右手，揩了一把脸上的水珠，看清了，那是高上和小郭。高上自小在海边长大，练就一身水性，快艇被恶浪突然打翻后，脑袋磕在一块礁石上，额头流出了鲜血。他一阵晕眩，不过很快被水流激醒，甩了甩头感觉已无碍，便四处搜寻落水的其他人员。他听到秦榛声嘶力竭的哭喊，循声望去，看见文妍正在被急流裹挟越冲越远。他迅即向她游去，这时小郭也从浪涛里钻出，尽力向文妍靠近。

高上和小郭终于一左一右地抓住了文妍的胳膊，此时的文妍双眼紧闭，意识模糊。高上和小郭只能尽可能地将她往上托举，避免她呛进更多的水。奈何水流太急，两人体力消耗得过大，带着文妍往岸边游去的希望已变得十分渺茫。

正在这时，一艘乌篷机帆船"突突突"地驶近，船上蒙的帆布顶已被大风掀得七零八落，站在船头的两个人，正是阮海阳和田扬。秦榛仿佛看到了昏天黑地里陡然燃起的星光，她扬起一只手，冲阮海阳猛挥着，大叫道："快，快去救文姐。"阮海阳顺着她的手势望去，搜寻到了风雨飘摇中的三人，赶紧对着驾驶舱一指，打着手势，把船开过去。

来到三人身旁，阮海阳纵身跳进波涛里，和高上、小郭一起，托的托，举的举，费了九牛二虎之力，文妍终于被田扬拖上了船。高上和小郭在阮海阳的帮助下，亦相继爬上来，两人顿时瘫软在舱板上。阮海阳来不及察看文妍的情况，指挥船驶向犹在水里挣扎的秦榛。秦榛得救了，她顾不得喘上一口气，连滚带爬来到文妍身旁，只见文妍脸色苍白，已经昏厥。在水府边长大的阮海阳明白，她肯定呛了水，以致窒息，他连忙跪在文妍身旁，解开她身上的救生衣，在她胸口上按压着，一下、两下、三下……，接着俯下身子做人工呼吸，往文妍嘴里连续吹了两口气。

这时，秦榛突然惊叫道："常理呢，常理不见了，人不见了。"小郭闻声爬起，四处张望，常理的确不见人影！高上扒着船舷朝白茫茫的水面呼喊着："常总——常理——"回答他的只有风浪的如雷咆哮声。而这边文妍依然毫无知觉，阮海阳见高上恢复了点气力，便招呼高上和田扬过来，示范着告诉他们继续给文妍做按压，按够三十下时，再人工呼吸两次。交代完毕，他直起身子，来到船头，小郭也紧跟在一旁，两人睁大眼睛往水面上寻找常理的身影。

七十六

昨天下班时，阮海阳接到了局里减税办和税政部门推送下来的一个核查任务单,在水一方文化影视小镇有一笔38万元的退税需要核实,他和田扬一大早就从服务站出发前往。影视小镇自从进驻水府后,前期开发了三个小岛,项目涉及文旅策划、影视基地建设和文化产品几大块,前景看好。疫情解封后,产业呈现繁荣景象,影视小镇也成为江洲省宣传口重点关注和扶持的一个崭新品牌。前往影视小镇需要转乘两趟客轮,交通不便,且客轮沿途停靠点多,速度最快也不过每小时三十多公里,不及快艇的一半。

等他俩完成任务搭乘乌篷机帆船返程,遭遇狂风暴雨,因为卧虎洲对岸有一个停靠点,船上还有三个乘客要下,所以船只好顶风冒雨往卧虎洲而来。没想到风浪太大,船根本靠不了岸,在风浪里徘徊着,像一头拉磨的老驴原地转圈。阮海阳远远看见一艘小艇被浪头掀翻,艇上的人员掉落水中,他赶忙跑向驾驶舱口,好在船长已经看到了那惊险的一幕。救人要紧!不待阮海阳开口,船便往出事的水域突突地进发。阮海阳火急火燎的心里滑过一道暖流,到底是水府的船老大,从来都有一副古道热肠!

阮海阳没有料想到,救上来竟然是文妍和秦榛她们几个。

冰雹停歇了,但怒吼依然的狂风,如一群群失控的野马,铁蹄纷沓,席卷而来。浪潮誓不罢休地翻滚,似乎在宣示着征服一切的力量。现在,阮海阳鱼鹰一般敏锐的目光,在汹涌的波涛中搜索常理的蛛丝马迹……

他发现了!隐隐约约,在一块突出的礁石边有一个人影。

可是乌篷船靠拢不了,一则浪高湍急,二则水底礁石密布。船长饶是经验丰富,此刻也心中无底。阮海阳一把脱掉上衣,赤膊上阵,一个猛子扎进浪里。急得秦榛大喊道:"穿上救生衣啊。"阮海阳哪里听得见,他浮出水面时,已到了丈许开外。小郭见状,跟着跳了下去。见秦榛跺脚跺手地哭喊,船长宽慰她说:"别急,莫哭,老阮水性好,他的祖宗可是水泊梁山的'阮氏三雄'哩。水上就是他的家。"秦榛瞪了他一眼,那意思分明在怪他,都什么时候了,还有心思开玩笑啊。

阮海阳游近了,看到常理耷拉着脑袋。都是水边上长大的,他了解常理的水性不会差到哪儿去,不应该是这样子啊,看来碰到了意外。他喊了一声,常理没有一丝反应,更加证实了他的猜测。好在常理现在被一块礁石挡住,看起来暂且无虞,不然的话,只怕早就被洪流卷走了。但棘手的是,滔滔水流让他眼下无法直抵常理身边施救,却挟持着他往下游冲去。眼看离常理越发远了,饶是阮海阳有着"阮氏三雄"的好水性,亦感到满满的绝望和悲怆。在自然界富于魔力的法则面前,生命是多么无力与渺小。

阮海阳在逆流里拼命地游,这样能尽量使自己被激流甩开得慢一点儿,再慢一点儿,情知凭一己之力已接近不了常理,除非老天开眼,奇迹陡现。他感觉体力被一点点耗尽,胳膊酸软,但不能放弃,唯有咬紧牙关坚持。

他时不时地扭头,目光死盯礁石后面的常理,常理橘黄色的救生衣成为他的聚焦点。忽然,他看到那个橘黄色的点在漂移,常理被浪潮从礁石后卷了出来。阮海阳心想,坏了,坏了。正不知所措之际,看到常理也往下游漂来,他顿时有了想法,只要尽快从斜刺里游过去,兴许就能截住常理。这个

| 春风引 |

念头在他心中激起一股力量，有了信心，他身体里仿佛注入了兴奋剂，四肢倏地力气倍增。

也许只有在电影里才会出现这样的镜头：在两人即将擦肩而过的瞬间，阮海阳猛地伸出左手，一把揪住了洪流中沉浮的常理！绝境逢生，此时常理已经陷于昏迷，他的确是在落水后，脑袋重重地撞上了礁石。此时阮海阳已经精疲力竭，他的牙齿咬得咯咯响，他用尽全身力气攥紧了常理的衣服，而他的意识慢慢模糊……

阮海阳模模糊糊的视线里，伸过来另一只手，那是紧跟过来的小郭。他绷紧的心弦霎时松弛开来，紧抓常理的手一点点松开。又一个大浪扑向他，他已无力抗争，一眨眼，被呼啸而至的浪潮吞没。

尾　声

阮海阳记不清自己在汹涌的洪水里漂浮了多久，他已经成了一截失去了知觉的木头。迷迷糊糊之际，他隐隐听到有人在大声疾呼他的名字。这声音穿透混沌，像是云层裂开时漏下的光。

危急关头，是"水府渔村"老板蔡笑九破开巨浪救了他。"水府渔村"向来以食材绿色鲜美的品质为客人所称道，蔡笑九经常驾驶快艇在水府四处搜寻采买。狂风大作之际，他情知不妙，赶紧靠岸躲避，停泊在卧虎洲十多里远的一处洲滩。也算是阮海阳的幸运了，风雨之中，蔡笑九眼尖，看见上游似乎有个东西随波沉浮，再仔细看，竟是个人。他没有犹豫，立即发动快艇，直奔过去。

在蔡笑九紧张的按压施救下，阮海阳吐出几口浑水，意识慢慢复苏。他挣扎着撑开沉重的眼皮，看到一张轮廓模模糊糊的脸，在眼前晃动，他想说声"谢谢"，却一点气力也提不上……

2024年2月29日第一稿
2024年4月9日第二稿
2024年11月17日第三稿

| 文学评论 |

讲好税务故事　塑造税务人物
——《春风引》阅读札记

■ 徐　可

谢枚琼的长篇小说《春风引》，以文学的方式讲述"减税降费"这样一个略显枯燥的主题，但读起来却一点也不显得枯燥乏味，原因何在？就在于作者善于讲述故事，用鲜活的故事把枯燥的主题表现得非常生动。

作品开头，就向我们呈现了一幅沉重的画面：由于疫情的影响，龙承县的主要经济指标几乎全面下滑，全县公共财政收入比去年同期下降16.68%。与此同时，全县的大小企业也都同样面临着生存困境，不少企业已经难以为继，朝不保夕。如果任由这些企业垮掉，那么县财政收入就要失去很大一块源头，更是雪上加霜。在这样的背景下，中央最新出台的"减税降费"政策便显得尤其重要。而如何做好"减税降费"工作，保证这项工作不偏向、不走样、不落空，则是作品要表现的主题。小说巧妙地把突如其来的疫情作为故事发生的背景，叙述疫情让龙城多家企业面临不同境地的困境，国家减税降费政策给他们带来了希望，给企业发展注入了活力。这样故事的推进就有了依托，有了必然性、合理性。作品可以说开门见山，直奔主题，从一开始就把主题亮在读者面前。下面的情节如何推进，就是考验作家功夫的时候了。

春风引

从作品中可以看出，作者对我国的税务政策特别是"减税降费"政策非常熟悉，非常内行，对"减税降费"政策实施的情况、实施过程中出现的问题也非常了解，可以说既吃透政策，又熟悉情况。这是这部作品成功的关键。由于内行，所以他从容自信，用专业的语言把相关政策说得头头是道、清清楚楚。如果没有深厚的专业知识，对相关政策不了解或了解不透，对相关政策实施过程中的情况和问题不了解或了解不透，那么作品便无法具体深入，只能蜻蜓点水、语焉不详，结果是以其昏昏，使人昭昭。这也是近年来不少行业题材创作中存在的通病。所以，作家在写任何的题材的时候，都要有专业的知识、专业的态度、专业的精神，成为某一方面的专家，这是一部作品成功的前提和关键。

这部作品的第二个特点是善于讲故事。小说是靠讲故事吸引人的。即使有很专业的知识，也有很好的文笔，但是如果不会讲故事，那顶多就是一篇很好的说明文，而绝不是一篇合格的小说。"减税降费"本来就是一项很枯燥的工作，如果没有精彩的故事很难吸引读者读下去。作家在讲述税务人的故事时，注重以曲折生动吸引人，以敬业爱岗感动人，以真情实感打动人。这里，有青年男女高上与穆斯晴由误会而发生感情、艾知和秦榛因工作而产生感情，有女干部文妍失去爱女的伤痛，也有税务干部阮海阳因接受纳税人的宴请而受到党纪处分。小说的最后，阮海阳不顾个人安危，挺身救人，更揪动读者的心。

故事的发生肯定离不开人，小说的一个重要任务就是塑造人物。《春风引》塑造了众多人物形象，也是这部小说的一个鲜明特色。我粗略统计了一下，小说中有名有姓的人物不下20多个。其中一些代表性人物，如江洲神风制造股份有限公司总经理方向前，特别是塑造了一批税务干部的形象，如龙承县税务局二分局的高上，潭州市税务局货物和劳务税科科长文妍，他们都是一心扑在工作上，全心全意为纳税人和纳税主体服务的好干部，这些形象的塑造让我们看到了税务队伍的整体精神面貌。当然，这里面也出现了像阮海阳这样的犯过错误的税务干部，但是他在生死攸关之际舍己救人，不惜以生命为代价改正自己的错误，不失正直、善良的底色。

总的来说，《春风引》是近年来税收文学创作的一个收获，表明税务作家用文学讲好税务故事的意识在增强，水平在提高，值得祝贺。

徐可，鲁迅文学院常务副院长。

| 文学评论 |

税意千百重

■ 顾建平

好的小说就像一座精美的建筑,看似浑然一体、佳作天成,其实它的每个细节都是精心设计、小心搭建,有着力学上的科学性,空间的合理性,美学上的创新度。

顶着"减税降费"这一有明确指向性的主题,长篇小说《春风引》作者谢枚琼做了大量的田野调查,积累了丰富的写作材料,但没有一个现成的、连贯的故事可以作为写作原型。作者只能发挥想象力,"无中生有",先竖几根立柱、架几根横梁做故事框架,再砌砖、钉椽、盖瓦、铺地、抹墙。一般读者都不会以拆房子的眼光欣赏作品,但如果以一个工匠的眼光逐一审视建筑的细微之处,有利于我们理解作者的精心和苦衷。

对行业小说来说,构架故事不是最大的困难;故事总能完成,只是有新颖与陈旧、精致与平庸之别。行业小说最难之处,在于如何把行业知识融入故事,读来自然贴切,不显得生硬、费解甚至多余。小说家巧妙各有不同,有旁敲侧击以故事捎带行业知识的方式,也有开门见山的直接以行业构架的,但底线是它得像小说,而不是改头换面的行业宣传手册。

《春风引》选择正面强攻写减税降费,可以说是一次高难度的写作。小说不仅写了疫情期间的经济形势,写了龙承县的各色企业,写了防疫的曲折,更主要的写了各级税务机关——主体在龙承县局,兼及江州省局、潭州市局——的工作流程。小说塑造了各级机关一系列税务工作者形象,市局的文妍、县局的高上成为相对主要的人物。还写了大大小小各行各业诸多企业家,以及一系列社会人物。

《春风引》中的税收知识部分比重比较大,比如"1234"工作法、容缺办理、税易贷、留抵退税等,作者尽量将它均匀分布到各个章节,并且努力做到通俗易懂、合乎语境,不让读者产生阅读障碍。尤其文妍所在的专班搞的"1234"工作法,把减税降费所需要做的工作条分缕析,并在后面的情节中逐一体现出来。这样融专业知识于情节之中的做法,在行业小说中非常奏效。

作为疫情期间惠民利商的国家财税政策,减税降费具有重大的社会意义,可以说是一项稳定人心、推动经济、惠泽民生的政治工程,一场久旱甘霖及时雨。但即使一项好政策,从出台到落实到位,也有很多环节要打通,有许多障碍需要清除。

有文艺理论家说:"艺术是对困难的克服。"而叙事艺术尤其如此。小说的灵魂所在,就是展现冲突——或内或外、或大或小的冲突,然后解决冲突。故事中的行动者在前进路上发现障碍,清除障碍或者跨越障碍;反过来,对于写作者而言,故事发展的过程,就是不断设置障碍,让人物合乎情理地克服障碍的过程。

因为遇到疫情,企业经营陷入困境,所以政府决定减税降费。于是省局要派于清和到基层督导;因为发现基层推进不顺利,市局文妍发布"招募令",成立专班,研究制定了一套"1234"减税降费工作法;为了快捷顺利地落实政策,高上领导了"税惠轻骑小分队";为了解决税务工作的传承发展,有了"老宋工作室""青蓝工程"。可谓逢山开路,遇水搭桥,各路神仙各显神通。

《春风引》的动人之处,还在于把税务人还原为普通人,让他们回到烟火日常之中。市局文妍科长有一对打打闹闹的龙凤胎儿女,丈夫呼吸科大夫李光明到邻县去支援抗疫,女儿因病不幸夭折。县局局长艾敬民有癌症中期的八十四岁老父亲,住在云台山下他妹妹家,暂时安稳,但老人的病情像定时炸弹,令艾局长那颗心总悬着,以致每次接到妹妹的电话都如同接住一颗手雷。

年轻税务干部高上与辖区公司财务穆斯晴的相遇相识相爱,是小说中难得一见的浪漫情节,高上的鲜明个性足以改变我们对税务工作者刻板的认知。而文妍女儿李小萌之死,是整个小说最意外的事件,也是最令人悲伤惋惜的情节。由此可见税务工作者与常人一样领受着生活的悲欢离合喜怒哀乐。

国无税不立,税收涉及千家万户,是主导全社会运转的"神经系统"之一。客观地说,税务机关与纳税户,是"对立"的两面。而减税降费,让这对立的双方少有地站在了一起。正是这种偶然性,让故事得以发生。小说中写到了各类企业,如大企业神风制造、桑德电子,中型的如万家香生态有机食品,小微企业如天湖镇的天光被服加工厂,兼具生态环保文化娱乐的企业如水府镇的"水文章"。《春风引》展示了目前中国民营企业的生态样貌,同时又把减税降费工作遇到的障碍、税收工作的复杂繁重,多角度、多侧面呈现出来。

《春风引》不仅写出了以文妍为代表的税务人的专业能力和敬业精神,还写出了他们的社会责任感。减税降费为身处困境的企业输血输氧,而文妍他们的目光所关注的不止于此,他们关心复工与就业、劳资纠纷、生态环保等一系列社会热点,当然更关心涉及国计民生的税费征收。

春风和煦,但偶尔会有暴风激浪。小说结束,文妍等众人在水府遭遇暴风骤雨而翻船,险象环生。作者有意以一个令人心情紧张的带有象征意味情节做结尾,留给读者诸多的悬念和猜想。

顾建平,中国作家协会《小说选刊》杂志副主编。

| 创作漫谭 |

春风：时代的记录

■ 谢枚琼

推开三月的窗子，一缕缕温煦的风扑面而来，湿漉漉的草地，迎风摆弄的柳枝，波光粼粼的小河，以及光秃秃的树梢上悄悄孕育的花骨朵儿……那些阳光底下的事物，被春风簇拥着，仿佛在争先恐后地告诉我，春天正在大踏步地到来。春风此刻的身份，是一个迫不及待的使节，她挥舞着一支斑斓的笔，描绘出一个个生气萌动的细节，抹去关于严冬的所有痕迹。而记忆如一条潜行的溪流，在时光的流逝里，荡漾一朵一朵的涟漪。

我相信，每个人总会在季候里，期待着春风的君临大野。春风入怀，再次唤醒我那一段尘封的记忆。

2022年的夏天，在我认为，那是一个热烈奔放之中掺杂着压抑情绪的季节。疫情的阴霾终于烟消云散，一切秩序开始步入正轨，是时，国家税务总局税收宣传中心和中国税务出版社策划并举办了一次较大规模的文学采风活动。而我因工作之余一直坚持着业余创作，有幸得以忝列其中。之所以要用"较大规模"的表述，这在我三十余年的税收生涯中，的确是第一回遇到。按照既定路线，我是端午节那天出发的，直奔杭州，和采风组的其他同仁汇合，而后一路转战义乌、宁波，赴广州、珠海、奔深圳，下海口，再重庆、成都、贵阳，抵西安，飞青岛，直至八月上旬，才结束返湘，

春风引

历时近两月,行程数万里,端的是东奔西跑,南下北上。至今回想起来,那一段经历,给了我不少奇特而深刻的感受,甚至于可以说,这一大圈跑下来,大大丰富了我的从税工作履历。

那的确是一段难得的经历,每天的行程安排得甚为紧凑,几乎可以用马不停蹄来形容。到税务机关召开座谈会,采访相关人员,下企业调查,进厂入户实地察看,不停地问,不停地看,不停地交流,这是白天的工作状态。晚上则是仔细整理材料,翻阅收集的资料,厘清第二天的采访思路,每每灯下伏案至深夜。虽然紧张疲惫,一路走下来,我看到了纳税人生产经营的艰辛,经历一波疫情的劫难之后,一家家企业都是一副争分抢秒的劲头,"撸起袖子加油干",要把损失挽回或者降低到最低限度。在基层税务机关,我看到了奋斗在一线的税务工作者群体中,既有"拼命三郎",亦有"拼命三娘";既有严于律己的"狠人",也有业务精湛的"达人";既有优质的"税务管家",也有特色的"创业服务"……我为那一幕幕而感动,而敬佩,而情不自禁地在夜深人静的时候,在电脑上敲出了一行行文字。采风期间,我挤出休息时间创作了《岁月沉香》《纪事:海岛南田行》等两万多字的散文篇章。我心里想着,这么大好的机会,绝不能轻易放过。其实,采风不仅是一个积累素材的过程,更是对自己心灵的一次洗礼。

面对后疫情阶段的现状,我深切地体会到了人们内心的那种彷徨,那种挣扎,那种焦急,甚至于可以说是变得脆弱的心理,这样的时候,一如身处严寒中的你盼望着一缕温暖的春风。值得欣慰的是,春风翻山越岭,如约般荡拂而至。大规模的减税降费又似一场及时雨飘然来了。我们的采风之行,即是奔着这一主题来的。

现在,当我再一次翻阅摊开在桌上的书稿,不由得回想起接受任务之初,心里还是纠结了许久。在我潜意识里,命题作文往往有些费力不讨好,我揣着一颗忐忑的心开始了《春风引》的写作,在电脑上敲下第一个句子,即决定了对于"减税降费"这个命题的表现,采取的是一种"笨"办法,那即是"正面强攻"。"老实人做扎实事"这句话,说来也挺符合我此次写作的一个状态。我丝毫也没有想到要怎么样去取巧,笃定了一个思想,既是主题创作,何必另搞一套弯弯绕绕呢?自然,这难免会让我陷入主题先行的困境,开宗明义一如开门见山,直奔主题的做法,让我没了更多的选择,但我简单得近乎固执地认为,一个时代的记录,首先就应该是立体的、真实的、可信的。《春风引》里要表现的,即是以突如其来的新冠疫情作为故事发生的背景,肆虐的疫情导致经济下行,使龙城多家企业面临不同境地的困境,国家减税降费政策犹如一股浩荡的"春风",给企业发展注入了活力,带来了温暖,带来了希望,既让纳税人感受到了来自政府的关心,又让受到影响的生产经营得到复苏。而税务机关不遗余力开展的"便民办税春风行动"已经成了一个响亮的服务品牌。这是另一层面上的又一场"春风行动"。一个以艾敬民、姜功名、文妍、高上、秦榛等为代表的税务干部群体经受住了各种考验,既做好了不折不扣的政策执行者,又做好了暖心的"服务员",辛勤的付出,终于得到了纳税人和社会的普遍认可。

征与纳永远是一对矛盾体的社会存在,这是不争的事实。现实生活中,曾经有过"要想富,吃税务"之类的顺口溜,即为这种矛盾的真实写照。好在随着时代的发展,对立的两面正在一步步地趋向和谐,其中的过程诚然并非一蹴而就的,在此不作赘述。《春风引》里描述的疫情背景下出台的减税降费政策,让税企双方的关系有如在春风里的一场相遇,让人感受到了"亲清"的温馨,而非博弈的冷硬,体会到了相互依赖的可贵,而非相互排斥的冷漠。这看似一种偶然,究其实,也是弥漫时代气息的必然结果。

原本觉得那样枯燥乏味的命题会让我寸步难行,而随着笔触的掘进,一个个鲜活的人物来到了我的身边,一个个生动的情节仿佛让我如临其境,两个月的深度采访中累积的素材,从一片沉寂的水潭里纷纷鱼跃而出,能否把它们艺术地再现,此时已成为我写作中最大的担心,甚至于笔力不逮的恐慌感时时折磨着我。一部作品要反映的内容,往往来源于生活中的感受和挖掘,创作因于生活的真实,但又不能等同于现实的存在。所谓"言为心声,意在言外",写作者要表达的,常常是形式之外的东西。无论生活的色调是否斑斓多姿,文学表达的魅力即是让我们在生活中发现并体会到更有乐趣、更有色彩、更加美好。行业文学作品,如何让专业化变得更加通俗化,这也是我在创作中面临的一大焦虑,文学作品显然不是业务辅导书,既不能讲外行话,表述必得精准,还要让行外人读起来不生硬,不艰涩。我希望笔下的减税降费,是一幅呈现税务、企业、社会息息相关的全景图,是一面折射时代面貌的镜子,虽无波诡云谲的跌宕,却充满动人心弦的情怀,没有教科书式的晦涩,却有对稀松平常的理解与诠注。

我将目光聚焦于潭州市、龙城县两级税务局的减税降费工作。政策出台是国家层面的,落地则是基层税务机关的重要职责,也是非常关键的一环。试想,无论多么完美无缺的顶层设计,如果落不了地,那么一切都是纸上谈兵。市局层面有个代表人物,货物和劳务税科科长文妍,她同时作为一个两个孩子的妈妈、一个医生的妻子,工作与家庭压力之大可想而知。她从女儿病故的打击里走了出来,这个平凡普通的女性,骨子里却有着一股子韧劲,不轻言放弃,不墨守成规。税务年轻人成长,是事关税收事业发展的大计,也是我比较关注的题材,我曾写过一个中篇小说《水花绽放》,讲的就是年轻一辈税务人的故事。《春风引》里塑造了龙城县局几个年轻干部形象,如阳光开朗的高上,在实践中一天天成长,业务水平提升,也收获美满的爱情。如不甘平庸的秦榛,放弃优越的工作环境,毅然奔赴最艰苦、也是最需要的地方。在此不能不说的小说里面另一个人物,叫阮海阳,他遭人诟病,犯过错,但他痛定思痛,在逆境里站起来,走出泥淖,我觉得他同样是值得敬重的。

人的因素总是第一位的,老、中、青三代税务人,薪火相传,弦歌不辍,点滴人生绘就绚烂图景。他们以满腔热情,传承着税务人的精神追求和历史使命,坚守初心,绽放出与时代携行的光彩。

惠风和畅,减税降费受惠最大的当然是广大纳税人缴费人。采风中,我们每到一地,走访代表各行各业的纳税人,是必不可少的功课,在《春风引》里我写了国有企业,写了民营企业,涉及工业、商业、服务业,等等。体现了减税降费的普惠性,受益面广,更能说明国家政策实施的必要性和重要意义。

神风制造的方向前、鹏展新能源的龙驰,以及返乡自主创业的代表常理等诸多企业家,既迎难而上,又抢抓机遇,表现出积极的社会担当,也是我在写作中想要突出的重要群体。

作为一部主旋律作品,弘扬正能量是内在的基调,税收一线摸爬滚打的工作经验,让我对于政策的尺度把握颇有分寸,实践生活中捕捉到的各种细节,刺激我的创作灵感接连不断地迸发。编辑说我的写作旅途犹如一个渐入佳境的过程,我打心底认同她的这一感触。因了前期厚实的储备,使我倍觉踏实,我自信呈现在读者面前的不会是一部业务辅导册子,而是一个有血有肉、可爱可敬的社会群体,正是他们,让我沉浸在写作中情不能已,让我如坐春风神驰殷殷。创作高峰时段恰处于寒冬之际,记得一场瑞雪翩翩而降,那是南方罕见的大雪,落下的好像是难得一觅的满地欢乐。雪后初霁,我步出陋室,足音款款,去雪地里踏响一路的心情,一个不小心摔了个手脚朝天,伤及左手腕,晚上疼痛难忍,肿得状如萝卜,所幸未伤骨头,不得已停笔一周,手不能动,思绪却在雪花的飞舞里纷纷扬扬……

《春风引》属于我书写税收文学的第二部曲。第一部是《生命线》,讲述了共和国税收奠基者的故事,那是战火纷飞的年代里一部艰苦卓绝的创业史,基于此,我觉得在一定意义上而言,《春风引》也算是一种精神的延续书写,这种书写显然是很有意义的,我想,我们有足够的理由去为时代放歌。这就是一个税收文学作者的责任,义不容辞。

像春风一样,做一个时代的忠实记录者。